散文的身变

张怡微 陶磊 主编

上海文艺出版社

目录

代序 | 张怡微 ___ 1

辑一 材质与器质

散文散见 | 王安忆 ___ 3
谈谈方法：当代散文文体的多元呈现 | 张怡微 ___ 11
复旦中文系创意写作专业的散文创作与教学传统 | 陶磊 ___ 25
散文叙事者的戏曲唱腔 | 周燊 ___ 41
"家"与"地"的记忆诗学——兼谈中国当代散文的边界问题 | 伍华星 ___ 56
"散文的心"与作为思想史方法的现代散文 | 汪雨萌 ___ 72

辑二 个案的触角

在白与黑的交集地带——浅谈非虚构写作与散文的关系 | 项静 ___ 87
山水的知识和移情的停顿——关于散文写作的生长空间 | 胡桑 ___ 101
跨界现象的"在地"性呈现——当代香港散文管窥 | 赵皙 ___ 116
学识、诗意、"有情"与文章的成长——读张新颖随笔集札记 | 战玉冰 ___ 134
从耶利内克《啊，荒野》看文体杂异的可能 | 马艺璇 ___ 145

大历史中的个人叙事——从黄仁宇看散文的"触角" | 张馨怡 ____ 155

特写，一种游记诗学的可能——析奈保尔《幽暗国度》 | 谢诗豪 ____ 166

书写"语言"的方法——凯鲁亚克"自发式散文"的理论策源与写作启示 | 史玥琦 ____ 177

最"接近"生活的散文 | 张心怡 ____ 192

辑三　课堂的翻转

新媒体时代散文的可能性 | 朱婧 ____ 207

从歌谣到羊皮：古英语散文传统的开端 | 包慧怡 ____ 214

现代诗写作教学实践与评鉴 | 张玉明 ____ 227

"看见"刹那流逝的时间——兼谈散文课发挥作用的机制 | 范淑敏 ____ 240

辑四　生产与消费

什么是好的民族志：以当代民族志出版的实验范本为例 | 顾晓清 ____ 257

以小见大——一种非虚构/历史的叙述方式 | 贺俊逸 ____ 268

医学人文视角下的失智症书写——评《再思失智症叙事：移情、身份和

照护》｜尹洁 ____ 278

数字时代散文的新写作：女性、恋物与消费主义｜张祯 ____ 287

电影"论理"的"夜光时刻"｜王培雷 ____ 297

香港散文视角举隅——从大学文学奖论香港各大学对香港散文发展的影响力｜余龙杰 ____ 310

代序

张怡微

2021年11月,"现代散文知识的革新"圆桌会议在复旦中文系召开,我和陶磊是召集人。

疫情期间,开办研讨会有诸多不便。会议得到了包括《扬子江文学评论》、上海文艺出版社等单位的支持。此次能将会议论文集编辑成书,亦感谢参与其中的每一位。

圆桌会议的议程,包括"散文文体的多元阐释""散文审美的生存范式""现代散文的写作启示"及线上专场"世界视域下的非虚构学科建设"。文章遗憾未被收入文集,但参会发言的老师,我们也一同表示感谢,包括有陈芳洲、刘媛、查太元、叶子。当日晚上,复旦大学中文系资深教师龚静副教授,亦为复旦创意写作学生举办了专题讲座。以上可视为复旦创意写作专业就"现代散文"话题的最新研究成果。

《散文的变身》的书名灵感,来自于美国独立学者玛丽-劳尔·瑞安(Marie-Laure Ryan)的《故事的变身》(*Avatars of Story*)。现代散文作为中国新文学传统的重要一支,又适逢创意写作学科在中国如火如荼落地发展，产生了新的生机和可能性，尤其是在新媒介视域下大众写作的多元变体，为文学研究、创意写作学科建设提供了观察的丰富角度。

复旦大学是全国第一个开办创意写作专业硕士的高校。学科建设之初，得到了包括陈思和、王安忆、龚静、李祥年等前辈专家的大力协助，他们为现代散文的创作与研究积累了丰富的教学经验和研究成果。近年来，我与陶磊分别在"散文写作实践""传记写作实践"等课程中，承接前辈学人的传统，慢慢摸索现代散文在新时代的变化与可能性。2022 年，王安忆教授带领我、陶磊、伍华星、周燊四人，于《扬子江文学评论》发表"现代散文知识的革新"研究专辑，得到了何同彬先生的大力支持。

之后，我开始修订《散文的变身》一书，为该文集重新调整分类，以至如今呈现的面貌。力图从现代文学经典传统、媒介视域下散文文体的演变、散文课程的教学实践及出版消费等面向，较为完整地呈现从文学理论到文本细读再到生产消费各环节的新知识。

我在现代散文教学领域资历尚浅，《散文的变身》一定有许多不足之处，还希望各方专家多多指正。

2024 年 4 月

辑一

材质与器质

散文散见

(王安忆,复旦大学中文系)

我们 MFA 开班之际,初定小说和散文方向。小说是创意写作正途,没什么疑义,难的是散文。四顾周围,同类型学科,尤其率先带头的美国,纳入教程的往往有诗。在汉语旧体诗的辉煌历史之下,新诗难免让人困惑。从格律的"镣铐"中解放,经"五四"以来几代人及几轮运动,似乎并未有所归纳,形成体系,但凭个体的天赋,不期然间呈现异象。这种自由的生态隐藏着某种造化自然,终究不能够作为知识的传授模式,于是避让过了。散文课多少有退而求其次的意思,因它和诗最相近,比如修辞,也就是"美文"的概念,比如情感经验的直接启用——这时候,对课程的效果以及后续,没有任何预想,而我个人决不敢涉足,是出于对散文的某些成见吧,或更是隔行的缘故,那里另有路数。要说也曾写过散文,散文不就是人人都可写的吗?因此不免缺乏专业性。我写散文,多半出于某种外来的催逼,记叙某人某事,作序作跋,或是余兴的闲杂。其他老师,也都有怯意接手,最后是龚静顶了上去。我读过龚静许多散文,但没有旁听过她的课,有时会从同学传来,龚老师让他们看什么，读什么，写什么，却也不够组织完整的印象。实验性质的首届MFA给出成绩单，毕业作品中有一份是以相当体量的散文交付的，跳脱出创意写作唯小说独大的窠臼，虽然没有明文，但至少也是默认。就这样，散文课以实践完成专业的构成，在以后的日子里不断拓宽幅度。2020年，我尝试开讲的"非虚构写作"，追溯起来，一定程度上，可说就是从这里出发的。

自第一届以散文形式提请毕业作品以来，几乎每一届都有同样的开题报告。应三至五万字的标准，似乎无形中开辟了长篇幅的散文体例。当然，不敢断言长篇幅叙事体散文是从我们创意写作开始，但这种类型至少在这里得到教与学的检验，看它可以走到多远，不止指体量，还有对自我的感性认识。这种大容积的迫使下，一事一物的体悟抒情显然不足以充实，而是需要增量，量变又引起质变。如他们少年时光，能有多少人生资源，散文是那样实打实的，多少料熬多少汤，所以这些文字往往归于成长的母题，如此，叙事便上升为结构性的因素。这些作业总是在第一时间获得好感，它们将亲历的生活提供给文章，让未明的存在熠熠生辉，而这些正是虚构努力要做又未必能做到的。虚构的首要任务"写什么"，在个人经验的书写中迎刃而解，那不就是你笔下正在写的？同时，应声回答剩下的一半"怎么写"。原始的经验栩栩如生，哪怕一个路人，站住脚对你诉说见闻，都可能微言大义，所谓"渔樵闲话"大约就来自此。但是，新的麻烦来了——在我们给予散文以叙事的合法权利的时候，怎么区分它与小说的差异，难道仅仅是"虚构"和"非虚构"？事实上，许多虚构也占用了非虚构的原材料，通常叫做"素材"，而且，往往是最有价值的部分。在我的小说写作实践课，经常的，师生双方因顿在情节的停滞中，便会谈起各自的经历，哪怕只是蛛丝马迹的线索，也可能破壁而出。感性总是机敏的，它们超前于理性的归类和推论，攫取现象，杂芜是杂芜，存储也不得法，堆垒在那里，谁知道什么时候，突然被点亮。有几次，我向同学建议，在龚静老师的散文课上，写同样的题材，因散文调动自身经验更为主动和积极，有更多触类旁通的机会。所以，关键并不在虚构和非虚构，而是这两者间的秘密通道，它将我们从一种存在引入另一种存在。

伍华星的《"家"与"地"的记忆诗学》，企图解决的"边界"，大约就是指这个。我还注意到张怡微《谈谈方法：当代散文文体的多元呈现》，陶磊《复旦中文系创意写作专业的散文创作与教学传统》，都在暗中响应。看起来，大家都很清楚散文的悖论，力求突围。我想，伍华星其实是被自己的立题难住了，越是挣扎，越是纠缠。每举证明，结果都是证伪，比如"盛放"这个词，还有"自由"，大有越境的危险。就是这危险，却反证了边界的物质性，透明和脆弱。伍华星称之"容器"，那么就是玻璃容器。年轻人都有蛮力，硬是将无形化作有形，并且固定下来。这些论文常提到我的一篇旧文《情感的生命》，是为散文选集所写的序言。入编的篇目都是比较结实的，这"结实"二字即在内涵，又在体量，不少于万字，以期证明散文的文体是可担负荷重。从我有限的阅读中挑出十七篇，书名就叫《王安忆选今人散文》，听上去就很狂妄。再看这些年轻论者摘录的句子，不禁汗颜，真敢把话说得板上钉钉，不给自己回转，赖也赖不掉。时间过去，许多事物和想法在变化，却也有不变的，在这里就是，追索散文的文体边界。伍华星将其规范在"记忆"，即便引用的普鲁斯特语录来自小说《追忆似水年华》，也得承认"记忆"是个好说法。感情有哪一桩不是事后发生，在追溯中给予命名？经历启蒙运动、文艺复兴、人本主义，再具体到中国现当代，五四新文化，上世纪80年代思想解放浪潮的漫长历史，个体自觉越来越清醒，"记忆"随之开拓广度和深度，容纳无限扩大，这就是我选编散文时候要求篇幅的原因。伍华星替"记忆"加了一个后缀："诗学"，这就回到散文的原教旨主义，修辞。我们将会在周桑的那一篇中得到更现实的例证，先放一放，继续将边界的事情说完。

陶磊和张怡微的文章大概可以视作从过去和未来两个向度，攻城略地，打开文体疆域。陶磊将传统的话题限定在特定的范围，复旦中文系，这是老实且有效的方法，简化了材料，凸显事实。大多数人，包括我，都没有注意到传记文学和散文的关系。逻辑链是通的，承认散文是真实发生，同时不否认散文的叙事权，那么传记理所当然收入散文囊中。近年来，西方文体的分类，虚构和非虚构，从某种意义上补充了我们的界法。沿着界碑，经陶磊提醒，可以上行到《史记》，如此，与"史学"打通。在朱东润先生倡导并且身体力行的传记写作中，我尤其重视《李方舟传》，这位传主，不是别人，正是朱先生的结发妻子，引序言介绍——"寻常巷陌中的一位寻常妇女"，由此，正史落到渔樵，"史学"则渡向"诗学"。《李方舟传》钩沉朱先生遗稿，后记中称定稿于上世纪60年代，不禁让我想起老舍先生的《正红旗下》。我们也许不能完全确定《正红旗下》属非虚构，上世纪五六十年代，写作者通常回避私人历史，倘要触及，便会冠以"自传体"，将其归并虚构，致使个体加入公共领域。《正红旗下》话说从头的叙述结构，随时写又随时停，最后终于没有完成的命运，透露出率性、优游又茫然的漫走。在新朝开元的史诗合唱中，没落的皇族记忆，显得寂寞，却弥漫一股深邃的静谧。这心境，或就是散文的自由美学。在这里，散文不自知地被赋予革命的价值，它从边缘纾解主流意识形态的压力，另辟蹊径，走向未来。

其实，前辈们早就为今天的非虚构铺垫了准备。在离群索居的孤绝中，造化依然公平地分配生机，云开日出之时，便挤出地表，气象蓬勃。文体分类的规则，就是形式，这也是我们急迫要划清界限的原因。张怡微用"跨学科"命名散文的开放边地，肯定式行不通，就试着从否定式取道，这"开放"不意味取消，恰是承认。在这里，她接纳社会学、历史学和人类学加盟，继而又设法甄别学术和文学的差异，能看出她的焦虑。现代社会分工过细，到头来必定会再度交集。单说艺术和生活，就充满互文性。事实上，许多学术写作已经借用文学叙事的方法，从书名就可管窥：法国列维·斯特劳斯的《忧郁的热带》；中国当代学者索飒的《丰饶的苦难》；美国葛林布莱的《大转向》；梁鸿的《中国在梁庄》，前两部是抒情风，第三项颇具戏剧性；后者则将对象"中国"强烈地人格化。张怡微也提及传记文学，也是《史记》，又还是朱东润先生，很明显，复旦中文系为这一门写作埋下草蛇灰线，等待我们接续有些年头了。张怡微给"传记"的"旧时王谢堂前燕，飞入寻常百姓家"提出一个解释："白话文"。她自己大约并未认识到其中的重要，只是顺带一笔略过去，匆忙沿设定的路线，到了民族志，渔樵再次回去史学。我想张怡微并非刻意提升"寻常巷陌"里的人生，用心更在价值发现，就是她借郁达夫自问作提醒的，"为什么是这个故事"。平权社会，人人可以发言，问题是有什么理由要大家听你说话而不是其他人？散文的陷阱就在这里，写和不写之间的紧张关系。以常情论，事事皆成文章，其实呢，它可能要求更迫切的理由。我们可以将这理由视作散文的理想，要用民族志解释，或就是从"小我"向"大我"出发。说到这里，虚构和非虚构又将合拢，虚构和非虚构都有升华的妄念。如何制止混淆，也许混淆并不是严重的事情，可是既然承认形式，就要遵守规范，规范也是有美学的，在非虚构，就是特别严苛的完成时。"记忆"这个词用在这里很合适，几乎是非虚构的伦理。我们不能如小说那样，假定事情在进行时里发生，只能在文字里让逝去的时间重现和还原，写作是唯一的机会。顺便说一下，《追忆似水年华》为什么不能归类散文，大约就是因为书写的不是"记忆"，而是作为客体的时间。最新的周克希先生译本，书名叫作《追寻逝去的时光》，是不是可以提供佐证？

现在，我要谈谈周燊的论文《散文叙事者的戏曲唱腔》，她不期然地接棒了前三篇论文中的话头，在伍华星是"诗学"，陶磊的是"传统"，张怡微则是"白话文"。我们终于从边界到了核心地带，也是起始之初，修辞。凡事一旦进入文字，就已经不是原始状态，这么说来，简直把散文的生路给灭了。换一种说法，小说是以虚构来虚构，那么，让散文保持在第一次虚构，也就是方法，或就有了自主身份，这方法可不可以叫做"修辞"？中国文学里，文章是一个大类，"散文"是近代的名称，名称产生的时候，就已经扩大了收纳，好比现代的"非虚构"。严格的范式，比如八股文，骈文，对仗联句即是微型的文章，用西方的话语，为艺术而艺术，大约就是散文的安身立命，随平民教育推广向大众解禁。周燊"戏曲唱腔"一说，提醒我们修辞的俗世化过程，借陈思和教授的概念，就是从殿堂到民间。

"五四"白话文运动的激进革命气氛，多少遮蔽了它的前史，文字的阶级性早已经开始消解，进入轮替。今天的经典唐诗宋词，几百年前，可能就是时代曲。我想，仓颉造字，一定是一个字一个字来的。《诗经》里的用字如此质朴，不定都源于风格，而是字的存量有限。很难猜测先有鸡还是先有蛋，文字的繁殖开蒙理性，还是理性刺激文字生长，这里必定发生过进化中的大爆炸。我又想，那些格律就是为制约文字的野蛮生机后天创造，这就叫做文明教化。随文字的传播普及，逐渐变通，《诗经》的四字式，到古诗的五字体，再到唐诗的五七绝律，然后宋词的长短句，抵达元曲。昆曲行内有一句话：曲牌如海。曲中曲，牌套牌，其实很像文章的结构，不也是楹联对句的比配连接。这也许就是边界，划分出修辞和日常说话的区别，更重要的，使它得以自给自足。

周桑的"戏剧唱腔"还有一个值得称许的地方，论题将现代艺术中解体的文字，又一次约束起来，用的是相对松弛的"曲"。将取消差别的大趋势稍稍拉回，回到经典中的秩序。中国戏剧唱腔和西洋歌剧的咏叹调如出一辙，都是用抒发充实时间，延宕到下一个情节。这一段停滞中的内容，就来自修辞。中国方块字是极简主义，它的孤立性质妨碍延宕的进行，但也有一般好处，就是灵活应变，仿佛有机体，嫁接什么活什么。如果说唐宋元时候，它们还处在自我循环，到了现代，西方文学潮涌进来，形成一种译文的修辞系统。王元化先生和夫人张可共同翻译《莎剧解读》，序言写，读《奥赛罗》第四幕的一段独白，被激情吞没："他那繁缛的充满隐喻与双关语的枝叶披纷的语言，他那多少显得有些矫饰留下了人工造作痕迹的戏剧技巧。"因此，"五四"的白话文运动，我们万不可低估价值，西语里的从句结构，一下子敞开形容词的门户，又一个进化的大年来到。先有鸡先有蛋的死扣又结上了，先有语言的容器，还是先有料？语言是个活物，它就是在运动中增殖增量，增到某一个量级，发生嬗变。但无论怎样千变万化，容器还是那个容器，材质不会变，就像基因，决定是你而不是我，也不是他！当我们拥有越来越丰厚的语言表达，推动理性——又一个死结，理性产生于语言，还是语言产生于理性？我相信工具，甚至可说是工具论者，人类进化的重要标志就是使用工具。散文的文体大约就是工具的性质，用自己创造自己，此自己创造彼自己！

2022 年 3 月 16 日

谈谈方法：
当代散文文体的多元呈现

（张怡微，复旦大学中文系）

一、当代散文创作方法的跨学科特征

从中国新文学运动开始到今天，中国文学完成了现代性对汉语写作各文类的初步探索。在现代文学的三大文类中，小说与新诗不论在国内或国外，都不断有新的理论对文学创作产生影响，中国当代文学也因此形成了复杂、多元的生长历史。自1917年1月文学革命的第一篇文章《文学改良刍议》于《新青年》杂志刊发，1918年5月鲁迅又在该刊第4卷第5期发表了《狂人日记》，到2012年莫言获得诺贝尔文学奖，近百年来，小说从事实上取代了小品文[1]（现代散文的一支），真正走出了一条"文学发达之极致"的道路，完成了文学革命的期许。

---

[1] 周作人在《冰雪小品选序》中说"小品文是文学发达的极致"；1934年《人间世》第一期发刊词说："十四年来中国现代文学唯一之成功，小品文之成功也。"关于这一时期"小品"的认识，亦存在许多误解，近年来产生了新的反思，如郜元宝：《从"美文"到"杂文"：周作人散文论述诸概念辨析》，参《鲁迅研究月刊》2010年第1期，第32—41页。

散文文体在这场文学运动的初期，本来具有鲁迅所言"萌芽于'文学革命'以至'思想革命'"的土壤。回看1922年胡适撰《五十年来中国之文学》，结尾处对散文的发展极有信心，朱自清虽然强调了"外国的影响"，同样认为现代散文是有希望的。一直到20世纪30年代中期，鲁迅在《小品文的危机》一文中，还肯定了"散文小品的成功，几乎在小说戏曲和诗歌之上"。可惜的是，战争的到来，令文学问题的讨论迅速被救亡的问题替代了，白话文运动之后的散文文体在很长一段时间里并没有实现"五四"文人的期望。直到上世纪80年代以后，仿拟周作人、梁遇春、林语堂等"美文"而写作"美文"的作家再度出现，此时白话文写作已进入常态，当代小说艺术发展神速，相较之下，"艺术的散文"始终没有找到更好的发力点，发挥出更有影响力的历史能量。真正承担着鲁迅所言"萌芽于'文学革命'以至'思想革命'"的散文作品和理论并没有实现最初的期望。

有趣的是，阅读广义上的散文的读者并没有减少。近年来，广义散文文类之下的非虚构写作获得了广泛的关注，创作和理论方面都有不少新成果[1]，甚至形成了销售热潮。许多论述都认为，非虚构写作（Nonfiction Writing）是一个舶来概念，中国的非虚构文体进入学院并获得正式的关注，它最初开始于新闻学院，而非文学院，这并不准确。中国文学史中并非没有具有类似文体形态和创作方法

---

[1] 原创成果如李朝全《非虚构文学论》；刘蒙之、张焕敏《非虚构何以可能》；刘浏《跨文体：从虚构到非虚构》。中国文史出版社2015年引进《哈佛非虚构写作课》；清华大学出版社2017年出版了《非虚构：时代记录者与叙事精神》，该书凝聚了多位从业多年的记者、主编、作家的实践经验总结和理论思考成果；2019年，北京联合出版公司引进出版美国宾夕法尼亚大学《非虚构写作课》；2020年，上海译文出版社引进出版《非虚构的艺术》，聚焦美国新新闻写作的方法，也就是运用小说写作的技巧来编排事实材料。

的资源。郑明娳在《现代散文类型论》中专辟一节讨论"报道文学"，认为这一文类的兴起，可延续到近代"旅行散文"的诞生。中国现代报告文学与现代游记如梁启超《新大陆游记》、周恩来《旅欧通信》、瞿秋白《赤都心史》等有渊源。周立波在《谈谈报告文学》一文中说："报告文学（Reportage）是近代文学的一种新的形式。它的发迹，有人追溯到散文的发生，更回顾到德国诗人海涅的《旅行记》上去。"郑明娳认为："报道文学在西方的发展，可分为两大源流，一是社会主义报道文学，一是美式报道文学，前者以社会主义理念规范下的写实主义为基础，视报道文学为一种斗争工具，后者则系因新闻写作发达而衍生出来的一种文体。"非虚构的出版繁荣现象，可能意味着大众文学审美的变革，即"真实"的理性特征被强化，这推动了社会科学研究方法进入非虚构写作的进程。对于"真实性"的阅读需求，和基于"事实"所展开的多元形态的作品，背后隐藏着模糊的学科边界。近年来，更有与历史学、人类学等学科交叉的流行趋势。正如郑明娳所提及，以近代视野来看，"旅行散文"包括了"报道文学"，是非虚构真正的萌芽，它不纯粹是舶来的，而是一种特殊的中国式文体，为历史学科所关切。[1] 如今，这些复杂的创作成果，已经呈现出明显的交叉学科特征，在方法上借用了多学科的叙述策略，这也逐渐使得当代读者对"散文"的认识带有了交叉学科的视野，可看做当代散文文体的多元呈现。

非虚构的蓬勃发展，也带来了一些文学学科之外的名词进入文学审美的标准中来。举个例子，就是对于民族志一词的广泛应用。相比非虚构的本土性，民族志带有更多西方视角的意涵。民族志在

---

[1] 参章清主编：《新史学：近代中国的旅行写作》第 11 卷，中华书局 2019 年版。

21世纪异军突起，并不只是文学活动的成就，但是它的发展和当代文学产生了联结，成为影响中国当代文学写作的文类及重要方法：民族志写作。

民族志一词是英文ethnography的汉译，又被译为"人种志"、"田野研究"和"田野民族志"。"ethnography"的词根"ethno"来自希腊文，指"一个民族"、"一群人"或"一个文化群体"。"ethno"作为前级与"graphic"合并成"ethnography"后，便成了人类学中一个主要的分支，即"描绘人类学"。把关于异地人群的所见所闻写给同自己一样的人阅读，这种著述被归为民族志，它是对人以及人的文化进行详细地、动态地、情境化描绘的一种方法，探究的是特定文化中人们的生活方式、价值观念和行为模式。这种方法要求研究者长期与当地人生活在一起，通过自己的切身体验获得对当地人及其文化的理解。具体而言，民族志研究方法，指的是有人类学专业背景的各种民族志。目前，民族志已经成为质性研究中一种主要的研究方法。

民族志这个名词，如今已被广泛运用到了当代文学虚构与非虚构文类的阐释中，它原本是"方法"，然而我们现在经常可以看到，当代作家在推广自己的作品时，会说这是"西部文学民族志"（如冯玉雷的《野马，尘埃》）、"为故乡写作民族志"（如项静的《清歌》）。那么，到底是作为人类学研究方法的民族志在当代被识别出了"文学性"，还是当代文学经由现代主义洗礼之后依然在创作方法上感到不满足，故而借调了质性研究中的方法，从而实现"讲好故事"的诉求？这些问题之间的关系是什么呢？民族志和写作方法的根本差异是什么呢？本文认为，民族志进入到散文创作的视野范围，是一个重要的、以强调文学方法为核心的当代文学现象。在当代散文文体的多元呈现背后，包含着非虚构文体对于其他写作方法的吸纳，是文学革命在形式上的探索和深化。这种方法的融合，一方面有文学繁荣的好处，可以在一些既有的散文类型上做探索性的尝试，但想要广泛运用，仍存在着无法调和的困境。

二、民族志写作方法论的局限

上述提及的学科交互现象对当代文学产生过什么样的影响呢？黄锦树是较为系统地论述过人类学民族志写作与文学写作及文学批评关系的研究者，但他并不是对创作方法有兴趣，而有志于建立马华文学史自己的方法论。他认为南洋论述或马华文学论述必须成为一种知识，要正视这一问题，人类学视域作为重构论者共同的立场，是有启发作用的。杨聪荣对黄锦树以人类学视域调整马华文学的根本定义也提出了批评意见。[1] 刘蒙之、张焕敏在《非虚构何以可能》序言中认为："一些社会学学术著作因为具有较强的叙事性，如《林村的故事》《金翼》《银翅》《小镇喧嚣》等也可以被归入非虚构作品……从近年来国内外非虚构写作的实践来看，与虚构文学写作相比较，非虚构写作具有内容真实性、文学表达性、形式叙事性、浸入式与主题边缘性5个特点。"[2] 非虚构的力量来自于真实的力量，但真实的力量并非仅仅存在于文学作品中，这就为跨学科背景下理解"叙事"方法的调用提供了可能性。有方法，就有方法

---

[1] 黄锦树：《反思"南洋论述"：华马文学、复系统与人类学视域》，参《中外文学》29卷4期，2000年9月，第36—64页。附录杨聪荣：《评论：马华文学重构论在台湾学术论域的发声位置》。

[2] 刘蒙之、张焕敏：《非虚构何以可能》，中国社会科学出版社2018年版，第3页。

论。审美的变革又带来了创作者对于方法论的高度关注。

传统的文学方法，并不以生产科学知识为目标。2009年以来，创意写作学科落地中国，文学写作技艺的可言说性变得尤其重要。这可能也成为文学写作教师调取其他学科写作方法并运用于写作课提供了新的契机。如果说，虚构写作的呈现方式更像是表演"魔术"，我们都知道它是假的、是演绎的，魔术师利用我们视觉的盲区，或者认识的偏差，消解日常生活的常识，组合出奇异的超验图景，产生引人入胜的视觉效果（看起来是真实的）。那么散文写作，更类似于一种"剪辑"，我们只能就生活提供给我们的答案重新进行叙述。也就是说，在我们搜集素材之后，我们不能创造没有发生的事，但我们可以调整素材组合的顺序，放大或缩小素材的篇幅，加快或减慢叙述的速度，以期得到我们想要的那种艺术效果。在这一文学化的"剪辑"工作中，散文的艺术追求，表现为我们对于生命经验呈现的瞬间真相的挽留。经过叙述顺序编排调整，使得艺术效果的产生本身具有弹性。美学教育家潘公凯先生曾经谈到过科技与艺术的关系。他认为，科技是求真，艺术追求的反而是"不真"，这种"不真"也不是一种"假"，而是一种可不断翻新的高度抽象的"镜花水月"与"笔墨表征"，其背后的根本，是艺术家如何淬炼人的处境、人的困惑、人与外部世界的精神联系。有的艺术家毫不费力地就能甄别出有质量的感情并加以提炼，有的人则需要知识学习，机械地学习和模仿，把"情感"当做一种人类世界的风俗加以客观呈现，而不是以抽象的抒情能量，对审美世界进行提炼和创造。从这一角度来说，刻意训练、广泛阅读、拓宽视野都是必要的路径。

简而言之，对于并不很"天才"的写作者来说，后者可能更为注重实践和经验的积累，且无论是从西方经验还是本土研究中，都具有成熟的方法论。尤其当"创意写作"进入高校之后，大家对于可被言说的写作方法的重视，为此提供了发展的土壤。一般而言，质性研究需要调取至少80个样本，量化研究则需要最少200个。民族志若在这一视域下来检视，它的结果呈现更接近于科学，而不是文学艺术，即使它在描述事实的过程中，可能带有文学艺术的表现方法，如感性的故事表达，它也终将以知识生产作为目标。相较而言，文学采风、田野调查的样本并不需要那么多。学科背景的差异，决定了两者试图解决的问题和文学并不相同，简单地模糊两者的边界，并不能替代文学本身的任务。民族志要回应的问题是"人类是什么"，传递的是关于人类的知识，它是"把我包括在外的"，也不可以进行"发明"。进而言之，民族志写作不足以发明新的情感结构，也没有改变世界的动能，它的写作目标不是传递复杂思想与心灵的能量。它观察人的差异，只是为了加以归类，它默认通过调查工作，有一些事实是可以被归类，作为普遍知识被反复验证。对这种研究方法的认知，基于对于差别性的淡化，这在处理复杂的个体上，难免会遇到问题。文学，恰恰是应该照亮这些研究成果无法应用的部分，他们制定的研究目标必然遗漏的人的问题。

尤以当代流行的非虚构写作为例，较之传统散文，非虚构写作更强调写作之前选题的特殊性。若选题制定足够特殊，那么写作的目标就能很容易达到。在四川大学担任非虚构课程教学工作的何伟（彼得·海斯勒）就认为"创造性部分来源于你是如何运用这些日常素材的，在调查中就存在创造性。非虚构作家需要发掘一些不同寻常的途径去收集信息和选择主题。一个非虚构文学作者需要利用很多非同寻常的手段去采集信息，选择主题。我曾经为《纽约客》

撰写过一篇有关中国务工者在上埃及（埃及南部地区）售卖情趣内衣的长文"。选题本身的策划就凸显出"创造性"的意义。这在社会科学研究的选题中，是一个常见的思路，吸人眼球的关键在于选题本身所包含的复杂面向。特殊场景和特殊人物决定了田野作业的质量，哪怕是客观描述，没有复杂的艺术处理，符合条件的样本越多，越能呈现出较强的信息能量和可读性，故事则越生动越好。马萨诸塞大学阿默斯特分校的社会学家 Jonathan Ong 在 2017 年就有一篇文章，题目是《灾难区域的酷儿世界主义——我的社交软件变成了一个联合国》，讲到了灾后的马尼拉使用社交软件的酷儿们日常生活背后的后殖民特征。从标题里，我们就可以看到选题在特殊性的叠加上所做的努力，有灾难、有性别、有世界主义，也有科技媒介。只要找到符合条件的田野对象，并不苛求他们的经历和表达具有文学性。他们所提供的生命经验和信息，将成为可被反复运用的结论，使之符合知识生产的目标。

如果不加节制地在文学写作中运用社会科学研究的方法，并以方法本身为审美的追求目标，是对于文学责任的逃避。"五四"以来最大的成就，借由郁达夫的观点来说，是"自我的发现"，而不是对他者的归类。文学写作的初衷，无论什么叙事文体，均可以问一些自省的问题，比如，为什么是这个故事，是什么促成了这个故事现在的版本，是什么促成了你这个版本的故事，这个故事如何反应出了你的心灵？通过这一系列的自我反思和追问，可以帮助读者更好地理解复杂生活，并重塑人与世界的关系。如果我们认同人类是具有灵性的、差异的，认同世界的神秘、命运的意外，那么这就与社会研究的"归因"、生产可被反复应用验证的"知识"有着完全相反的目的。换句话说，如果"自我"足够特殊，那么他可以产生文学。社科研究中所接触到、或者被描述的故事背后的人，不来自文学的"自我"。

三、传记文学的可能性

那么这个分歧要如何解决或调和呢？

本文认为，至少有一个散文写作类别，具有开采的资源，即传记文学。传记文学因其对于"个人"的聚焦，或可以融合一部分民族志研究方法，却也不至于沦为其他学科知识生产导向的工具，将"自我"发现的复杂性遮蔽在了选题特殊性之下。尤以稀缺的女性传记书写为题材，在社会权力关系的现实处境之下大有可为。

中国是传记文学成熟最早的国家。从司马迁的《史记》开始，以人物为中心的文学经典就诞生了。有别于"大事记"、"起居注"或轶闻趣事的辑录，《史记》具有更为特别和重要的文学价值。《左传》《国语》等许多章节，写人的目的是服务于叙事，它们尚不具备"传记"作为独立文体的自觉。从班固开始，有意识地把"历史"与"文学"分开。郑明娳在《现代散文类型论》第三章"特殊结构的类型"之"传记文学"中，曾提到传记文学的定义，"是以个人真实历史为主题的散文类型"，既然在广义的"散文文类"之类目下，我们或可从文学史的变迁中，吸取到写作方法的养料，借用带有民族志写作的特征相似的调查方法。叙述"事实"有叙述"事实"的尺度，刻画人物有刻画人物的技巧，这些都是中国文学留给我们的宝贵经验。

《史记》的本纪、世家、列传等已建立了史学传记的体例，可视为经典的传记文学范本。郁达夫在《什么是传记文学》中提出，"其

— 19

后沿着这系统一直下来经过了两千余年，中国的传记，非但没有新样出现，并且还范围日狭，终于变成了千篇一律，歌功颂德，死气沉沉的照例文字；所以我们现在要求有一种新的解放的传记文学出现，来代替这刻板的旧式的行传之类。新的传记是在记述一个活泼泼的人的一生，记述他的思想与言行，记述他与时代的关系。他的美点，自然应当写出，但他的缺点与特点，因为要传述一个活泼泼而且整个的人，尤其不可不书。所以若要写新的有文学价值的传记，我们应当将他外面的起伏事实与内心的变革过程同时书写出来，长处短处，公生活与私生活，一颦一笑，一死一生，择其要者，尽量来写，才可以见得真、说得像"。史学是求真的，文学是求美的。传记文学不得不在写作时，调和两者之间的尺寸，以期形成亦真亦假的艺术效果。这样的想法，传承至20世纪上半叶，王元出版了传记文学理论专著《传记学》，提出了"所谓'传记'者，乃系文学家用其生花动人的文笔，去描写某个人物的生平真切事迹和性格，或是某个人物自叙其一生半生的真切事迹和性格的意思"。还有一脉人物书写，重于"异于常人"之处的刻画，如《高僧传》。20世纪20年代"传记文学"的发展，胡适的作用同样很难回避。他认为传记文学必须写出传主的"实在身份，实在神情，实在口吻，要使读者如见其人，要使读者感觉真可以尚友其人"，要达到这样的效果，古文的叙述方式不容易达成，这可能是针对白话文的推行而言，所以，传记的发展带有文学革命的基因。胡适在《四十自述》中认为自传及平民的书写别具价值与意义："赤裸裸的叙述我们少年时代的琐碎生活，为的是希望社会上做过一番事业的人也会赤裸裸地记载他们的生活，给史家作材料，给文学开生路。"（实际上历史学家反而很警惕这一类材料，不仅仅是出于记忆偏差的问题）胡适提倡将

"语录体"的《论语》,当作传记开山的典范阅读,以柏拉图对话录、《马太福音》等传记,说明口语化的书写能记录人物的传神细腻之处,能够"帮助人格的教育"。这里面当然有其特定的历史语境,但抛开这部分内容,胡适强调的"好的传记文字,就是用白话把一言一行老老实实写下来",对白话文与生活内容、思想事实的传达提出了"准确""清晰"的审美要求,他认为这是接近文学"真实"的路径,"以适当的语词把事物说出来,让人看到事物原来正是如此"。

到了当代,美国文学给我们提供了具有新新闻写作特征的人物传记写作方式。史传文体从典雅的象牙塔经由白话文降落到寻常百姓家成为传记文学之后,这一文类的作品所呈现出的"完整人格"及其传播效应,给书写者本身带来的麻烦同样在20世纪留下了难以磨灭的痕迹。有一点值得注意,西方文学中的传记类,是带有一定虚构性的。许多西方作家会以"自传"的名义写作"他传",其中也不乏优秀的文本如《网:阿加西自传》。作者表示,写作传记时曾做了大量采访,最后以第一人称完成,也可看作是美国文学提供给我们的写作训练样本,即训练自己通过接触几十个人来了解一个人,经由事实调查、文学叙事理解复杂情感、复杂欲望的良好途径。值得注意的是,大部分传记都围绕着名人、英雄。真正的普通人故事,并不是这个题材的核心,而女性传记就更为稀少。正因如此,当代女性主义可能为传记类的非虚构写作带来新的气象。中国女性传记非常稀缺,即使是女性英雄类的作品都带有极大的偏见。北京大学的戴锦华教授有一段著名的评论,她提到有一个男性学者写的《秋瑾传》,书中充满偏见,作者认为"她丈夫得多么了不起,会让自己缠足的妻子独自漂洋过海去留学……秋瑾这个人多无情",一个女性先驱者尚且如此,普通女性的生活史、生命史就更不用提,都要借由历史学研究中的口述史才能有一些还原。[1]女性的生命故事在当代"传记"得到重视以前,常在历史学领域获得更多关注。[2]女性受到良好的教育、能够完整描述自己的经历,是文学呈现的起点。既然是草创之地,方法的借调就没有那么多严苛的限制。复旦中文系创意写作专业有一位优秀毕业生胡卉,如今已是"澎湃·镜相"栏目的专栏作家,2021年,胡卉于中国工人出版社出版了非虚构作品集《木兰结婚》。这本书17篇故事的主题就是"女性",她做了大量调查,为这些普通女孩曲折的人生撰写生命故事。这是非虚构与民族志创作方法运用于稀缺散文类型的范例。非虚构写作要挑选一件事,且要知道为什么要选这件事,要作大量调查,挑选样本。有些调查会有失败的风险,结局也很可能让我们感到无力,但这仍然不失为具有先锋意义的尝试。

结论

新世纪以来,非虚构的繁荣是当代散文文体十分重要的新现象,它可能意味着文学审美的变革,和读者对于"真实"诉求的不满足。随着非虚构成为出版热潮,它背后的学科交叉特征是不能忽略的。这意味着,基于"事实"的"叙述"文体,开始是从新闻学科进入文学学科,近年来又有了与人类学、历史学学科交叉的特征。其中,

---

[1] 经爱丁堡大学宗教学博士郭婷提醒,胡缨所著《吴徐葬秋与女性友谊》(*Burying Autumn: Poetry, Friendship, and Loss*),哈佛大学亚洲中心出版社,2016年,或可对秋瑾传记研究做一些女性视角的校正。

[2] 如程郁、朱易安:《上海职业妇女口述史:1949年以前就业的群体》,广西师范大学出版社2013年版。徐永初、陈瑾瑜:《圣玛利亚女校(1881—1952)》,同济大学出版社2014年版。

"民族志"一词的滥用，混淆了方法和目的，将会产生复杂的问题。作为质性研究方法的民族志，使得"真实"的呈现更具科学性。它的写作方法会被文学加以调用，存在一定的合理性。爱德华·泰勒在撰写《原始文化》的时候，感觉到翔实资料的欠缺以及科学获取资料的重要性，于是，他积极参与编撰了《人类学的询问与记录》一书，主要为那些往来于英国殖民地的各种人士业余写作民族志报告提供查阅和写作大纲，以便新兴的人类学知识群体能够有信息更丰富的民族志资料可用。这是人类学从业余时代走向专业化时代的一个标志性事件，业余的人类学主动指导业余的民族志，就开始了人类学把民族志建构为自己的方法的奠基工作。由经过训练的人类学专家来撰写民族志，民族志的发展进入了一个新时代，也就是通过学科规范支撑起的"科学性"的时代。新中国成立以来很长一段时间，民族志都因其殖民性，被定性为资产阶级研究方法，21世纪以来得以复兴，它的研究方法也被现当代文学广泛吸纳，应用于乡土写作、故乡回忆录、报道文学等文类，近年来，更是有进军当代小说审美的倾向。这种倾向背后，遮蔽了文学的真正任务。例如过度强调归类和知识生产的目标，与文学中发明和创造审美世界的目的并不相同；例如如何看待降维进入他者组群进行调研的"自我"，而"自我"的发现与建构恰是五四运动以来，尤其是散文文类中叙述主体的审美目的，不解释清楚这件事，无法很好地回应写作的伦理。另一个悖论来自于两种学科研究目的的矛盾，社会科学以方法的科学立志于生产有关人类的知识，而文学重视个体心灵的特殊性，它不便被归类，或会因为太容易被归类而丧失叙事的意义。

本文认为，当代文学在民族志"田野调查"方法的借用上，很可能会一再面临以上矛盾。而散文（非虚构）文类的变体，结合当下新闻写作对于文学技巧的重视，最可能实现的反而是在人物写作的实践上，即传记文学的发展。中国传记文学成就辉煌，历史悠久，但主要是描写英雄人物、宗教人物，具有非常深厚的本土资源。然而对于普通女性传记的写作，目前还是盲区，因而无论从创作方法上，还是创作成果上，都有进一步探索的可能性。在传记文学方面，复旦中文系既有朱东润、李祥年先生的教学传统，也有从创意写作专业成长起来的胡卉，也许在不久的将来，会形成创意写作学科中国化的新成果。以照亮"人"的复杂性为目标，致力五四文学革命成果的深化。

复旦中文系创意写作专业的散文创作与教学传统

(陶磊，复旦大学中文系)

散文，本是中国古代除诗歌外的文学大宗，但随着近代以来文学体裁的重新划分及其价值等级序列的翻转，小说一跃成为"文学之最上乘"；而一度被誉为"经国之大业，不朽之盛事"的"文章"，反而有逐渐淡出人们视野的趋势。直到晚近"非虚构文学"概念的传入，"散文"随着其定义和外延的相关争论以及非虚构创作的勃兴，再次成为中国当代文坛关注的焦点。

本文所称的"散文"取其最广泛的含义，即除小说、诗歌、戏剧之外的其他文学作品，包括注重抒情性、接近"美文"的传统散文、随笔等，也包括传记/纪实作品在内的狭义的非虚构作品。

一、被"遮蔽"的小说家散文

2004年，王安忆受聘复旦中文系，创立了中国内地第一个"创意写作"专业硕士学位授予点，并亲自参与一线教学以及开题、预答辩、答辩等全程培养工作。早有论者指出，素以小说家身份闻名的王安忆，其散文创作在很大程度上被她的小说成就"遮蔽"了。实际上，王安忆陆续出版过20余种散文集，[1]有人认为王安忆的许多短篇小说也带有散文化的倾向。[2]在复旦中文系创意写作专业的散文创作和教学传统中，作为散文家的王安忆是不应被忽略的。

王安忆关于散文最集中的探讨见于她1995年发表的《情感的生命——我看散文》。这是一篇在当代文学史——尤其是散文史上极具理论价值的文章，后被收入《王安忆研究资料》（张新颖、金理编，天津人民出版社，2009）和《中国当代文论选》（陈思和主编，上海教育出版社，2010）。王安忆认为，传统意义上的散文"好像没什么特征，我们往往只能用'不是什么'来说明它是什么"[3]，所以她把散文定义为"那种最明显区别于小说和诗的东西"[4]——我以为，王安忆在这里想表达的是：散文是与小说和诗"相反"的东西。这"相反"就是虚构与非虚构的对立："小说和诗都是虚构的产物，前者是情节的虚构，后者是语言的虚构。"而散文"最接近于天然"，

---

[1] 包括：《蒲公英》（上海文艺出版社，1988）、《旅德的故事》（江苏文艺出版社，1990）、《乘火车旅行》（中国华侨出版社，1995）、《重建象牙塔》（远东出版社，1997）、《独语》（湖南文艺出版社，1998）、《接近世纪初》（浙江文艺出版社，1998）、《男人和女人，女人和城市》（云南人民出版社，2000）、《窗外与窗里》（广州出版社，2001）、《寻找上海》（学林出版社，2001）、《茜纱窗下》（上海文艺出版社，2002）、《塞上五记》（吉林摄影出版社，2003）、《情感的生命》（中国文联出版社，2008）、《雅致的结构》（上海书店出版社，2011）、《空间在时间里流淌》（新星出版社，2012）、《剑桥的星空》（北京十月文艺出版社，2013）、《王安忆的上海》（生活书店出版有限公司，2014）、《波特哈根海岸》（新星出版社，2013）、《今夜星光灿烂》（新星出版社，2013）、《仙缘与尘缘》（人民文学出版社，2017）、《旅行的印象》（人民文学出版社，2018）、《成长初始革命年》（译林出版社，2019）、《戏说·王安忆谈艺术》（东方出版中心，2021）、《遥想手工业时代·王安忆谈外国文学》（东方出版中心，2021）等。
[2] 尹晟予：《试论王安忆短篇小说的散文化倾向》，延边大学硕士学位论文，2010年。
[3] 王安忆：《情感的生命——我看散文》，《小说界》1995年4期，第176页。
[4] 同上。

"完全不通过虚构的形式","散文在情节和语言上都是真实的"[1]。她在另一处还说:

> 散文在我看来,一定是成熟的完美的作品,它们是比小说、戏剧、诗更纯粹的东西,它们是完全裸着的精神,是灵魂的直白。[2]

这里的"散文"自然是指好的散文,也是王安忆对散文这一体裁至高无上的褒扬;而所谓"纯粹""裸""直白"显然和散文的非虚构性质有关。

关于散文在语言和情节上的非虚构特征与内在张力,《情感的生命》中有两段精彩的叙述,反映了王安忆对散文的独特认识:

> 散文在语言上没有虚构的权利,它必须实话实说。看起来它是没有限制的,然而,所有的限制其实都是形式,一旦失去限制,也就失去了形式。失去了形式,就失去了手段。别以为这是自由,这更是无所依从,无处抓挠。你找不到借力的杠杆,只能做加法。你处在一个漫无边际的境地,举目望去,没有一点标记可作方向的参照。这就是散文的语言处境,说是自由其实一无自由。它只能脚踏实地,循规蹈矩,沿着日常语言的逻辑,不要想出一点花头。[3]

---

[1] 王安忆:《情感的生命——我看散文》,《小说界》1995年4期,第176页。
[2] 王安忆:《乘火车旅行》,中国华侨出版社1995年版,第1页。
[3] 王安忆:《情感的生命——我看散文》,《小说界》1995年4期,第177页。

当小说依然保持有虚构的权利的时候,它的题材一下子增加了许多。可是散文还是不虚构的,在这不能虚构的前提之下,再怎么宽容,它的资源都是有限的。它不是操作性强的东西,有着非制作的意味,你很难想象它能源源不断地生产出品。它是真正的无意。它的情节是原生状的,扎根在你的心灵里,它们长得如何,取决于心灵的土壤有多丰厚,养料有多丰厚。要说小说概念里的"人物",散文也是有的,却只有一个,就是你,也是无从虚构的。[1]

总之,"散文的现实很矛盾,它好像是怎么都可以,其实却受到根本的钳制。这钳制使它失去了创造的武器……散文的空间貌似广阔,其实却是狭小的,狭小到你不是这、不是那地说上一大串,最后所剩无几的那一点点地方,才是散文的天地,是有些夹缝中求生存的"[2]。

2020 年,王安忆又为创意写作专业新开了一门课"非虚构写作"——这里的"非虚构"取其狭义,即注重叙事性,比较接近纪实文学,而区别于"传统"散文。从这个意义上说,此"非虚构写作"又与"虚构写作"有着微妙的联系。从王安忆为学生开列的书单中便可窥得一斑:杜鲁门·卡波特的《冷血》、托马斯·基尼利的《辛德勒名单》、约翰·格里森姆的《无辜的人》、A. 司各特·伯格的《天才的编辑》、凯文·库克的《旁观者》、丹·费金的《汤姆斯河》、丽贝卡·思科鲁特的《永生的海拉》、费迪南德·冯·席拉赫的《罪行》、苏珊·崔弗斯的《北非丽影》、莎莉·曼的《留住这一

---

[1] 王安忆:《情感的生命——我看散文》,《小说界》1995 年 4 期,第 177 页。
[2] 同上,第 177—178 页。

刻》、加西亚·马尔克斯的《一个海难幸存者的故事》、斯蒂芬·格林布拉特的《大转向》、钱钢的《唐山大地震》——其中绝大部分作品都具有很强的故事性。王安忆在课上常说，西方小说正逐渐放弃"讲故事"的传统，而这个任务似乎逐渐落到非虚构身上。她要求学生阅读这些作品，也是希望借非虚构这块"他山之石"，让学生在小说创作上有所启悟。事实上，她确实达到了目的。除了阅读指定书目外，她还要求选课学生通过资料搜集和实地调研，完成一篇非虚构作品作为期末作业。令人意外的是，学生完成的非虚构作品普遍比他们在"小说写作实践课"上完成的虚构作品好得多，至少显得"骨肉丰满"。这便是非虚构所规定的"真实性"的功劳：它既是限制，却也提供了取材的路径；不似作虚构的探险时，学生每每苦于现实经验的匮乏而无从下笔。

二、"美文"题材的赓续

在"传统"散文方面，复旦中文系创意写作专业同样接续了"五四"以来的"美文"传统。其中贡献最突出者，首推本专业刚刚荣休的导师、上海著名散文家龚静。从教三十多年来，龚静陆续出版了十余部散文集。[1]《城市野望》等篇收入上海市高中语文课本，《市井的声音》被翻译成英文收入选本出版。她还曾获得第三届

---

[1] 包括《城市野望》（上海人民出版社，1997）、《要什么样的味道》（浙江人民出版社，2000）、《文字的眼睛》（百花文艺出版社，2003）、《写意——龚静读画》（东方出版中心，2012）、《上海，与壁虎一起纳凉》（上海辞书出版社，2007）、《上海细节》（上海辞书出版社，2010）、《行色——龚静散文精选集》（海天出版社，2016）、《遇见》（上海科学技术文献出版社，2016）、《书·生》（东方出版中心，2014）、《花半》（文汇出版社，2019）、《西门，西门》（上海书店出版社，2019）等。

"上海文化新人"(2000)、首届"朱自清文学奖·散文奖"(2006)、第六届"冰心散文奖·散文集奖"(2014)以及 2014 年和 2016 年"上海市作协会员年度作品奖励"等。

龚静曾这样阐述自己的散文观念:

> 严格说来,我的"写作自觉"始于 90 年代,虽然也写诗歌和小说等,但目前为止,写作的主要文体还是散文随笔(或者说非虚构),这么说其实还是遵循了"五四"以来的小说、诗歌、散文、戏剧的文学分类,其实我更愿意说写文章而非仅仅散文创作,我比较认同中国传统文学中"文章学"的观念,书信、论文、报告,甚至说明文,写人记事论学问,扎实的内容(细节)之外拥有作者的生命情致,都是好文章。周作人提出过文章之"余情"观,意谓拥有了作者的情致,那么即使一篇说明文,也是可成佳作的。对此,我深以为然。[1]

所谓"余情",是周作人在《中国新文学大系·散文一集》导言中提出的概念。他认为,好的散文("文章")不能"只是顽强地主张自己的意见",那个"至多只能说得理圆,却没有什么余情"[2],这里的"余情"——也就是引文所说的"作者的生命情致"——可以说是龚静散文观的核心:只要与作者的生命体验和情感体验紧密相连,那么无论什么体裁的非虚构文章,都称得上是好散文。从这个意义说,龚静对散文的甄别和评断,不再囿于狭隘的体裁区隔。用

---

[1] 龚静:《一个人,投射出一个浩瀚的世界》,《语文学习》2017 年第 11 期,第 59 页。
[2] 周作人:《中国新文学大系·散文一集》导言,周作人编选:《中国新文学大系·散文一集》(影印本),上海文艺出版社 2003 年版,第 5 页。

一个或许不太恰当的形容：好的散文就是"有我"的文章。著名评论家刘绪源曾在一篇题为《论文可以是美文》的文章中说："有'余情'就有个性，这就扩大了主体的创造性和文章的审美价值的存在余地，这文章才会是活文章（而非机械板固的推理记录）。"[1] 他还以胡适、周作人、鲁迅、俞平伯、钱锺书等人为例，不无犀利地指出："他们所具有的作家身份并未降低其学术地位，相反，这有时正是学术巨子才达到的境界。"而"鲁迅的《中国小说的历史的变迁》《中国小说史略》，周作人的《人的文学》《平民的文学》《中国新文学的源流》，俞平伯的《红楼梦辨》，钱锺书的《中国诗与中国画》《诗可以怨》……也有内在的严密的逻辑，更有难得而可靠的实证和合乎学术情理的卓越的想象力，并且还能把文意表达得清通从容，这一切，都体现了学人在治学时的充裕的'余情'"[2]。这些恰可视作对龚静散文观念的进一步阐述与引申。假如往前追溯，我们也可以看到晚明"性灵派""独抒性灵，不拘格套"[3]的影响。

自 2010 年复旦中文系创意写作专业正式招生以来，龚静每年为本专业学员开设学位基础课"散文写作实践"和学位专业课"散文经典细读"，指导学生近 30 人，她的散文理念也在这十多年间薪火相传。近年来，以上两门散文课陆续由本专业新引进的中国"80后"代表作家张怡微"接棒"。经过几年的教学实践，张怡微从 2019 年 1 月起开始在《萌芽》杂志以专栏形式连载课堂讲义，并于 2020 年结集出版，被誉为"国内第一本对现代散文进行条分缕析的创意写作指南"——《散文课》（华东师范大学出版社，2020）。实际上，

---

[1] 刘绪源：《论文可以是美文——且以中国文章变迁史为据》，《文化学刊》2013 年第 5 期，第 72 页。

[2] 同上。

[3] [明]袁宏道著，钱伯城笺校：《袁宏道集笺校》，上海古籍出版社 1981 年版，第 187 页。

除了在小说领域取得众所瞩目的成就外，张怡微在散文创作方面也有十分不俗的表现。她出版有散文集《怅然年华》（汕头大学出版社，2005）、《都是遗风在醉人》（山东画报出版社，2013）、《我自己的陌生人》（华东师范大学出版社，2014）、《情关西游》（上海古籍出版社，2016）、《云物如故乡》（山东画报出版社，2016）、《新腔》（山东画报出版社，2018）等，曾荣获第二届"两岸交流纪实文学奖"佳作奖（2012）、第十五届"台北文学奖"散文首奖（2013）等。在《散文课》一书的《后记》中，张怡微这样描述自己理想中的散文：

> 最令我意外的是，在"创意写作"这个舶来专业如日中天的当下，即使"散文课"是非常弱势的、急需得到帮助的，我仍在旧纸堆中找到了一个闪亮的名词。那就是余光中在《逍遥游》中提到的"另一种散文"——"超越实用而进入美感的，可以供独立欣赏的，创造性的散文（creative prose）"。这可视为中国"创意写作"散文课的探索目标。[1]

这"超越实用而进入美感的""另一种散文"，亦可视作对龚静散文观念的某种呼应吧。

三、以学术为基的传记文学

复旦中文系创意写作专业创设之初，非虚构写作尚未在国内勃

---

[1] 张怡微：《散文课》，华东师范大学出版社 2020 年版，第 198 页。

兴，我们对"散文"这一体裁的定义还没有如今这般剧烈的争议。在专业方向中和散文归为一类的还有传记（"散文与传记创作研究与实践"）——这里的"散文"自然基于当时较普遍的认识，即为本文第二部分讨论的传统散文；而传记，从今天的角度看，自然属于非虚构的范围，亦可算作广义上的"散文"。从这个意义上看，复旦中文系创意写作专业的非虚构写作传统至少可以追溯到半个世纪以前。

1952年来到复旦并担任中文系主任的朱东润先生，素以其在中国文学批评史上的筚路蓝缕之功为学界所称道，但朱先生同时也是中国现代传记文学的奠基者和开拓者。他生前曾言："我死后，只要人们说一句'我国传记文学家朱东润死了'，我于愿足矣。"[1] 足见"传记文学家"这一身份对朱先生来说何其重要。

1941年，朱东润动笔撰写他的第一部传记文学作品——《张居正大传》，两年后完成，交开明书店出版；[2] 又于1940年代至1960年代初陆续完成了《王守仁大传》《陆游传》《梅尧臣传》等。其中，《陆游传》和《梅尧臣传》分别于1960年和1979年出版；但《王守仁大传》的文稿在"文革"中遗失，惜未付样。《元好问传》则是朱先生的最后一部传记作品，也是他的最后一部专著。据陈尚君回忆，该书"大约经始于1984或1985年，完稿于1987年10月或11月"，但"还差一篇前言"[3]。遗憾的是，先生当时已罹患癌症，病情随即恶化，次年2月便与世长辞。

---

[1] 骆玉明：《中国传记文学家朱东润》，《读书》1990年第8期，第112页。

[2] 本文关于朱东润先生的生平和著述，主要参考了朱邦薇、吴格的《朱东润先生年表》和《朱东润先生主要著作目录》（复旦大学中文系编：《朱东润先生诞辰一百一十周年纪念文集》，上海古籍出版社2006年版，第716—728页）。

[3] 陈尚君：《〈元好问传〉整理后记》，朱东润著，陈尚君整理，上海古籍出版社2016年版，第153页。

朱东润传记作品的一个鲜明特色是学术研究与传记创作的互补。他在创作《张居正大传》之前，先对中国古代最重要的史传作品——《史记》进行了深入研究，撰成《史记考索》；并以西方传记文学理论的视野观照中国传记文学的沿革，写作《中国传记文学之发展》（1940）和《八代传叙文学述论》（1941）：这些都为《张居正大传》（1944）的完稿奠定了基础。《陆游传》和《梅尧臣传》则更加典型：与《陆游传》（1960）先后著成的还有《陆游研究》（1962）和《陆游选集》（1962）；《梅尧臣诗选》（1980）及《梅尧臣编年校注》（1980）则与《梅尧臣传》（1979）陆续问世。《杜甫叙论》《陈子龙及其时代》更是将学术研究与传记创作融合，以传主生平为纲，[1]穿插作者对其人其作的剖析，较接近今之所谓"评传"。纵观朱东润先生的传记作品，若纯以学术的眼光看，似乎只是作家作品研究的"副产品"；但从文学创作的角度看，对于传主及其著作的研究则为书写传记提供了丰富信实的材料，为后者作了充分的准备。

在朱东润的传记作品中，尤为值得注意的是他的遗著——《李方舟传》。相较历史上留下浓墨重彩的张居正、王守仁、陆游、梅尧臣和元好问，李方舟何许人也？朱先生在该书序言中说：

这部作品所写的，是寻常巷陌中的一位寻常妇女。[2]

---

[1] 比如《杜甫叙论》（人民文学出版社，1981）的目录便极具传记文学的色彩：第一章 忆昔开元全盛日（712—746）；第二章 西归到咸阳（746）；第三章 渔阳鼙鼓动地来（755）；第四章 中兴诸将收山东（759）；第五章 无食问乐土，无衣思南州（759）；第六章 此身那老蜀，不死会归秦（760—762）；第七章 公来雪山重，公去雪山轻（762—765）；第八章 云安有杜鹃（765—766）；第九章 故园不可见，巫峡郁嵯峨（766—768）；第十章 此曲哀怨何时终（768—770）。

[2] 朱东润：《李方舟传》，上海远东出版社1996年版，第1页。

实际上，书中的"李方舟"并无其人：她的原型其实是朱东润结发49年的妻子——邹莲舫。根据包立民的说法，这部传记"由于是在特殊年代写作的，为了遮人耳目，朱先生不得不采用假名假姓的办法，把传主的真实姓名隐去，而把名字分开，取'莲'谐音，作'李'姓，取'舫'（拆成方舟两字）为名，于是'邹莲舫'变成了'李方舟'"[1]。为一位普通的家庭妇女立传，中国历史上几乎绝无仅有。朱先生亦坦言：

> 一位寻常妇女是不是可以立传呢？按照中国的史家，是不能立传的，清代的古文家方苞曾经说过，只有一二品大员，经过皇帝批准，才有立传的资格。至于一般人民，如种树郭橐驼之类，只能由文人当作一种文字的游戏。[2]

记叙女子事迹的作品，首先让人想起"为闺阁立传"的《红楼梦》，但正如朱先生所说，那毕竟只是"一种文字的游戏"，是虚构的文学；更何况如薛、林及元、迎、探、惜诸姊妹也很难说是"寻常妇女"。更接近"女性传记"的可能是沈复《浮生六记》中的一些段落，但作品中心视角是第一人称——余（即作者沈复），因而仍属自传性质；且就体裁论，《浮生六记》所接续的也是中国古代小品文的脉络。晚近者有陈寅恪晚年所著《柳如是别传》(1980)，但作为"明末秦淮八艳"之一、明朝大才子钱谦益的侧室，柳如是的一生同样充满传奇。总而言之，朱东润先生的《李方舟传》，无论从立意还是体裁来看，都破天荒地开拓出为"寻常妇女"立传的先河；而启

---

[1] 包立民：《恩师朱东润与〈李方舟传〉》，《世纪》2020年第2期，第86页。
[2] 朱东润：《李方舟传》，上海远东出版社1996年版，第1页。

发朱先生的正是他早年阅读过的《约翰逊博士传》：

> 鼎鼎大名的约翰逊博士只是一位乖僻的文人，至于附带出现的如约翰逊夫人、威廉夫人等，更加是寻常人物，对此中国的旧式文人是不会提到的。[1]

可以毫不夸张地讲，在中国传记史上，"旧时王谢堂前燕，飞入寻常百姓家"乃自朱东润先生始。

除了本人从事传记文学的创作，朱先生还是复旦中文系这一重要传统的开启者。1982年和1985年他分别开始招收传记文学方向的硕士和博士研究生，培养了一批同时具备传记文学研究和创作能力的作家兼学者——后来参与复旦中文系创意写作专业"散文与传记创作研究与实践"方向的李祥年教授，就是其中最具代表性的一位。作为朱先生的关门弟子，李祥年无论在传记文学研究还是创作方面都继承了乃师的宝贵遗产。他在跟随朱先生读书期间，就开始着手翻译英国著名传记作家斯特拉奇（Lytton Strachey, 1880—1932）的《维多利亚女王》（Queen Victoria）。在该书的译后记中，他深情回忆了在朱先生的传记课上与此书结缘的过程：

> 一九八三年是我在上海复旦大学师从著名传记文学家朱东润先生攻读传记文学专业硕士学位的第二年，这一年先生为我们讲授的主课是西方传记文学。先生上这门课的方法很特别，从头至尾就是读一部原版的西方传记名著，这部传记名著便是斯

---

[1] 朱东润：《李方舟传》，上海远东出版社1996年版，第1页。

特拉奇的《维多利亚女王》。每周一次的授课在先生寓所的一间小书房里进行,所谓上课,开始我觉得简直就是在读英语。当时我们一共三个学生,加上先生的孙女旁听。上课时总是先由先生问一句:"上次我们读到哪啦?"然后便是你读一节,她读一节,我读一节,先生再读一节。每人读完一节之后,先生便从本节的精要讲起,谈到斯特拉奇的传记文学成就,继而又引发开去纵论西方传记文学创作的得与失,话题随时一收,大家便又接着"读英语"。在不知不觉中,先生将我们由一本书而引进了西方现代传记文学那缤繁纷呈的殿堂。那时,每当我放下书卷,静静地聆听先生用他那苍老而纯正的伦敦音吟诵斯特拉奇优美的文字时,一颗心便会因陶醉于中而涌走阵阵激动。这门课结束以后,我便萌发了翻译这部传记的念头,想的是能为那些美妙的时刻留下一件小小的纪念品。[1]

李祥年教授在中外传记文学领域用力甚勤,其博士论文《汉魏六朝传记文学史稿》(1995)即从传记文学的角度对《史记》《汉书》等中国早期史传进行深入解析,还陆续出版了《传记文学概论》(1993)、《人的大写——中国史传文化》(1997)等传记研究专著,并为复旦大学已故校长、著名数学家、中国微分几何学派创始人苏步青作传——《卿云糺缦——苏步青画传》(2005),回顾了这位"东方国度灿烂的数学明星""东方第一几何学家""数学之王"跌宕的一生。

同样以学术研究作为传记创作基础的,还有复旦中文系创意写

---

[1] [英]李顿·斯特拉奇:《维多利亚女王》,李祥年译,湖南文艺出版社1988年版,第293页。

作专业硕士学位点的发起人、中文系原系主任陈思和教授。陈思和是享誉海内外的巴金研究权威，早在上世纪80年代就和李辉合著了《巴金论稿》(1986)。1992年，他创作出版了《人格的发展——巴金传》，十年后又推出《巴金图传》(2002)。贾植芳先生曾这样评价《巴金传》：

> 他（作者）从传主的整体生活史和创作史出发，将传主的人格生长发展史，分为七个环节，即：胚胎—形成—高扬—分裂—平稳—沉沦—复苏，从人格发展史的角度，重新塑造巴金的形象，显示了一个人性大循环的历程。他这种人格重塑的写法，可以说，完全冲破了过去流行的按文学史分期，即按现代和当代两个历史范畴，来撰写中国现代作家传记的传统模式，是一种创新之举。我认为，从巴金先生漫长的生活和创作的历史实践来看，思和这种新式的立传手法，也是更能贴近实际的，因为他写出了一个人的历史真实，更有助于读者对于作为人的巴金和作为作家的巴金的认识和理解；也为人们认识历史，品味人生，提供了有益的参照系。[1]

还值得一提的是，同为复旦中文系创意写作专业导师的梁永安教授，专门为复旦大学生命科学学院已故教授、博士生导师钟扬创作了《那朵盛开的藏波罗花：钟扬小传》（复旦大学出版社，2018）。钟扬生前长期致力于生物多样性研究和保护，在青藏高原跋山涉水50多万公里，数次攀登至海拔6000多米，为国家种质库收集了4000

---

[1] 贾植芳：《序一：一个人的真实历史》，陈思和：《人格的发展——巴金传》，上海人民出版社1992年版，第1页。

多万颗种子。2017年9月25日,钟扬在赴内蒙古为民族干部授课途中遭遇车祸,不幸逝世,年仅53岁。为了撰写这部传记,梁永安亲赴西藏和钟扬出生长大的武汉,作了大量访谈、阅读和实地调研。在谈及该书的写作时,他说:

> 传记写作的方法有很多,这本书曾经想写成"评传",夹叙夹议,从不同的人生角度、不同的历史背景评说钟扬的价值。也曾想写成一本生活气息浓厚的成长史,将钟扬的一道道年轮具象化。经过一系列采访和资料阅读之后,感觉钟扬教授的追求中,最重要的关键词是"选择"二字,应当从这个时代命题中追溯他的生命历程,写他那些人生十字路口的判断和行动。他是"文革"后的第三届大学生,个人生涯紧紧伴随着改革开放的滚滚大潮。如何追随历史的发展,做出无负于时代的抉择?这是他不断深思、勇敢实践的问题。"时代造就了他,他又推动了时代"——整本书的思路,都落定在这一点。[1]

从2002年春季学期开始,复旦中文系启动"汉语言文学原典精读"系列课程的讲授;而专门介绍中国史传文学鼻祖的"《史记》精读",始终作为专业必修课开列在中文系本科生的培养方案里,保留至今。

除了以上几位教师,复旦中文系创意写作专业导师,"游走"于文学、科技、音乐、游戏等跨媒体领域的"网红"教授——严锋,也陆续创作过《雕虫缀网录》(2004)、《感官的盛宴》(2007)、《现在

---

[1] 梁永安:《他还在采集种子的长路上》,《人民日报》2018年6月26日第24版。

是书几点零》(2012)、《瘾的世纪》(2018)、《时间的滋味》(2021)等随笔集,形成了广泛的影响。

四、不断汇入传统的当下

无论是毕业作品还是日常习作,复旦中文系创意写作专业的学员们始终不断地观察和摸索着散文创作的边界,并取得了一系列可喜的成就:2015年,龚静指导的创意写作专业硕士陈成益凭借其毕业作品——系列散文《书法人生》,荣获第二十四届"全国孙犁散文奖"一等奖;2017年,同样就读于本专业的张心怡和单超君获首届"复旦—嘉润全球华语青年文学奖"散文组主奖;2018年,黄厚斌获第八届"包商银行杯"全国高校征文比赛(散文组)优秀奖,江姗珊和王超逸分获"写给上海的诗"散文组一等奖和三等奖;2020年,谢诗豪获第三届"丰子恺散文奖"提名奖……

我们欣喜地看到,复旦中文系创意写作专业的散文传统不断滋养着当下,而当下的创作也在一刻不停地成为继承和开拓传统的新生力。

散文叙事者的戏曲唱腔

(周燊,鲁东大学文学院)

散文与戏曲看似是两门不相关的艺术形式,实则却有隐秘的内在关联。散文作者的创作笔调有时与戏曲演员的唱腔、韵白是殊途同归的。高如洪钟,低至俱寂;峰回路转,柳暗花明;如怨如慕、洗盏更酌。中国戏曲的剧种繁多,载歌载舞,有文有武,说唱并融,具有综合性、虚拟性、程式性的艺术特征,凝聚着中国传统美学崇尚意境的智慧,所谓"眨眼间数年光阴,寸柱香千秋万代"。散文作家则立足生活,笔触扎实灵动,用文字演绎柴米油盐、悲欢离合,虽无音乐伴奏却更似清唱。两者都具有戏剧性成分,皆有哲理玄机寓告世人,因此,以创新的眼光对比两者可以更好地认识个中本质,亦对散文创作有启发作用。

一、借助曲牌体抒发丰富的情感心理

散文写作是四大类文学文体中最恒温的生产过程,小说、诗歌、戏剧皆强调变温以刺激读者,散文却是温一盏茶,娓娓道来,且待鸡鸣。中国戏曲经过历史演变，形成了京剧、越剧、黄梅戏、评剧、豫剧五大剧种，借音乐发展剧情、刻画人物，以唱腔、韵白、器乐伴奏等来表现情感，突出的"曲"字与散文的乐理性不乏契合之处。散文作者与戏曲演员都需要"台上一分钟，台下十年功"，不然真情难以流露，无法使观众动容。

印度论师龙树的《中论颂》，以一个"空"字道出了中国认识论与存在论的哲学基础，柏拉图、黑格尔关于人的智慧、审美之理念诠释，亦关注抽象的心灵嬗变。当人们对人与宇宙的关系进行思考时，往往会陷入一种缥缈、孤独、虚空的状态，语言的抽离模糊了其与上层建筑的差异，"语言"和"话语"如出一辙又有精微出入，逻辑的论域常常以形象的、直观的画面反馈给思维，这种快而美的景象在集体无意识的催化下，滋生出意境。清人欧榘甲在《观戏记》中有言："乐者感人最深，故岁也。"[1] 从汉代的《房中歌》《郊祀歌》《大风歌》至魏晋隋唐的王之涣、王昌龄、高适等名家于亭间饮酒作诗，伴有女优吟唱各人诗作，中国文学与音乐的关系始终是密切的，因为中国文学讲究意境美，而以视觉为表现形式的画面追求和以听觉为感官体验的乐曲撩拨，在有机体的生物化合作用中是相互协作、彼此成全的。

昆曲发源于14世纪的苏州昆山，曲词典雅、腔调软糯、细腻，好似江南人吃的用水磨粉做的糯米汤圆，因此又被十分生动地称为"水磨调"。诸如《牡丹亭》《长生殿》《桃花扇》等作品，唱腔华丽婉转、念白儒雅、表演细腻传神。结合曲文来看，昆曲以曲牌体的形式来演唱，每支曲牌唱腔的曲调都有自己的曲式、调式和调性，

---

[1] 俞为民、孙蓉蓉：《历代曲话汇编——新编中国古典戏曲论著集成近代编》（第一集），黄山书社2009年版，第114页。

但其音乐结构和文学结构是统一的，为故事性发展和人物心理变化递进而服务。曲牌在文字上运用长短句式，因此其写作类似于填词。这种填词除了对句法、韵律等有严格要求，还对衬字、衬句的运用十分重视。所谓"衬字"，即曲牌所规定的格式之外另加的字，使得行文造字有了更大的灵活性，正字语意的缺漏也因为衬字得到补充，供转折、形容、辅佐之用，或可使字句与音乐旋律更加和谐。昆曲的北曲由于短句较多，正字少，因而多衬却不失分寸，如北曲南吕宫套的一支主曲《梁州第七》，在传承的过程中，多数例子加了多少不等的衬字和衬句。这种"无伤大雅"却更"接地气"的字句亦是散文作者的市井追求。

　　林语堂散文《人生的乐趣》，先总括自己认为中国人只有在闲暇时光中，人生才是富有智慧的，并罗列了一些如食蟹、品茗、唱戏、下棋等游戏手段，得出"在中国，人们对一切艺术的艺术，即生活的艺术，懂得很多"[1]之结论。随后，文章笔锋一转，将画面切换到李笠翁的观点，并引用了三处李笠翁的著作原文，首先是李如何对待花草树木及其欣赏艺术，从"柳贵乎垂，不垂则可无柳"引到"以待月轮出没，则昼夜均受其利矣"；二引李如何看待妇女服饰问题，从"妇人之衣，不贵精而贵洁"引到"无论少长男妇，皆衣青矣"；三引李对于黑色的偏爱，从"然而午睡之乐，倍于黄昏"到"睡中三昧，惟（唯）此得之"。

　　三处引用原文的总字数不少，且与前文林语堂的主观叙述形成了较大割裂，在笔调结构上不免令人产生质疑，但在情感思想方面两种语言之碰撞出奇和谐，采用古今对照的写法，正如昆曲曲牌之

---

[1] [法]罗曼·罗兰等：《中外名家散文精华本》，长江文艺出版社2014年版，第133页、17页。

唱调，由不同的曲牌连成一套，如同适用于小生和老生的［醉花阴］加上［叨叨令］［刮地风］，"口语感"十足。所谓"口语感"，顾名思义，在戏曲和散文中演唱者和作者的诉说功能均占着主要地位，一个是把情理唱给观众，一个是告诉给读者，虽接收不到听众的现场反馈，仍然形成了潜在的对话结构。试想将《人生的乐趣》进行解构，把作者最想表达之精华分成几个部分，谱以曲子，其说理融情的架势与戏曲演员连唱带跳的表演必定不相上下。

复旦大学中文系创意写作专业的张佳敏，在研读完笔者的论文后，他进一步提出了"情绪的乐感"这一概念及"古典音乐如何以器乐的演奏形式作为散文创造可供审美的精神实体的理想范本"这一有待深入研究的论题。苏格兰不可知论哲学家大卫·休谟在《人性论》及《人类理解研究》中把人的灵魂比喻为一个共和国，这个共和国并非靠着某恒久的核心思想，而是靠各种不同的、不断改变而又互相连结的思想才保持了其本体，休谟认为个人的本体是由一个人的各种个人经验所构成的松散连结；十分看重直觉的哲学家柏格森将生命冲动视为绵延的意识长河；恩格斯曾评价黑格尔的"巨大功绩"就是其将整个自然的、历史的、精神的世界描述为一个过程，即把它描写为处在不断运动、变化和发展之中。古往今来，许多先贤哲人都将人的生命视为一种不断变化的过程，而处在其中的意识不断从内部释放冲动并且不断从外界吸收能量，以维持人的创造力和世界的丰富性，诚如普鲁斯特在《驳圣伯夫》一书中所强调的，记忆对想象力有巨大的启发作用且想象力比思维能力更加深刻。不难发现，人的记忆有很大一部分是由情绪构成的，而某些情绪可以视作相应意识的催化剂，艺术家借助过人的想象力从中化合出细腻并具有普遍意义的作品。同样具有流动性的音乐作为一种"万能"

的启迪灵感的媒介，是沟通不同艺术形式之间的桥梁，为不同行业的艺术家点燃智慧的火花。在文学创作中，"情绪的乐感"则是强调作家在生产过程中与自我主体相沟通同时又与外界进行思想交换的旋律与节奏。作家在应用语言时所考虑的语词选择、语法结构与叙述视角等问题和音乐家在谱曲时所根据的和声、和弦、音响强度（力度）、回旋曲式等元素都是饱含着原创风格的记忆与想象的精神实体的外化。在中国，散文与戏曲是"二脉相承"古典主义的两门艺术，有许多因素可以使两者殊方同致。

衬字、衬句作为强化叙事代言的工具，多为表达语气或情态的虚词（如连词、助词、副词等），也可在适当位置用实词（如名词、动词等）丰富语境，使剧曲从纸面上站起来，得以悦动。关汉卿的《一枝花·不伏老》尾声："我是个蒸不烂、煮不熟、捶不匾、炒不爆、响珰珰一粒铜豌豆。"在"响"字之前的衬句有些像今天的饶舌歌曲，脍炙人口。戏曲文词中的这种虚实结合以增强感染力的方法，在散文创作中同样有异曲同工之妙。老舍写济南的冬天，回避了偌大的济南城而去写城外，正如同衬字突出衬托之功效，留白之大足以激发作者的想象力和代入感，避免了与春日生机图景不搭配的冗闷之感。和谷的《秦俑漫笔》中描写骑士俑："似乎一瞬间，即跨上战骑，奔驰疆场，顿时杀声鼎沸，血溅烟尘。"[1]"似乎"一词有衬字之功效，作为虚构好戏的领起增加了传奇感和传颂感，使得情感在历史的浸染下更加复杂。

在乐理中有"模进"这一概念，即：将歌曲的主题旋律或其他乐句的旋律再或它们的乐节、乐汇等作重复出现时，每一次的高度

---

[1] 萧忠华、萧雪松：《散文写作例话》，四川大学出版社1995年版，第156页。

都不相同者。类比到诗歌中，比如舒婷的《致橡树》，用凌霄花、鸟儿、泉源、险峰等意象，使"我如果爱你"的主题得以在旋律的高低变化中因重复而增强意境。王小波的知名散文《一只特立独行的猪》就以戏谑调侃的语调刻画了一只猪的"罗曼蒂克史"，如同激昂慷慨、悲苦凄怆的北曲曲牌《天净沙》，先讲了猪的肉体健硕，再讲这只猪的卓越智商，最后讲它如何以一敌百，重获自由，作者采用曲牌联套的方式推进剧情，增强情感的张力，各情感环节如同"曲牌"般遵循着基本表现的章法，紧紧围绕主题，同时对于文章的整体结构来说又如同"模进"般各具千秋，螺旋上升，表现了作为旁观者的"我"的心态从欣赏到敬畏的转换，感染力渐强。

黄梅戏的花腔以演小戏为主，富有浓厚的生活气息和民歌风味，表现了劳动人民的淳朴和对美好生活的向往，因为日常化，所以多用衬词，如"呀嗬啥、咦嗬呀"之类，由于黄梅戏发源于山歌时调，内在韵味是俗中带雅、朴素而诗意的，常常通过民间口语、大实话等唱词来直抒胸臆，又不失对古诗词的择优选用，因此如果去掉不起眼的衬字垫词，就等于失去了民歌的精髓，也失去了依托于真人真事之民间故事的生动传承。因为是普通百姓的戏曲，黄梅戏的唱腔是轻快、平易、戏谑、蓬勃的。花腔作为其唱腔之一，属于曲牌联缀体，在小戏中，花腔大多数是专曲专用，如"观灯调"专用于《夫妻观灯》，"打猪草调"专用于《打猪草》。而在小戏或串戏的一折中常用一至两首花腔小曲，这些小曲除了用自己的原本曲调外，也会发生一些改变，通过旋律或板式上的不拘一格达到灵动、适宜的表现目的。

作家贾平凹在散文《地下动物园》中写陇南的一处疗养所，有位年纪很大的画家到山林里去写生，"已经是黄昏了，转到那条沟，突然就吓倒了：远远的地方，爬着，卧着，立着，仄着一堆飞禽走兽！但那些动物却并未走散，甚至动也未动，他定睛看时，不禁哑然失笑了，原来这竟是那堆树根"[1]。这一段发生在山林中的奇遇，刺激而诙谐，又落脚在一抹亮色上，颇有黄梅戏花腔活泼、攒动的内在神韵，似有锣鼓伴奏，又因快人快语、幽默逗趣，读来令人感到旋律线条的口语化。接着，作者写老画家因此欣喜若狂，捡了许多树根回去，将它们雕刻成各种栩栩如生的动物，此举轰动了陇南，继而这条沟壑得到了开发，树根们都变成了精美的艺术品……随之而来的叙述就变成了黄梅戏正本戏中的"［平词］"，好比花腔在小戏中也偶尔以板式变化体为音乐结构的主腔，可见戏曲多元化的表现形式融合推演到文学创作中，两者之手法是通透和谐的。

在《十字街菜市》中，贾平凹写一个菜市场的市井百态，说小贩最怕遇见知识分子的媳妇来买菜，因为她们善于讨价还价，伶牙俐齿："买萝卜嫌没洗泥，买葱爱剥皮，买一斤豆芽可以连续跑十家二十家豆芽摊，反复比较，不能主见，末了下决心买时，还说这豆芽老了，皮儿多了，怎么个吃呀！"[2] 在戏曲的唱腔中，衬字垫词的使用是为了更贴近生活，它们不影响句子原本的语法功能，是最能体现劳动人民快乐心情的调皮之笔。这段描写看似仅在最后一句中出现了一个多余的"个"字作为衬字，突出妇女的抱怨心态，实则前面的几句最是衬句，这样的铺陈刻画，对于整篇散文来说，起到了如虎添翼的衬托之功效。这段生动细致的描写，让读者有了置身于场景中的逼真感受，身心愉悦，获得沉浸式的阅读体验。

---

[1] 范培松编：《贾平凹散文选集》，百花文艺出版社 2009 年版，第 82、88 页。
[2] 同上。

二、借助板腔体使叙事更富个性

曲牌体强调"以腔行字",而板腔体则强调"依字行腔",由此可看出前者重视音乐,后者重视文学。"板腔体第一次将戏曲文学创作提升到主导的地位,让音乐为文学服务,而不是像先前那样,让文学成为音乐的奴隶。"[1] 田汉先生创作的京剧《白蛇传》中有一大段唱腔是白素贞将自己与许仙相识、相爱、相恨的经历叙述出来,"你不该病好把良心变,上了法海无底船",可见板腔体的抒情更有故事性,人物形象更饱满。

胡适在《我的母亲》中塑造了一位平凡而伟大的母亲,写二十三岁即守寡的母亲的慈爱和严厉,写母亲在复杂的家族关系中如何从容且宽阔。胡适的"调门"是沉郁、悠扬的,"沉"在母亲悲凉的命运中,"扬"在自己从母亲那里习得的处世法则中。张中行的散文《凌大嫂》,凌大嫂农村中产之家出身,十七八岁时凭父母之命、媒妁之言嫁到邻村,新婚当日双方才见到彼此样貌。作者解释道,为什么旧时男女不经过恋爱便可结合,一是遵循生物天性,二是遵循千古礼教,还引用《庄子》所言,人有了形体以后就"劳我以生",女人嫁谁就为谁家服务,劳无怨、死无怨。对比京剧中的"行旋"——演员独白时的衬托音乐,张中行所作的这段总结语调无奈而凄然,如同笙发出的音。为后文写凌大嫂如何任劳任怨,积劳成疾死于脑溢血的辛碌人生做铺垫,也承接了上文的叙述基调。

在京剧中有一个术语叫做"走边",用来表现侠客、好汉等轻装夜行或潜行疾走的表演程式,给人以此人头脑机敏、身手不凡的感

---

[1] 苏苏、王强:《从曲牌联套体到板腔体——论明清时期戏曲文学的解放与自律》,《艺术百家》2019 年第 6 期。

觉。散文作为一种非常私人化的文体,尤其是抨击社会问题类的作品,作者常常用"走边"的表演方式来呈现自身的话语地位,不喧宾夺主却十分冷峻、犀利。梁实秋写过两篇散文,分别叫《男人》和《女人》,在《女人》中,他调侃女人喜欢说谎,且善变、善哭、伶俐、胆小、聪明。在《男人》中,他则认为男人给人的第一印象是脏、懒,继而又说男人馋、自私等,笔调讽刺又不乏幽默。在写作这两篇文章时,作者仿佛伺机而动的侦察者,用狡黠的眼睛进行观察和批判。

英国作家伍尔夫在《夜行记》一文中,写自己同友人至艾夫斯湾西侧一处名叫特雷韦尔的谷地一游,巨大的岩崖队列在黑夜中显得峥嵘,显得人格外渺小与软弱,大家的欢声笑语也因此逐渐向幽暗阴郁的话题转移,咄咄逼人的黑色岩崖令人倍感压抑,直到遇见一处农家院,众人才从虚幻的意识中回到现实。这是一篇典型的写景散文,通过对个体情绪的剖析来衬托暗夜谷地的奇异与混沌,给读者一种静谧、神秘的感官体验,探讨了人在自然中的荒凉与孤独。然而作者伍尔夫始终以一种理性的、评价的语言在审视自己的体验,甚至转换了叙述视角,从第一人称转到了第二人称:"你感受到四周的黑暗咄咄逼人的压力,感受到你抗拒这重压的力量在逐渐减弱,感受到,你那副在地上往前移动的躯体与你的精神分离为二,而精神则飘飘摇摇离你远去,好似晕厥了一般,甚至这条路也在身后离开了你。"[1]这种叙事方式首先使文本中的一切事物都活了过来,比如人的灵魂与路,灵魂本是肉体中沉默的部分,脚下的路更是非生命的物质,但是作者运用奇特的想象将两者复活,赋予了

---

[1] [法]罗曼·罗兰等:《中外名家散文精华本》,长江文艺出版社2014年版,第17页。

奇幻色彩，使文本更加诡谲。其次，这种第二人称的叙事方式使文本外的受众更加具有参与感，如同身临其境地行走在作者的队伍里，类比"走边"中的动作"整云手""半云手"，表演者两手交互旋转似画云（传统中国画习惯以螺旋状表示云之随风旋转，故仿之而得名），意在加强角色与背景的联系，给人以乱花渐欲迷人眼的错综感。伍尔夫对周围环境的机敏感受以及在文字中构建出的神秘氛围，均与中国京剧的"走边"不谋而合。在她的笔下，精心制造的颇有巴洛克风格的海边夜色让人想起中国京剧演员走边时伴随的全堂锣鼓，紧张、翻覆。在伍尔夫这位女性作家细腻、抽离的笔触下，正如云手的表演给人以角色试图避人耳目之感觉那般，达到了背景与主体的互相成全。

黄梅戏板腔体的主调是黄梅戏传统正本大戏常用的唱腔，其中［平词］是正本戏中最主要的唱腔，曲调严肃庄重，优美大方，常用于大段的叙述和抒情，婉转悠扬，可以体现人物喜悦、悲哀、暧昧等各种情愫，其中［女平词］是最能体现剧种风格的。"一般来说［女平词］尤其是比较传统的唱腔，起唱的句首大多是从比较高的音上开始，再从高处婉转向下进行，落音点常常是低音区'5'或其他音级。高起低落是［女平词］旋律走向的主要趋向。"[1]尽管这个声腔旋律走向较单一，但由于间奏音乐（过门）的旋律走向刚好与之相反，因而合起来仍然如波涛般符合音乐运动的规律，达到悦耳、悦心的目的。

女作家张抗抗的散文《遥远的北大荒·垄沟》，开头一句："北大荒原来这么大呀，我知道什么叫广阔天地了！"[2]这句高调的感慨

---

[1] 赵风：《黄梅戏［女平词］型态研究》，《黄梅戏艺术》1998年第3期。
[2] 张抗抗：《有女如云》，北方文艺出版社2016年版，第57页。

直观呈现出了作者对于北大荒天地的第一感受，如同黄梅戏的［女平词］，起个高调，瞬间将读者的注意力集中起来。接下来作者通过较长的抒情来表现自己对于土地的热爱，随后通过叙事来讲述自己这位南方知青眼中的北大荒垄沟有何特别，以及土地同耕耘者之间种种逗趣且奇妙的缘分。文末，作者写到北大荒的垄沟在她的生命史上刻下了第一道有关土地的烙印，这句话令读者在暗中感受到了来自土地的炽热，此处可以比拟为［女平词］的"低落"，低音往往给人以深沉之感，回归真理，发人深省。

随后，张抗抗在《遥远的北大荒·菜园子》一文中写北大荒的丰收时节，各种蔬菜盆满钵满，首先是黄瓜，介绍它们的分类和长势以及种法；其次是西红柿，它们如何美味以及南北方的人们对于西红柿的认知差异；然后写西葫芦，作者对于它们有陌生感，随后又因特色烹饪方法而喜爱上这种蔬菜；还有长茄子、柿子椒、豆角、大白菜、土豆、萝卜等蔬菜，无不令青涩的知青们兴叹于北大荒的肥沃。如果把这些蔬菜想象成各种乐器在吹拉弹唱，为那段特殊的历史岁月演奏"过门"，以烘托人与自然的和谐，则不难发现这种笔法与黄梅戏主腔的变奏有异曲同工之妙。主腔属于板腔体，通过节奏的变化形成各异的板式，相互转接，相反相成，衍化出冲力极强的唱腔来。一板三眼的［平词］作为主腔中一个独立、重要的腔体，可以独立构成或长或短的唱段，节奏匀称平和，为人物的心理活动过程服务。在这篇散文中，作者通过收获不同的蔬菜来反映自己与北大荒的感情日益加深，正像一位演唱者吐露自己的心路历程，在蔬菜这些"间奏音乐"（过门）的渲染与过渡中，将自我形象一点点地饱满起来，秘而不宣，清丽暧昧。

三、念白与散文写作的表现手法

在戏曲表现手法中，唱与念是互相成就的。念白是将人物的内心独白或人物间的对话用一种介于读与唱之间的音调说出来，语调有鲜明的节奏变化并拖长字音，有"韵白"和"方言白"两种分类，其中"方言白"作用于不同地域的不同剧种，如京剧的"京白"或昆曲的"苏白"等。京剧大师周信芳在《唱腔在戏曲中的地位——答黄汉声君》一文中强调了"念"的重要性，即在编戏的时候，"唱"可以随意添置，但是帮助观众明白剧情的"重要的话"不能删去，而且还要使伶人"念得清楚"。并且，他将"说白"比喻为工笔，将"唱"比喻成写意，认为本质上要从工笔着手。作为中国画的技法类别之一，工笔画要求巧密而精细，崇尚写实，求形似，是以工整者多，可见戏曲对于"念白"的苛刻要求。就散文创作而言，尤其在刻画人物心理活动的时候，便既需要戏曲演员表演"念白"时的情绪延宕，又需要工笔画的细致入微。

巴金在 1940 年 12 月写于重庆的《在泸县》一文中，用沉痛的语调描摹了家国的疮痍。再次踏上这片熟悉的土地已是时隔多年，作者先写自己被一处掷"糖罗汉"的摊子吸引，回忆起自己的童年，并因此陷入短暂的"幼稚的喜悦"中，然而接下来仅走了大半条街，作者便被拉回了残酷的现实中。他看到一大片被炸毁的房屋废墟，碎砖破瓦、断墙颓壁令其怆然失魂。随后作者看见一处写有"我们要替死者复仇"的抗战标语，这些字并不是血书，可是在夕阳的照耀下使得这些字仿佛浸润在血光中，冲击了作者内心中最痛弱的地方，使他想到废墟中埋葬的若干善良生命"都是说着我熟悉的语言""过着我熟悉的生活"的同胞，从某种角度来说，这些被残害的生命就是"我"的生命,他们不幸的遭遇亦是"我"正在生活的艰难岁月。作者听到遇难者的血(血色夕阳)在同他讲话,他们在叫喊复仇。这里作者的内心独白是经过情感的延宕后实现的,从童年的愉快回忆中迅速转向严酷的现实,作者还带有一定的恍惚感,一时间难以分清是残阳所代表的时代大背景在同他倾诉,还是眼前满目凄惨所代表的实在个体在予他警示。对于血债的控诉是一个逐渐爆发的过程,如同"念白",将关键性的心理变化用清晰的字句做出交代,如此文中几个具有代表性的形容词:"焦炙的""孤寂的""凶残的""愤怒的"等,贴切、真实。继而,作者在发现了一座状似骷髅的钟楼,洞穴似的"眼睛"望着"我","我"如同受到了干尸的凝视,"我"听到这座被战火蹂躏的钟楼也在诉说着它所遭遇的酷刑。将"念白"推向了戏剧性的高潮。

工笔白描在绘画中就是完全用墨的线条来描绘对象,不涂颜色。在文学中可以理解为细腻、不加粉饰的描写。《在泸县》一文,作家巴金精准地运用了这一手法。文章开篇,"白带似的江水""一片沙滩""几间茅屋""两只囤船""一列小舟"等意象的罗列如同作家拿着画笔在朴素勾勒,作家形容这些意象是全部陷入静止状态的,但是"来往的人却使他们活动了"。他将画面中的人比喻成带色的棋子"在这块大棋盘上不停地跳动","于是颜色和声音混杂在一起,从我的面前飘过"[1]。这种刻画将戏曲的声音和绘画的颜色高度杂糅在一起,形成了独具个性的散文写作风格。

沈从文在《湘行散记·市集》一文中,用凤凰方言"舠舠儿"三字形容一条瘦小的河;在《常德的船》一文中,作家提到了"坐

---

[1] 巴金:《巴金散文》,人民文学出版社 2007 年版,第 39 页。

庄人"、"大鳅鱼头"（一种运盐的船）、"骂野话"等富有地域特色的语词；在《沅陵的人》一文中，沈从文则用几个富有湘西本土特色的故事来奠定全文的风俗基调：像男人一样劳役并爱美的女子、能够使人起死回生的"辰州符"、"做土地会"、匪患、漂亮豪爽的女孩被兵家抢亲、奉行"不干涉主义"的老绅士等。这些传奇而具地方文化个性的情节涓涓流淌，这些事件自身就是具有强烈的地域辨识度的，且所提及的个中人物也都具有迥异的性格特征。这种用地方本色来表达思想、塑造人物的写作方式，与戏曲演员以行当为基础，配合表情、身段等表演，用方言来念白，展现人物的意义是一致的。

发源于河北唐山的评剧，经过历史发展，形成了以冀东、天津、北京三种语言混合的复合型评剧音韵的念白。唐山话委婉动听，在儿化韵的使用方面，新派评剧在念白时所使用的儿化词大大多于在唱词中使用的儿化词。梁实秋的散文《豆汁儿》从北平著名吃食"豆汁"的儿化音说起，使北平的方言鲜活起来；河北作家孙犁的散文《木棍儿》，题目带了儿化音，不过在文中提及木棍时却去掉了后面的"儿"字，就是思量了"念"与"唱"的儿化词比重，达到俗雅兼容、不失庄重。在天津度过童年的作家冯骥才，写过一篇叫《歪儿》的散文，歪儿是一位瘦弱又稍微畸形的"歪歪扭扭"的小男孩，他的母亲是苏州人，本来给他取名叫"弯儿"，可是孩子们由于分不清苏州口音，便错把"弯儿"叫成了"歪儿"。歪儿爱踢罐儿（一种游戏）成为了文章最富有朝气和市井气息的句意，使得"唱"与"念"中的儿化词有机契合。散文是最贴近平常生活的文学，适当使用地方口语，不仅可以起到锦上添花的作用，还可以使文章耐人寻味，破除紧张严肃的语态所带来的弊端。对乡音的依恋是作家们共有的意识倾向,散文作品的"唱腔"与"念白"要和谐就不能忽略作家对故乡这一素材根源的明智勘采。

  综上可见,散文与戏曲之间充斥着本质联系。在程式上,散文创作可以借鉴戏曲表演的方面有许多。娱乐、写实是两者共同的艺术诉求,一个需要立体的舞台,一个依托于平面的纸笔。散文同时具有现实主义与浪漫主义的双重性质,散文作家是歌者,用自己独特的音色为岁月发声,盎然而饱实,深刻且悠远,经得起时代的考验。

"家"与"地"的记忆诗学——
兼谈中国当代散文的边界问题

(伍华星,复旦大学中文系)

自白话文运动以来,散文的发展脉络纵横,其中尤以抒情志感一派蔚为大宗。一方面,"抒情"作为文学一种成分的指向,与其说简单理解为一种修辞或叙事手法,不如说更倾向于广泛的"有情"或"缘情"的书写。当代散文所蕴含的"情",混杂了物与我、天与人、自然与内心、心灵与万象、小我与大我的界限,往往垂青于那些与生命本源真切相关的事物,以情感递变的逻辑描刻散文内在的"真心"和"常心"。另一方面,"散文"的概念,古往今来不乏各类阐释,形成各方学派论述,其中达成的共识可能是:当代散文,在文体的伦理价值面前,以"非虚构"的面目呈现,并从其他形式与文类中更广博地吸取和发扬,具备伸缩自如的自由度,并在一再自证其扩张的文体弹性。

在抒情(或称之为"有情""关情")散文这一脉络之下,由"家"与"地"等空间展开的"记忆旅行",作为其中的关要,一如众多首先被揭开的献词页——那寥寥数字,往往是献给记忆中某位从家族或故土中缓缓离去的影子。写作人以"有情"的书写"知会"

日常世界中的无常与沦落，以"献给"等价于"抹去"与"自挽"，逐步形成各异的"记忆诗学"。然而，自20世纪90年代以来，欠缺问题化的散文，作为市场的消费品，报刊杂志上铺天盖地；日渐膨胀的信息、如同钞票一样流通与挥霍的文字，使这些作品耽溺于写作的消费性与日常性，取向不高，令看似繁荣的散文世界陷入更"容易"而非"困难"的写作局面。与此同时出现的一批书写"家"与"地"的散文作品，则尝试打破此种偏狭格局。

本文以北岛、周志文、王安忆等人的作品或论述为例，无意于再深入阐发何谓当代散文，而希望将讨论置于其"为何是"、"为何不是"和"如何是"之上，重探散文中"情"与"真"、"家"与"地"的边界及其沟通可能，审思当代散文写作中记忆书写的潜在危险与伤害，以及其可能的方向与路径。

一、歌谣：家常记忆及其回响

马塞尔·普鲁斯特曾在《追忆似水年华》中写道："那本植入我们身体的书，带有不是我们自己写入的文字，它是我们唯一的书。"若将此看作写作人的某种自白，那"植入我们身体的书"或可理解为内嵌于其生命经验的一切事与物，如同某种身心中的"存在的深井"。它是抽象的，也是力图不朽的。它似乎天然与时间产生一种紧张的关系。此种关系好比记忆与遗忘的相伴而生，或失忆症与创伤所压抑的无意识症结（当下的过去，纯粹的过去，被遮掩的过去……)，它们常常被自觉或不自觉地带进散文的记忆世界：个人的、集体的、文化的记忆，在某种程度上建筑了人类赖以生存的物理与精神坐标——"我城"与"我地"，也因而显出其特殊意义。

于漂泊的北岛而言,"我城"与"我地",既是也不是从想象中得来——或者说,他竭力从想象中得出一个并非想象而来的城市肖像,是真正的"记忆之城"("幽灵之地")。记忆因需辟出罅隙,便不得不纳入更远距离的"观察术",《城门开》便是这样一种远距离的记忆书写。距离更易于产生分寸感,却又带来"模糊"的危险。随着回忆渐渐逝去,不仅距离感增大了,回忆的质也发生了变化。因此,论及写作此书的缘由,北岛在《我的北京》一文中说:"我在自己的故乡成了异乡人。"[1] 但他并不放弃对故土的回溯,而是立意于"用文字重建一座城市,重建我的北京——用我的北京否认如今的北京"。北岛在找寻和确认重建"我的北京"这一书写契机与冲动后,进一步论及这个"重建工程"的困难在于:

记忆带有选择性、模糊性和排他性,并长期处于冬眠状态。而写作正是唤醒记忆的过程——在记忆的迷宫,一条通道引导另一条通道,一扇门开向另一扇门。[2]

实际上,一位诗人对语言自身的追随,事实上就是对困难的追随。所谓散文之"常心",往往并非要建立一个包裹着可能性的心灵宇宙,而仅仅是将心灵中过分填满与雕琢的部分祛除,伴随而至,我们的精神得以从年暮状态向更单纯的境地靠近,驻足凝视,重新归序,以获得精神气候的常定。詹姆斯·伍德在论述何谓短篇小说时,提出"短篇小说应当是一个事件"。此说法或也应该适用于散文。在散文常常被认为边界模糊,甚至成为小说、诗歌等文体的"边角

---

[1] 北岛:《城门开》,生活·读书·新知三联书店 2010 年版,第 1 页。
[2] 同上,第 2 页。

料"时，不应忽略的是，它应当首先是"一个事件"（"一件独立作品"），反观当今一些华美的散文，常常包裹着拾人牙慧、退而求其次的"轻心"。类似观点的辩证往前推，在何其芳《〈还乡杂记〉代序》谈及做起散文的缘由中得到印证：

> 我们常常谈论着这种渺小的工作，觉得在中国新文学的部门中，散文的生长不能说很荒芜，很孱弱，但除去那些说理的，讽刺的，或者说偏重智慧的之外，抒情的多半流入身边杂事的叙述和感伤的个人遭遇的告白。我愿意以微薄的努力来证明每篇散文应该是一种独立的创作，不是一段未完篇的小说，也不是一首短诗的放大……我的工作是在为抒情的散文发现一个新的园地。[1]

与何其芳相似，诗人北岛写作散文，亦首先企图还原散文作为其自身的完整性与自洽性，如同模胚一般，以语言（字符、语词、句法、结构）的排布塑造出一种最接近原初的"相"——"一种独立的创作"，而非仅是经验的"边角料"。这应是散文之为散文的自洽的"形式感"，更应是散文的"信心"。

《城门开》中，北岛特别提及，为准确无误地记录，他专向当年的朋友求证和订正了一些细节。断裂的时代、消亡的路名、过身的人……与写诗的北岛不同——"必须修改背景，你才能够重返故乡。"《城门开》恰恰作为某种例证，说明于散文而言，尽力以非虚构的伦理，"不修改"地贴近事物本相，是"摹仿"中的至大要义，

---

[1] 何其芳：《梦中道路——何其芳散文》，花城出版社2013年版，第175页。

也是"归途"的唯一路径。如《父亲》《三不老胡同1号》等篇，穿插了父亲的笔记、母亲的口述记录，这些资料与"我"的记忆所系之处，构成一种物质的、象征的、功能的联接——作为"档案"之一种，嵌入被召唤的"记忆"当中。此处的"记忆"，晋升为"家"与"地"、个人与时代、集体与国族等层层"史料"的中心，与其说这是一种事实的例证，不如说这是个人化的生活经验无意间与历史交汇的"双重见证"。声音、光线、气味在高速转型的时代背景之下，也产生一种颠覆宏大的现代化话语的可能。尽管北岛曾在《创造》中刻画"一个被国家辞退的人"，以诗行的韵律频频道出"何以为家"的苦涩诘问，但"打开城门"这一动作的意义饱含着对现实的某种承担以及挽歌之外的努力。这并非一个人，甚至不仅仅是一代人的意志，应当永葆其尊严。

倘若小说负责自圆其说，那散文更倾向于拾取局部与碎片——那些既无法在生命的夜晚照亮全幅景象，也不能在白日的强光下显露出意义的"一鳞半爪"。散文常见单独的要素入文，以累缀相加，构成主题的"叠影"，如《城门开》中，以物事（如"家具""唱片""游泳""养兔子"），以地点与人物（如"北京十三中""北京四中""父亲""钱阿姨"）等串联，框取画面，裁剪细节，仿似一颗记忆玻璃球的多个切面与转向，共同映射，释放意义。我们知道，小说着意于生活表象的重构，要义在于叙事，尽管叙事性散文往往亦积极纳入此项。叙事又有千万种，每一种有每一种的人生，语言因之也有千万种命运。在此层面上，散文因其天然从虚构的"掩体"跳脱的天性，而似只生出唯一的语言——它最接近真实的日常，是无法躲藏的"我"的独语，甚至常常接近孱弱、落魄、迷途的自我，考验着写作人的魄力与精神。

《味儿》一文，北岛描绘泳场中所萦绕的气味，以及水面上下的截然不同的声色："我们沉浮在福尔马林味儿、漂白粉味儿和尿臊味儿中，漂浮在人声鼎沸的喧嚣和水下的片刻宁静之间。"[1] 光的折射，将有形世界的光影，以记忆与想象的轻轻扭曲，再度呈现在无声的、凝固了"家"的空间的"语词"中——"语词是微小的家宅"[2]。王安忆在《情感的生命——我看散文》中亦有所论及："散文确是任何事情都拿来作题目的，它不像小说那样求全，而是碎枝末节都可以。"[3]

倘若小说是铺展一个充满动态、自圆其说的世界，那散文则有权不对此负责，而是以更接近自由的形式出现，仿佛天然比小说存在得更合理；通过呈现无法被归档、被完全消除的"剩余物质"[4]，而生发出"真正的天意"，这是散文的自由。但"天意"又绝非放任自流，其实是至大的束缚，束缚着写作人从无穷无尽的日常生活中生出一种拣选的姿态；放弃虚构的触角，转而拾起考验思想与情感的唯一武器，审思那些瞬间闪现出来而又一去不复返的意象及其背后的真实图景。童谣便是经由集体意识与语言（语音）变迁（消音）的重要载体，那个经由思想劳作复现的世界传来的痕迹："城门城门几丈高？三十六丈高！上的什么锁？金刚大铁锁！城门城门开不开？"[5] 它仅有一次，却无限回响，延缓了光阴的流逝。

---

[1] 北岛：《城门开》，生活·读书·新知三联书店 2010 年版，第 12 页。
[2] [法] 加斯东·巴什拉：《空间的诗学》，张逸婧译，上海译文出版社 2018 年版，第 188 页。
[3] 王安忆：《王安忆选今人散文》，上海文艺出版社 1997 年版，第 3 页。
[4] [德] 阿莱达·阿斯曼：《回忆空间》，潘璐译，北京大学出版社 2016 年版，第 15 页。
[5] 北岛：《城门开》，生活·读书·新知三联书店 2010 年版，献词页。

二、"家"与"地":回忆隐喻的方舟

在不同时代、不同文化背景里,同样的三个任务反复在关于记忆的书写中出现:埋藏、攫取、处置。我们埋藏回忆、珍贵的物品、信息、脆弱的生命,攫取信息、意念、洞见,以及处置过程中产生的废弃物、创伤、毒物、秘密。"家"与"地"便是开展这一系列动作的重要场地,亲缘关系也是古往今来纳入"家"与"地"的回溯书写的重要部分。人的浮现使"家"与"地"的精神空间得以物质化、形象化,伴之以异质的情感,注入永新的内涵;对某个地方的依恋,是因那处地方不仅是写作人的家园和记忆储藏之地,也是生计的来源。汪曾祺在《花园》中描刻过一种如同记忆"存储罐"一样的空间。他以大量笔墨逐一描画花园这一空间在时间中的变幻,最后写道:

> 有一年夏天,我已经像个大人了,天气郁闷,心上另外又有一点小事使我睡不着,半夜到园里去。一进门,我就停住了。我看见一个火星。咳嗽一声,招我前去,原来是我的父亲。他也正因为睡不着觉在园中徘徊。他让我抽一支烟(我刚会抽烟),我搬了一张藤椅坐下,我们一直没有说话。那一次,我感觉我跟父亲靠得近极了。[1]

此段虽是简短的白描,却将独属"你"与"我"、父与子、男性之间的情谊勾勒出精微的轮廓。尽管就文字的排布而言,我们运用众

---

[1] 汪曾祺:《茱萸小集》,浙江文艺出版社2020年版,第115页。

多的动词也不能使逝去的过往与生命得以复活，它因而披上无情的一面，写作人只能从人生边上翻找来一抹泥，覆盖住在时日中逐渐裸露的、斑驳而布满裂纹的墙面。父子之间的感情，又别于其他，往往是香烟与沉默、"我看不起你"和"你凭什么看不起我"之间（如罗曼·罗兰《约翰·克利斯朵夫》中父亲去世前对儿子的遗言）的往来与较量。写作人赋予一个地点和空间以象征性的力量，恰恰展现出个人记忆向家庭记忆方向突破出来的态势；此时，截然不同的"人—家—地"的相互认同与交递，铺展出个人回忆融入一个更符合普遍经验的记忆路径。加斯东·巴什拉也曾在《空间的诗学》中讲述作为"家"与"地"的空间形式对人的记忆位置重建所起到的关键作用：

> 是凭借空间，是在空间之中，我们才找到了经过很长的时间而凝结下来的绵延所形成的美丽化石。无意识停留着。回忆是静止不动的，并且因为被空间化而变得更加坚固。

因此，如汪曾祺笔下的《花园》，写作人几乎用尽一切可绘的词汇（却不能和盘托出）以抓住每一朵花蕊、每一扇蝴蝶翅膀的声音、四季变换下的景致，试图将它们凝结成永恒的、无声的记忆风景。一如文中开篇即写道：

> 每当家像一个概念一样浮现于我的记忆之上，它的颜色是深沉的……我的脸上若有从童年带来的红色，它的来源是那座花园。[1]

---

[1] 汪曾祺：《茱萸小集》，浙江文艺出版社2020年版，第104页。

在这个隐喻的花园中,"家"与"地"被微观式地纳入,回忆静止不动,却经由空间而变得愈加坚固,从线性时间中得以解放;地点本身可以成为回忆的主体,成为回忆的载体,甚至可能拥有一种超出于个人的记忆之外的记忆。由此,记忆施加魔术,实现了一次地理空间的变形,化作如同方舟一般的象征。于是,我们便能理解,面对诀别,北岛"向北京城,向父亲所在的方向,默默祈祷"[1]。

以上种种的书写,正是某种对记忆程式化的抵抗:从一个笼统化的心灵图景中脱身,并重新甄别生命中每一处可疑的细节,描画"充满细节的脸",以图获取"所有脸的总和"。倘若不把散文视为一种边界清晰的"文体",而视为一种"盛放"特定创作企图的"容器",那么,这一"容器"的边缘与界限并非经由评论家而应是写作人所确立。尽管我们常常标榜到达了一个企图抹除文体差异、虚构倒灌现实的年代,但无论如何,值得注意的是:写作人对散文边界的区划与建设,往往是通过对散文界限自由的自觉与坚守而达成的——所谓"修辞立其诚"。古往的散文中,常常流露出一些伤春悲秋的情调。于写作人而言,此种短命的抒情,恰恰是情感的流散或堆积,不免将使散文推向一种伪饰而浅薄的文体。事实上,面对散文这种特殊的"容器",写作人并无太多装饰性的余地,它要求作者最大程度地扩张和提纯思想的容量与密度,杜绝温和,而要求尖锐,进入不可命名的情感深处,重新攫取与赋名。

除却"家"这一空间,"地"的复现仍包含更多生命起源的线索,此中的"地"或可跨向"地带"。周志文"记忆三书"(或被称作"回忆三部曲":《同学少年》《记忆之塔》《家族合照》)便是书

---

[1] 北岛:《城门开》,生活·读书·新知三联书店 2010 年版,第 197 页。

写这样一种特殊时空地带的作品。其中的《同学少年》让人不禁想起袁哲生《寂寞的游戏》，前者是如法云和尚、尤金祝、疯狗与红猴等师友玩伴，后者是玩捉迷藏到天色渐暗的一众伙伴。虽则我们通常将前者归为散文，后者归为小说，但两者事实上都在试以调整回忆之姿，触及战火洗礼后少年回眸的残酷柔光，以"不周全的记忆"追赶状如王鼎钧笔下的一片"昨天的云"。我们常以"散文化小说"或"小说散文化"来评价一部乃至一类作品，大多指的是叙事中包含某种抒情性、片断式的成分。于周志文而言，他在这些带有回忆录性质的作品中重提对情感与记忆之自觉与控制的必要，以及一种朝向困难写作的面目，一如禅宗公案：不可说。周志文借由散文勾勒台湾宜兰乡一些"贱民"各异的人生片断，重新触碰那条"废弃的神经"。

> 故乡是一种哀伤……我回忆中的少年同学没有一个是"五陵衣马自轻肥"的，他们不仅不是"不贱"，而是不折不扣的微贱或者是贫贱，但因为有他们，台湾显得不那么浮夸，显得比较真实，台湾这个地方更像我们的故乡，值得我们为他珍惜而忧伤。[1]

这是以旁观者的眼神重建的另一种乡愁，由地缘升为血缘，它的主角是他人，是朋友，是故土与衰老，无论"雕虫"或"经国"，都是与世界最初连接后"变化中不变的自我"，这便是散文书写中重要的对象世界，只能直面而无法躲避——"啊，多么豪奢的一场

---

[1] 周志文：《同学少年》，山东画报出版社2009年版，第224页。

坠落"[1]。

"家"既是生命世代相续的"家庭"（family），也是借由生活勾连起来的"家园"（home），乃至"家国"（nation）。然而，这当中值得注意的是："从生动的个人记忆到人工的文化记忆的过渡可能产生问题，因为其中包含着回忆的扭曲、缩减和工具化的危险。"[2] 一如《从文自传》不再满足于"小书"的视野，转而瞄准的那部"更大的书"，对"家"的乡愁又往往是听来的故事背后，与一片土地上的他人命运的散落与连结；既作为供人栖居的"功能记忆"，又作为无人栖居的"存储记忆"。记忆中一个个清晰的时刻无疑是必须领悟的，因为只有领悟了，才能让它们"远去"。与记忆相关的书写，又常常以忧思与困惑的形式（一个个"静止点"）提出，并展露出"家常"的本质的一面。

三、抒情空间：生命舒展的边界

散文作为一种"生命逐步舒展的过程"，因它与我们自身是那么密切，故而不得不从中习得与年少的尖锐、激情与兴趣背道而驰的一面，沟通并达成对自我和他人的理解。而一切似乎起源于真诚——真诚地剖解，这剖解中便不能不发展出主观的洞见。其次，"发乎情，止乎礼"也是对散文的一种内在要求，是"抒情的反面"，或"抒情之后的阶段"，让散文免于伤感与滥情的窠臼，也提出了对情感进行甄别和提炼的要求，所谓"文不能尽意"。"五四"以来，散文的"自叙传"色彩，强调心灵的自我剖视；但这并非一种恋衰癖，

---

[1] 周志文：《同学少年》，山东画报出版社 2009 年版，第 165 页。
[2] ［德］阿莱达·阿斯曼：《回忆空间》，潘璐译，北京大学出版社 2016 年版，第 6 页。

而应是一种阿赫玛托娃般"想与(写作的)大众汇合的愿望",想最终"像大家一样"的愿望。因"情"一旦失去自我的审视,也即感性失却理性的审问,便容易成为失去质量的呓语,化作一堆抒情的废墟。这废墟之中看到(而非面对)的尽数是自己,甚至是更多幻影的自己、单一的腔调,而不可能是更大的自我。

这种对情感的淬炼,往往又与写作人的声口与腔调有关。西西《羊吃草》中的序言《散文里一种朋友的语调》,论述了散文中作为叙述者的"平视的我"的难得:

> 运用朋友的语调写作,绝不等于可以胡言乱语,想到就说。我手不等同我口,出口成文的说法,是简化了汰选、转化、整理的过程。这过程或熟而生巧,但熟得过了头,反而变得油滑、陈套。然则平实的语调,尤其需要别出心裁的角度,言人之所未言或者少言。[1]

俯视众生、为民发话的姿态,恰恰是散文写坏了的表演性灾难。情趣不见,理趣更不必谈。有意思的是,王安忆在《纪实笔记——〈重建象牙塔〉后记》一文中也谈及非常具体的散文写作经验。她罗列了写作散文的"几种情形"[2]:最好的一种情形是"当我获得一种材料,我竭尽虚构所能也无法超越它的真实面目",其理由是"这样的东西是必须以纪事为要的,因为它需要以'真实存在'来说服人们相信和承认它的奇特性质"。其次是"更像和朋友聊天,聊天中激情上来了做演讲",再是"也是有话要说,但说的话要严重得多

---

[1] 西西:《羊吃草》,中华书局2014年版,第2页。
[2] 王安忆:《接近世纪初:王安忆散文新作》,浙江文艺出版社1998年版,第256页。

的",又可称作"思想的劳动"。事实上,王安忆坦言散文与小说等虚构艺术相比,更倾向于"小道和偏道,与创作力无关",而"情感的质量"则是散文的内核与"本色",是至紧要义。

王安忆对虚构创作的"偏袒",在《虚构与非虚构》一文中也再次以对照的方式得以重申:

> 非虚构的东西,它有一种现成性,它已经发生了,人们基本是顺从它的安排,几乎是无条件地接受它、承认它,对它的意义要求不太高。于是,它便放弃了创造形式的劳动,也无法产生后天的意义。当我们进入了它的自然形态的逻辑,渐渐地,不知觉中,我们其实从审美的领域又潜回到日常生活的普遍性。[1]

但这篇文章更重要的一个观点,在我看来,应当是往后承接的一句:"艺术家其实是在模仿自然,我们的创作就是模仿自然。"作者通过引证和声对泛音的模仿以及安妮·普鲁创作《断背山》时谈及"白人放羊"此一细节的由来,得出"自然是一个最大的虚构者"的启悟。此处"自然"的内涵和范畴应做一个更宽泛的延伸,与福柯所提出的作为"大自然之物"的"言词"(le verbe)相映照——"同动物、植物或星星一样,语言的要素拥有它们自己的类似和适合的法则,它们自己的必然的类推。"[2] 艺术作品应当显示出一种人与"自然"(物理世界及其运行轨迹)在精神层面的互动,"自然"

---

[1] 王安忆:《小说课堂》,商务印书馆 2012 年版,第 244 页。
[2] [法] 米歇尔·福柯:《词与物,人文科学的考古学》,莫伟民译,上海三联书店 2016 年版,第 37 页。

与"道"似乎又发生着更多联系：向外发现的"自然"与向内发掘的深情，是一种相互讲述与印证的过程。

因此，大概是创作虚构作品的缘故，小说作者、诗人、艺术家等一旦写作散文，就知道将虚构的冲动留给小说、诗或其他，而将别的什么留给散文。虚构与非虚构，重建世界与提炼世界，对客观世界的重造与临摹，"造假"与"反造假"，各司其职，各有各的满足，这满足于是也只能在各自的局限内达成，却与思想的含量直接相关。小说的世界是另一个异度空间，它运行着特定的逻辑，而散文是一个"必须接受的全部的生活与世界"，它显得更杂乱无章，也即"生活本身而非可能的样子"。前者需编码、重组，后者更重梳理与滤清，从而甄别暧昧不清的情感，发明新的情感，由情感锤炼，令理智得以发光。因此，黄锦树在《论尝试文》中评王安忆"回到质文、忌作态，宁愿接受形式的缺憾而不要虚假的文饰"，亦可看作写作者对散文自身独有的精神建构方式的劝勉。虚构与非虚构各自的差异性，提醒着以此两种艺术形式为创作"容器"的写作人必须对其边界有自觉的意识；但同时，绝非将"边界"等价于"极限"，"规则"等同于"手铐"，而是如上所言——是对文体各自创造与建设的决心。

我们往往将小说深处的"抒情"成分，指向"散文"的重要特质。但倘若小说创作另一种（无数种）人生，是生活应分的样子，那散文中的人生应该只是唯一，且这种人生远远滞后于书写瞬间，不再有二次，确凿至极（区别于小说所蕴含的想象与现实世界对接口的不确定性）。这便是与人生同步，单线轨行进，早晚一步都将错过彼此。倘若小说是从生活的表象总结凡人的习性与憧憬，散文即是彻底的自况：命运在此再没有中转站，随时随地亲身上阵。所谓

"命运的看法比我更准确",此种通向"准确"定音的过程恰恰并非虚构,而是倚仗"最难作假"的生命经验的拼贴、裁剪和重现来诠释。瓦尔特·本雅明在《历史哲学论纲》中的论述不妨作为另一种参照:"历史地描绘过去并不意味着'按它本来的样子'去认识它,而是意味着捕获一种记忆,意味着当记忆在危险的关头闪现出来时将其把握。"[1] 或许也能解释,为何在北岛、周志文、汪曾祺等人的回忆性散文中,我们往往也更易望见一类刨去了集体记忆,"按它本来的样子"去描绘它而非认识它,并尝试去"把握"住真相的人像。这种不可把握的把握,也可被看作是记忆诗学中的一种"梦想",一个最终目的。如加斯东·巴什拉细致讲述记忆的管辖(理性的意识)与梦想(想象的意识)之间的潜在联络:

> 多少次纯粹的回忆,有关无用的童年的无用的回忆,却一再归来,宛如一种促使梦想的精神粮食,宛如一种来自非生活的恩惠,以协助我们在生活的边缘生活片刻……回忆赋予我们一个在现实生活中无效的过去,但过去突然在想象、抑或再想象的生活中,成为充满活力的东西,即有益于人身心的梦想。[2]

又如罗伯特·洛威尔借《渔网》一诗,道出写作某种相通的艺术企图:"诗人们青春死去,但韵律护住了他们的躯体。"(王佐良译)于写作人而言,"韵律"也是记忆之符,是实施"挽留"与"告别"

---

[1] [德] 瓦尔特·本雅明:《启迪:本雅明文选》,阿伦特编,张旭东、王斑译,生活·读书·新知三联书店 2014 年版,第 267 页。

[2] [法] 加斯东·巴什拉:《梦想的诗学》,刘自强译,生活·读书·新知三联书店 2017 年版,第 150 页。

的语言魔法；写即复写，告别即重逢。散文对"无效的过去"的书写，勾连着与遗忘的执着联系，促使自身像蝉蜕一般，令自我转化，变得轻盈；借由思想的劳作与自我教化，竭力从自我的历史中重塑对生活的省思，获取一种不至于贫乏、有益于自身的心灵状态。

与此同时，记忆作为一种生命的材料，天生具备"不可靠"的脆弱属性。一方面，写作人面对此种材料，不能作假，并要求提出质疑，攫取和提炼其"天意"的涵义；另一方面，如何不牺牲记忆空间中所包含的不可完全被掌控的心理能量，也是不得不关注的问题。当代散文的书写样态呈现出新的情态，声像媒介、科技演进、信息流涌现等种种变迁，加速着记忆书写的技术革新，同时直接或间接地对记忆书写提供标签化与工具化的暗示。由此，我们不禁要提出一个问题：声像图文等记忆手段是否不再追求一种能进行判断的回忆？是否更易流向一种记忆的简化，从而拒绝由"过时"而生成的记忆空间的褶皱与叠层？倘若以上关于"家"与"地"的记忆书写切实提供了一种积极尝试的范例，那么，如何在散文书写中警惕某种可能的危险与倾向，虽有待来日检验，但也未尝不值得注意。这给予我们一个提醒，同时为开拓个人化的散文写作路径做出思想的准备。

"散文的心"与作为思想史方法的现代散文

(汪雨萌，上海大学中文系)

在思想史著作的表述中，文学常常是作为文化与思想的子属及表征的一种参与进来，葛兆光在《中国思想史》一书中将"小说话本唱词"看作思想史的材料途径，并认为运用他们"来讨论思想史的一些重大问题，特别是观念的世俗化过程，将是十分有效的"。这样的解释方式与分类途径在古代与近代中国的确如此，但回看新文学运动以来的中国文学文本，葛兆光的"材料说"却不能涵盖所有的现代文学文体，尤其是现代散文。现代散文在这里的定义不与"当代散文"对照出现，而作为历时性的断代文学概念出现，我更强调散文这种与五四启蒙运动同步出现、同气连枝的文体在一百年的发展史中始终试图保持的"现代"气质。作为白话文运动和思想启蒙的一部分，散文在新文学运动是最先成熟的文体，因其具有天然的优越性。首先，散文文体的文学传统尚未完全断绝；其次，散文在语言与修辞上直接代表了白话文运动；第三，散文以非虚构的方式接触与展现了中国社会迈向现代生活的步伐；第四，散文最初的文体目标与中国近现代思想革命对现代性的发掘与建构一直保持着同频。"这种对理性的追求对各种文体的发展都有过直接的影响。'五四'的作家能够自觉地寻求能够包容更多的社会学、伦理学、历史学、哲学,以至政治学内容的'边缘'性质的文学形式。"散文恰恰就是这种典型的"边缘文体"。正是这种边缘与交叉,决定了中国现代散文在文体上的灵活性、创作目标的传承性与创作群体的广泛性,决定了它对中国社会日常生活与精神生活的深度介入。虽然就目前看来,散文最辉煌的时代已经一去不返,但我们目之所及,散文仍然是社会文学生活中最为常见的文体,并在以新的形式、新的方法、新的材料进入中国思想史的脉络。

一、文体定义变迁与散文文体的现代性

关于散文文体该如何定义,在当代似乎是一个难题。1935年出版的《中国新文学大系》第一辑包括了周作人与郁达夫所编"散文一集"与"散文二集",其中收录了徐志摩、丰子恺、郭沫若、徐祖正等人的写人、写事、写景的"美文",鲁迅、周作人、林语堂等人的议论性、时评性作品,刘半农、刘大白、郁达夫等人的短篇文艺杂评与白话文短论文等,可以看出,在新文学发展之初,散文文体的包容性是很强的,根据周作人与郁达夫的导言来看,这种包容也并非出自文体初生的含混与迷茫,而是出于当时散文创作者对散文文体目标的坚定追求。周作人在《美文》中曾这样表达他对散文文体的界定方式:"外国文学里有一种所谓论文,其中大约可以分作两类。一批评的,是学术性的。二记述的,是艺术性的,又称作美文。……但在现代的国语文学里,还不曾见有这类文章,治新文学的人为什么不去试试呢?……有许多思想,既不能作为小说,又不

适于做诗,便可以用论文式去表他。……我希望大家卷土重来,给新文学开辟出一块新的土地来,岂不好?"郁达夫在《新文学大系·散文二集》导言中也有类似的表达:"于是乎近世论文章的内容者,就又把散文分成了描写（Description）、叙事（Narration）、说明（Exposition）、论理（Persuasion including Argumentation）的四大部类……但有些散文,是既说理又抒情,或再兼以描写记叙的。"由此可见,散文发轫之初,其文体的定义边界便不在虚构与否、篇幅长短、是否有固定修辞、艺术技巧及结构方式等技术层面,而在于能否以直接的方式抒发作者对世界的感受与思考,并向社会输出自己的思想与观点。但历经抗日战争、解放战争、新中国成立等一系列历史事件,以《中国新文学大系》第二辑到第五辑的编纂情况来看,作为文体的"散文"在定义上似乎是在不断收缩的。首先是议论性、说理性的杂文独立于散文,拥有了单独成辑的权利,聂绀弩在《中国新文学大系》第二辑的杂文卷序中写道:"而杂文又是最轻捷的武器,说它是匕首,投枪,感应的神经,攻守的手足,都是极恰当的……鲁迅把杂文提到一个很高的水平,以他为标志,现代杂文的历史才开始形成……他不是作为一个作家在写杂文,而且是作为一个思想家在写杂文。"廖沫沙在大系第三辑的杂文卷序中也谈到杂文创作者队伍的壮大,包括唐弢、巴人、可令、周木斋、聂绀弩、宋云彬等,但有趣的是,柯灵恰恰是大系第三辑散文卷的作序者,他在散文卷序中已经发现了文体分裂后散文所面对的困境:"到了三十年代,气候一变,风格渐趋昂扬,调子渐趋单一,同时忌讳渐多,'风花雪月'、'身边琐事',成了散文的贬义词、同义语,活像是对付孙悟空的紧箍咒……这种提法,却是有意无意地给散文创作出难题,穿小鞋。"虽然柯灵在之后的论述中为风花雪月与身边琐事正名，但显而易见的是现代散文在内容与思想上的转型与彷徨。其次是出现了报告文学的文体分类，将新闻类作品与长篇非虚构叙事类作品进行了单列，并在第五辑将文体名称改为纪实文学，虽然从内容看仍属我们文学常识中的报告文学门类。从散文卷选本来看，也一直延续着第二辑以来的选文标准，以短篇、非虚构的写人、记事、抒情、写景"美文"为主，如鲁迅《朝花夕拾》中的一些篇目，又如徐志摩、郁达夫、叶圣陶、郑振铎等人的写景散文及钟敬文、朱德、冰心等人的写人散文，但同时也包括了许广平、周作人、闻一多、巴金、孙犁、杨朔等人的哲理性散文和带有杂文色彩的议论性文体及展现敌占区生活、解放区生活的叙事类篇目，由此可见，虽然杂文、散文、报告文学在文体上似乎是有了相对独立的领地，但是对于编者来说，如何区分它们之间的界限仍然是需要商榷的问题。

2000年之后的新文学大系仍在编撰之中，但自1990年代以来，散文创作已经有了更为广阔的文体发展，除了《文化苦旅》《湮没的辉煌》《故宫六百年》等大文化散文、大历史散文历经曲折之外，《我的父辈》《一个人的村庄》《时代与肖像》等长篇家族、社群系列散文也在散文创作中有了一席之地，《云边路》《建水记》《村庄在南方之南》《白鹭在冰面上站着》等地方散文、地域创作也形成了自有的体例，《青鸟故事集》《九个人》《革命后记》《梅边消息》等学者散文也在拉长思想性散文的篇幅，拓展其写作方式。可以说，文化运动所建设的思想型小品文、美文正在逐渐消失于散文创作的主阵地，但这是否意味着新文化运动以来的现代散文传统也由此断绝呢？我想这个答案是否定的，因为作为散文最重要内核的"散文的心"还依然存在，在经历了人为的文体分流之后，现代散文的题材和主题受到了相当的限制，但是正如郁达夫与周作人所言，只要言志的思潮尚在继续，只要中国文学的思想路径仍然沿着发现人、探索人、张扬人的现代性道路，那么散文的传统就不会断绝。无论是文化大散文也好，还是地方散文也罢，或是家族叙事、非虚构的入侵，都不能撇开对创作者人格魅力的依赖、对社会生活的深入观察和充分展示，以及对中国社会现代化进程的思索与追问。从一百年前的《中国新文学大系》第一辑开始的散文文体的争辩，到目前来看已经成为一个伪问题，作为文体的散文，具有充分的包容性和弹性，正如周作人与郁达夫在散文创生初期所期待的那样，散文是可以为中国文学带来新东西的文体，也是创作者充分表达自身的重要舞台，更是现代中国文学文化乃至哲学思想得以陈述并世俗化的重要途径和载体，在这个前提下，散文具体应当呈现出怎样的面貌，不应当就篇幅、题材、写作方式进行人为地切割。

二、"散文的心"与中国现代性思想的表达

当我们确认散文是最接近中国思想史方法而非材料的文体时，我们有必要追根溯源，探索它成为方法的理论依据，葛兆光在《中国思想史》中认为，"这是在中国司空见惯的事情，当人们处在无可奈何的现实中的时候，便会发掘出历史记忆中这些可以'鞭尸'的东西，这种试图割断历史的取向一直延续到当代社会，他们唤醒历史记忆，是为了消灭历史记忆，他们把传统放置在批判的位置，是为了给新知腾出空间来，他们对历史的批判实际上是为了凸显放大新知识和新思想的合法性和合理性，在心理上使自己尽快地融入新的知识思想与信仰世界"。葛兆光对中国思想变革与建设的思路放在

中国现代散文史上也同样成立,中国现代散文的建设过程,也是中国现代思想的表达过程,而这个过程中,最重要的部分便是现代生活的发现与建设,以及现代人的生成与发展,周作人在《中国新文学大系·散文一集》导言中曾论证过中国现代散文的两个源流,一是以公安派为代表的明代小品文,二是以英国散文为代表的西方小品文,而这两者都体现了葛兆光的历史批判思维,从批判中国传统载道文学的角度,提升公安派的文学历史地位,证明了新五四启蒙时期新思想建立合法性的曲折路程,而将英国散文置于源流之一,则是为了增强批判的力度。从周作人的理论总结与创作实践来看,他更倾向于建立与明代小品文一脉相承的文学道路,虽然这条道路并非真正源于公安派的创作,而是基于周作人个人对公安派创作历史的某种改写和重新阐释。与他截然不同的是,郁达夫更为激进地抛弃了并批判了作为整体的中国古代散文,而将中国现代散文的源流完全放在了以英国为代表的西方 essay 与 prose 共生的散文系统,并以此为基础,发展出了与周作人异曲同工的散文理论,而其中最重要的概念就是"散文的心"。郁达夫梳理了"散文的心"的古今发展,并通过"散文的心"这一表述方式重述了周作人对现代散文的期待,也就是在散文的主题上和写作方法上实现散文的现代性和思想性。郁达夫认为,"散文的心"是"散文的体"的决定性因素,只有拥有了现代性的"散文的心",才可能生产出现代性的"散文的体",而这现代性的"散文的心"则体现在三个方面。第一,作者必须在散文里充分表达自身的个性,甚至于产生一种自叙传的色彩;第二,散文的范围应当扩大,这里包括散文创作者范畴的扩大,散文内容范围的扩大,以及散文语言范式的扩大,所谓宇宙之大,苍蝇之微,无不可谈,高雅的文字与引车卖浆之流的语气,都可成为散文语言的正则；第三，是调和人性、社会性与大自然。所谓调和，便是不以宏大叙事为主要的散文视角，强调在社会中发现人，在自然中实现人。综上，郁达夫对"散文的心"的论述，是建立在五四启蒙运动对人的发掘的基础之上的，强调充分在散文创作中实现人的主体性与能动性，这一观点不仅可以指导以美文为代表的现代散文，也应当同样能够指导包括杂文与非虚构在内的思想性或叙事性散文文类。

郁达夫在《中国新文学大系·散文二集》导言中，将散文分成了描写、叙事、说明、论理的四大部类，这在技术上概括了散文写作所需要的基本手法，而在"散文的心"的统摄之下，这四种手法都直接指向散文思想性的表达，相较于小说将叙事作为写作的目的，诗歌通过意象与抒情实现文体的自洽，郁达夫认为散文将更为直接地展示人的精神世界，也即没有思想升华的散文文本不是合格的散文文本。而现代散文发轫至今，这一散文传统正在遭受侵蚀，面临消散。这不光是因为"五四"及1980年代的两次现代性思潮的高峰已经濒临瓦解，更是因为工业时代降临与日常生活的剥夺导致部分的散文创作向着空洞与媚俗的方向发展。台湾作家向阳曾指出："我们应打破传统散文圈的栅栏，迎接'长篇的散文''知性的散文''批判的散文'，以及现在不叫散文的'散文'进入散文圈。"这正是郁达夫、周作人、鲁迅、朱自清等人所建立的"五四"散文传统的一种回归，也是长期的散文"作文化"风气的一种扭转。正如上文所言，1990年代以后的中国散文在逐渐向着生活化、思想化、长篇化的方向行进，展现当代生活，提炼当代思想。

在很多英美的创意写作教学书籍中，有一组高频词汇叫做"show & tell"，这与郁达夫"散文四法"有异曲同工之处，但这组词汇只能解释散文的技法层面，不能帮助建立散文本身的升华机制，达不到思想的提炼和进阶。如果说"散文的心"是现代性思想的话，那么在我们这个时代，尤其是1990年代以来的中国，日常生活就是现代性最重要的组成部分，随着改革开放与社会经济的发展，对日常生活的关注度以及对日常生活中的人的发现与反思，已经成为重要的时代主题。列斐伏尔曾说："我们自己的日常生活是非常，它渴望和寻求某种已经无可救药的避之远去的风格……世界的单调四处漫延，它已经入侵了一切事物，文学、艺术和实物——而所有的生存的诗意都已经被驱逐出境了。"这是对日常生活的悲观表达，也是我们当下的散文出现技术性的精巧与内容的空洞并存的矛盾现象的一种解释。翻开《中国新文学大系》散文卷和大多数散文刊物，乡土散文、写景散文、忆人散文充斥着版面，精致华美的语言之下，仍然重复着的还是上世纪二三十年代的乡土主题，还是晚明散文式的"湖心亭"与"项脊轩"，许多散文作者在主动地使当下的审美表达变得更为贫瘠。张怡微曾提到了这样的一个观点，她认为散文是不能虚构的，散文的创作过程，"是接受生活给你的答案"。她还提到作家王安忆曾经写过的一篇关于散文的长文，王安忆说："散文在语言上没有虚构的权利，它必须实话实说。看起来它是没有限制的，然而，所有的限制其实都是形式，一旦失去限制，也就失去了形式。失去了形式，就失去了手段。别以为这是自由，这更是无所依从，无处抓挠。你找不到借力的杠杆，只能做加法。你处在一个漫无边际的境地，举目望去，没有一点标记可作方向的参照。这就是散文的语言处境，说是自由其实一无自由。它只能脚踏实地，循规蹈矩，沿着日常语言的逻辑，不要想出一点花头。"她们两人，一个从内容出发，一个从形式出发，都是在陈述同样的主题，散文的根基实际上是在日常生活当中的，这并非列斐伏尔所言被异化和典型化了的日常生活，而是德赛尔托所说的"在细微之处喃喃自语的日常生活"，也是戈夫曼所说的舞台性质的日常生活。因此，在"show & tell"中，我个人认为，"show"这个词应该带有一定观察、展示、表演的意味，从写作的素材中挑选需要的部分，并将它们结构起来，呈现出一种超越庸常的审美价值。这个问题其实可能不是专属于散文写作者的问题，而是当代日常生活的参与者共同面对的问题，一方面我们可能面对的是重复、简单、景观化的生活场景，一种被人工智能、大数据捕捉和呈现的非生活化的场景和感情，正如《景观生活》当中所说的"景观作为一种让人看到的倾向，即通过各种专门化的中介让人看到不能再直接被人们抓取的世界"，包括齐美尔所说的虚拟的"情绪"的部分，散文中最重要的"感情"部分很可能是"受到他所必须遵循的规则的趋势，而非出于任何意义上的真正的个人兴趣"。这种状况也因此让人产生对日常生活视若无睹的麻木，不能将生活尽收眼底之后去芜存菁（因为都是泛泛一观也不知道哪儿是重点），也难以将日常生活中审美化的一面捕捉并呈现出来，或者只能建立过分普遍的模式化、程式化的情感体验和生活场景，甚至通过省略、缩写达到一种"大家都懂"的目标，并以此错误地认为这样的文本与读者达成了某种共鸣，这实在是一种可怕的误读。另一方面，对日常生活个人化的考察可能会陷入一种过于个人化、孤独化的表达，这其实也是我们现代日常生活面临的孤独处境，个人化缩小的、几何形状的、简单的空间所决定的，这样的处境使人很难具有强烈的、不规则的、扩大的写作空间的构建。因此，当代散文中最应当解决的是对当代个人日常生活的发现与建立，并在此基础上形成以日常生活实践为根基的下沉式的思想方法，以非虚构的直接的形式创作散文，使其成为生活文化与书面记录文化的纽带，也就是能够让散文重拾郁达夫所说的"散文的心"。

三、全民散文与中国思想史的方法与材料

正如上文所言，目前的现代散文创作已经发展出了家族回忆史、地方回忆史、文化回忆史等多种下沉式思想史的发展路线，但令人遗憾的是，我们并没有像当代小说那样发展出像样的属于散文的日常生活史和日常思想史。但如果说要在这一方面进行弥补，或者说要进一步丰富反映当代生活的散文门类的话，公众号、微博乃至长短视频因其即时性的特点和追逐热点的本能，正在成为这一门类的新生力量，散文作为创作门槛较低的文学类型，参与者众，参与形式多样，如上文总结，散文作为充满弹性与包容性的文体，那么我认为也应当将这类创作吸纳进散文和散文研究的范畴之内。它们的文学性虽然有待商榷，但很明显，移动互联网高速发展的这十年是网络创作者不断提升创作自觉性的十年，从无差别、碎片化、未修剪的日常生活复刻性展示，到有意识、有主题、剪裁明确的日常生活场景化表达，同时还涌现出一批以思想性、智识性见长的网络散文创作者。

我们可以看到从短视频到公众号非虚构文体爆炸式的繁荣，吸引着巨大的读者流量。好像每个人都在通过不同的形式，发抖音、快手，自建公众号，包括向"三明治"等媒体平台投稿，每个人都想要为自己发声，每个人都想作为自己发声，而不是被别人赋义，这充分说明了郁达夫"散文的心"中发现人、建立人的现代性思想已经通过文化启蒙运动根植在中国人的精神世界，而互联网的去中

心原则进一步放大了这一思想，在素人创作者这场巨大的展示秀里面，人人都希望自己能成为一个"标本"，展示超越他人经验的东西，而这些经验又逐渐演变成个性化的标签，甚至是可以普遍使用的通用标签。在这个过程中，人设与标本的泛化固然会导致乌合之众随波而文的倾向，但他们当中的很多人是在坚定地反思自己的日常生活的，是在试图建立被普遍话语和典型场景所遮蔽的生活世界，在这些人中，涌现出了一批郁达夫所谓充满了个人性、调和了人性与社会性的，充满了人格魅力的散文创作者。

当然这样的尝试并非一帆风顺，即使全民散文创作已成为风潮，但要使自己的创作超越思想史、生活史材料的范畴，成为建立当代生活史、思想史的方法，他们还有很长的路要走。按照人工智能时代认知语言学理论的具身模拟猜想理论，所有语言和意义的生成和表达并不是出现在精神内部，而是建立在你的身体与物理经验的基础之上。你能接触到什么，你的生活有什么样的经验，就能生成什么语言，并且有什么样的理解。人对于意义的理解和生产绝对基于自身处境和个人经验，而个人认知范围是受到局限的，智能手机和互联网运用又使得人对自身经验的信心空前增强，可以获得无限量的情绪认同和经验证明，形成了难以打破的信息茧房。因此我们会重复传统散文作者同样的问题，在纷繁华丽的写作技巧下，难掩单一和重复的话题与情感。但互联网时代爆炸的信息同样可以给予我们新的解决方案，创作者必须质疑和主动调整自己一贯学习的数据库，包括日常生活数据库、虚拟生活数据库和写作技术的数据库，有意识地以各种文本介入公共生活，从内容、形式的网络的深度和广度上进行增强，写作者身份需要更加多元，或者说写作者需要具有更广泛的经验，或可模拟和想象的范围更广，能力更强，能够突破更多层级的茧房进行传播，被阅读和观看。如何在信息爆炸的时代筛选出适合讲述的生活，如何全面而客观地展示自己与他人的生活经验，如何在信息茧房、具身模拟的时代超越自己狭隘的认知提供阐释、提炼日常生活精神的方法，都是传统散文写作者与网络散文创作者共同面对的问题。

  这篇文章构思于我教授的散文课程，成形于过去一段时间疫情中心的上海，"上海散文"呈现了更为复杂的面向，它们所使用的材料不同，生发的感情不同，唯有一点是共通的，几乎每一篇声情并茂的文字，都立足于个人当下的具体生活，都在表达对当下个人生活处境和精神处境的思考，在这里没有宏观而空泛的话语，没有整体的、集中的载道化表达，有的是涓滴的生活情感，微末的生活细节和每个人的思考和追寻，最终形成了对个人价值、个人生存空间的一致呼声。散文可能再也无法重复"五四"时期振聋发聩的繁荣巅峰，但它会是中国人最倚重的、最依赖的文学类型，是表达自我的渠道，是记录自我的方法，也同时会是整个时代的思想与生活记录。

辑二

个案的触角

在白与黑的交集地带——
浅谈非虚构写作与散文的关系[1]

(项静,华东师范大学中文系)

有研究者把中国近年来兴起的非虚构写作看作是散文写作的一部分,是散文写作的新变化,是给散文创作注入新的活力的一种写作方法。比如非虚构写作立足当代中国社会转型期复杂的社会经验,是"散文突围"过程中的求新求变,是一种新的写作姿态和文学的求真实践。[2] 非虚构需求来自面对社会现实和人类心灵的真实力量,在拓宽散文写作题材的同时,也在影响着散文的美学风貌,它可能成就具有厚重感、悲剧感的散文美学形式,从而与此前轻盈随意灵动的散文美学区分开来。[3] 还有一些论者把报告文学与非虚构写作等同,尤其是在出版领域,报告文学作品广泛地以非虚构的名义出版宣传。散文这一文体具有极大的包容性、开放性和生

---

[1] 本文为国家社科项目《媒介融合视野下的中国非虚构写作研究》成果,批准号:21BZW147。
[2] 《陈剑晖:"新文化大散文"与"非虚构写作":当下散文写作新动向》,《光明日报》2020年12月16日。
[3] 彭恬静:《"非虚构"的兴起与当代散文的新变》,《中国当代文学研究》2020年第6期。

命力。在戏剧、诗歌、小说等具有明确归属的文体之外，很多无法归类的写作几乎可以被命名和划归在散文里面，这已经成为一种常规操作。但是，在非虚构写作带来的关注和热潮中，再把它重新划归到大而无当的散文之中，反而会淹没这一写作方式的特殊性和活力，它恰恰是在当下散文写作、小说写作遭遇危机的时刻出现的一种新的表达方式。而且在多数情况下，基于文学写作本身对定义的反抗和逃离来看，"我们用来定义事物的类别，总要比事物本身迟到许多"[1]。

  非虚构有广义与狭义之分，广义的非虚构写作包罗万象，它强调"非"的意义，是与虚构相对应的非常庞杂的文类群，包括报告文学、艺术随笔、美文、纪实性散文、抒情性散文、回忆录、日记、纪录片、口述史等。广义的非虚构写作经常作为一种图书分类方式存在，尤其在美国盛行，它没有办法给予概括和描述，也不适合作为一种文体进行定义，比如自传、回忆录、口述史，同属广义非虚构写作这一大的类别，但写作方式、侧重点、价值诉求有很明显的差别。目前在中国广泛使用的是狭义的非虚构写作，中国近期这一写作思潮起源是 2010 年《人民文学》非虚构写作栏目的设置，对国内非虚构写作的发展和推动起到重要作用。其发起的宗旨是，以"吾乡吾土"的情怀，以各种非虚构的体裁和方式，深度表现社会生活的各个领域和层面，表现中国人在此时代丰富多样的经验。要求作者对真实忠诚，注重作者的"行动"和"在场"，鼓励对特定现象、事件的深入考察和体验。远期的外国文学传统来自于美国 1960 年代的新新闻写作和非虚构小说，杜鲁门·卡波特的非虚构小说《冷

---

[1] [英] 罗伯特·伊戈尔斯通：《文学为什么重要》，修佳明译，北京大学出版社 2020 年版，第 7 页。

血》、诺曼·梅勒"作为小说的历史和作为历史的小说"的《夜晚的军队》、汤姆·沃尔夫新新闻报道《电冷却器酸性试验》是具有代表性的作品。这些作品寻找到了一种比现实主义小说更适合美国现实变动性的形式——融合了小说、自传和新闻报道,作家将自己变成作品中的主角,以时代道德困境的目击者和角色出现,重视写作者们即刻的感想、观察,以一种坦白的方式卷入事件事实。综合来看,非虚构写作的作品,借鉴现实主义小说中戏剧场景描写,充分记录人物的对话和情形细节,强调观察和调查,多视角介入增强作品的理智维度,内心独白、具有整合性的典型人物性格塑造等表达方式,极大地扩展了原来文学的表达空间。

当一种新的表达方式产生并持续引发关注之后,必然会对文学场域和机制产生一些影响,尤其是与这一写作方式较为接近的一些作家,他们的写作处于交界地带,对他们造成另一种焦虑——来自研究者、媒体命名与创作者认同、拒绝、挣脱之间的情绪博弈。本文以当代中国三位具有丰沛创作力的散文家周晓枫、祝勇、李修文的作品为例,来讨论非虚构写作与散文的关系,去打开这个问题的复杂面向和含混之处。文学写作是动词,而不是名词,在作品所呈现的世界和作家主张的对照中,我们可以看到两种写作方法之间的让渡与融合。

一

周晓枫近年来的散文作品基本收在《巨鲸歌唱》《有如候鸟》《幻兽之吻》三部书中,长达五万字的《离歌》是比较引人瞩目的一篇作品,可以从中看到散文与非虚构写作之间自由切换的痕迹,这来自于两种表达方式的精神契合，对真实和问题的关注，对不同表达方式的借鉴融合。周晓枫是一位高度忠实于散文写作的作家，无惧于当代中国文体的权力地图，对散文文体有着充分的自信和期许。"散文的领域辽阔，表达手段丰富而复杂。有魅力的诗性语言，能放到散文里；电影的画面感和悬念冲突，也能放到散文里……我不知道散文的承载限度，但我怀疑它有超载的能力。说跨界也许只是修辞上的强调，因为我们远未走到散文的边界。"[1]散文是一个具有强大空间和创造性的文体，当然也有自己的局限和问题，散文写作的现状正是非虚构写作产生的时代背景，也是散文写作者进行文体探索的原因。

以散文为中心的跨界和对边界的探索，表达了周晓枫对于文体自由的强烈期待，"写作不是结论性的文体审判，而是一种关于自由的表述，它带着我的主观与自相矛盾，带着情绪性的倾诉，甚至是自觉与不自觉的谎言"[2]。写作不是从概念开始，概念和集体认识都是实践之后的理论总结和近似的共识，周晓枫的一些作品已经融合了不同文体的写作方式，比如《石头、剪子、布》写食物链，镶嵌入室杀人的段落属于小说笔法，《有如候鸟》写迁徙使用的是小说的架构，小说的叙事性拓展了传统意义散文的边界，"散文不仅散发抒情的气息，还可以用叙事的牙把整个故事嚼碎了吃进肚子里。我要的不仅是物理意义上的肢解，还要完成化学意义的溶解"[3]。周晓枫多次强调自己享受跨文体或者说实验性写作的乐趣。"有种文字，

---

[1] 周晓枫、朱绍杰、袁梦菲：《散文本身并未限制什么，只是我们自己画地为牢》，《羊城晚报》2018年4月22日。

[2] 周晓枫：《寄居于小说之壳》，《小说月报》2017年12期。

[3] 周晓枫：《寄居蟹式的散文》，《有如候鸟》，新星出版社2017年版，第4页。

像灰,在白与黑的交集地带。我希望把戏剧元素、小说情节、诗歌语言和哲学思考都带入散文之中,尝试自觉性的跨界,甚至让人难以轻易判断到底是小说还是散文。"[1] 在开拓文体的意义上,周晓枫的散文写作与中国当代非虚构写作的出现,有异曲同工之妙,都是为了创造出一种更逼近"真实""自我""时代"的写作。

《离歌》发表于2017年第1期的《十月》杂志,2017年年底获得《收获》非虚构排行榜首位,备受评委和读者好评。我们仍然可以把它作为散文来阅读,但这部作品的时代性(寒门贵子的悲剧性命运),问题意识(一代知识分子的精神历程),作家的深入调查与"在场"(自我反思和对居高临下的警惕),复杂的"情节"(具有悬念的展开方式,主人公复杂的命运)都是狭义非虚构写作的典型表达方式,由此,《离歌》当然也可以看作典型的非虚构写作。《离歌》中的主人公屠苏,毕业于显赫的学府北京大学,曾经的小城高考状元,在"我"记忆中是一个智商超群、温良淳厚、细腻体贴、聪颖、博学、专注的写作者,受过扎实的学术系统训练,加之阅读涉猎广泛,在许多方面都有不凡的见识,是"我"的精神指引。在不可名状的男女微妙情感龃龉中,两人告别,屠苏放弃理想主义的玄谈,务实地专注生活,结婚生子。理想主义与文学的微火成为彼此的记忆和怀念,嗣后屠苏的离婚、事业坎坷等都是遥远而稀薄的传闻,是无关痛痒的他人信息。突发的死亡(事件)让故事重新开始,也是"我"带着好奇和疑惑进行叙事的开始,"我"重新走进屠苏的生活,跟随屠苏的骨灰回到故乡,发现了另一个屠苏——不善于处理复杂的社会关系,薪资微薄的小公务员陷入自我编织的幻觉

---

[1] 周晓枫:《寄居于小说之壳》,《小说月报》2017年12期。

中，迎来注定失败的悲剧结局。

刊载《离歌》的《十月》杂志，在卷首语中提到杂志自这一期开始，开设"思想者说"的新栏目，"旨在召唤文学与当代思想对话的能力，记录当代人的思想境遇与情感结构"[1]。《离歌》从"屠苏之死"切入个人和时代的痛处，是一个纤毫毕现的标本，打开了灰暗世界的褶皱和内里，也打开了一条理解当代中国社会的道路，平实中蕴藏着沉痛和悲鸣。在屠苏提供的寒门贵子梦想的破碎之路上，我们看到了他的天赋异禀，诗意与理想，赤手空拳式的个人奋斗，结局却是从时代高速运转的传送带上被甩离，暗淡归于无声。这部作品让我们看到了当代中国人的生活和经验，具有鲜明的时代性和本土性，从屠苏这个人物身上我们看到的不是生活原型，而是一个时代和社会的难题。另外，作品第一人称叙事及其带来的真实感，以及一种沉浸式感受，引领我们直面困厄，并能被写作者的在场和探索精神引导，进入复杂的中国经验和自我反思。作品没有放过"我"和周围的观察者、围观者们，实现了自我充分的田野化和反观，破除了写作和观察者的道德优越感，"《离歌》对我来说，是个写作题材和风格的转型；对屠苏们，是无力回天的命运，是生死之间再也不能调转的方向"[2]。而对那些跨越阶层和出身的幸存者们，虽然他们可能周身带有粗野的痕迹，但在屠苏的个案以后，作者表达了自己的释然和理解。

《离歌》的上述结构，使得它与散文作品相比增加了一个完整的社会学维度，作家的在场，通过社会调查，从疑问出发去打捞和重述寒门贵子的一生，从而切入历史转型期和社会结构中的重大问题。

---

[1] 卷首语，《十月》2017年1期。
[2] 周晓枫：《寄居于小说之壳》，《小说月报》2017年12期。

《离歌》是一部典型的非虚构作品，被看作一部长篇散文亦无不可，在两个命名之间不存在任何障碍，在具有社会穿透力和问题意识的作品面前，在真诚的表达和充沛恰当的叙事控制面前，写作方式和文体归属显得无足轻重。

二

讨论和考察1990年代以来中国的散文创作，祝勇是一个不能被忽略的写作者，除了散文写作的实绩，他还是一位自觉进行文体反思的散文理论家，在对新散文的长期倡导和践行中，成为当代散文最具理论系统性和文体意识的作家。祝勇的写作题材和表达方式深深潜行于中国散文传统中，另一方面又借助强大的散文传统表达对当下散文写作的不满。

在《散文：无法回避的革命》一文中，祝勇认为当代的散文写作表现出极强的依附性，"散文在本质上已成为了一种体制性的文体，远离灵魂真实，套牢现实功用，这样散文变成了一门手艺活儿，一个技术工种，根据订货组织生产，在政治的产销体制中，见风使舵，反应灵活，具有变色龙的本性，它的价值也因之而日趋瓦解"[1]。谈及散文文体的格局，以及格局形成的系统性因素，祝勇批评了体制化散文对权力体制的依附，写作者身份的体制化，市场化的左右，写作技术的陈旧。祝勇以新锐散文家的作品为例，提出了散文的长度、虚构、叙事、材料、立场、美学等问题，比如在虚构问题上，他首先申明了绝对真实的不存在，分析了小说的事实场景与散文心

---

[1] 祝勇：《散文的叛徒》，上海人民出版社2010年版，第6页。

灵场景的不同，具体事实与描述事实无数个语言符号之间的关系，必然导致选择和虚构的产生，小说与散文都有虚构，在写作对真实的终极诉求中，它们属于真实的不同体系。祝勇清理了五四新文化以来中国散文写作中种种弊端，并以"新散文"的名义提出无限开放的散文文体革命，"实验不仅是散文发展的目标而且是散文生存并发展下去的动力依据"[1]，写作是不断创造和生产可能性，而不是某种必然性。祝勇在《散文的恐慌》《我们对散文仍然很陌生》《作为常态的散文》等文章中，进一步强调了散文的活力在于文体的开放性和表达的直接性，并对散文开放的未来寄予厚望。

  总体上看，祝勇是一位专注历史文化和人文地理的散文写作者，早期作品书写北方大陆、江南、西藏，写风土、历史、人物、科学和故事。在行走了大半个中国之后，他在北京找到了自己的根和书写的IP。"紫禁城的一切，让我既熟悉又陌生，既激动又安静。我终于有了自己的约克纳帕塔法，有了自己的呼兰河，有了自己的高密东北乡。"[2] 于是祝勇写下《旧宫殿》《故宫的风花雪月》《故宫的隐秘角落》《故宫的古物之美》《故宫里的中国》《故宫六百年》等"故宫系列"作品，他把故宫的历史与现实当作无尽的书写资源和承载自己精神世界的容器，恰如他的一篇文章标题，"在故宫书写整个世界"。"故宫系列"的书写，在宽泛的意义上是为散文增加和强化历史学的维度，散文在抒情和叙事的维度之后，当然需要历史纵深和知识性的加持，而知识性的程度在具有不同思想背景、理论能力、知识立场、对读者的期待和表达能力的合力中，呈现不同的分层。

---

[1]　祝勇：《散文的叛徒》，上海人民出版社2010年版，第42页。
[2]　祝勇：《在故宫书写整个世界》，上海人民出版社2020年版，第17页。

祝勇的"故宫系列"散文，以其专业性和特殊性，非常具有个人标志。期刊杂志和出版社近几年几乎不约而同地使用"非虚构写作""非虚构文集"这类方式命名和传播祝勇的作品，这里的非虚构写作跟今天中国语境中特别强调的非虚构写作具有一定的差异，即使跟黄仁宇、史景迁的非虚构历史写作相比，也是不同的写作方式，祝勇的作品更加发散和抒情，与其共同之处在于强调想象与历史的叙事性。在祝勇看来，历史与文学之间有着天然的联系。"历史本身就带有文学性，甚至历史比文学更加文学，而'非虚构'比'虚构'更像'虚构'，文学也因此成为历史的最佳容器。"[1] 在这个判断中，非虚构是史实，虚构则是想象，以想象力与史实的融合，以侦察者的姿势走进历史，同时历史的复杂性也需要多种文体的介入，才可能萃取出更多真实、情感和逻辑，在现存遗迹和史料中重现时间深处的秘密、欲望和生产机制。祝勇的"故宫系列"散文是赢得无数读者口碑的上乘之作，作家通过史料重构人物的精神世界，并以层层叠叠的细节去复原历史的场景，重现惊心动魄的战争和人心的较量。在人心之外，又有对大历史时间和空间的关照，它们是细节的来源，是历史背后的动力，祝勇在其中调动人类学、考古学、神话学、自然地理学、微观史学等学科的方法，把故事讲述得更加深入、动人、可信、扎实，在这个意义上，小说、散文、考据、思辨、微观史学甚至大量注释都是祝勇写作的方法，如果当代散文写作中有好的非虚构历史写作产生，这里是发生的土壤，也提供了中国式非虚构历史写作的诸多养料。

作为散文革命的积极倡导者，祝勇的写作未必需要一种新的命

---

[1] 祝勇：《具有想象力的历史侦察》，《北京日报》2014年3月13日。

名方式，但其主题写作恰恰处于散文与非虚构写作的模糊地带上，在2010年以来中国当代非虚构写作的热潮中，祝勇的散文在图书出版中自然而然地被加上非虚构写作的标签。祝勇在回答记者关于两种文体之间的对比时，采取了比较谨慎的表达方式，他把非虚构写作与大散文并提，对两者之间的区别避免谈论，"非虚构写作、大散文写作，与之前的报告文学、散文的写作有所不同，最大的变化在于'问题意识'增加了。许多写作者是带着'问题意识'，而不是带着表扬什么、批判什么的简单目的进入写作的。这背后的原因，是时代的进步给了写作者思考的空间，也给他们的表达提供了更充分的可能性。"[1] 这也是当代中国文学语境中经常出现的命名困境，非虚构写作作为一种特殊的写作现象和思潮，占据了大量社会关注，同时必定带来很多自觉归入其下的作家和作品，也会产生一些处于边界上略显尴尬的作家作品。事实上，概念和命名对写作者来说无关紧要，而对研究者、读者来说，会带来一定的混乱和模糊，祝勇的"故宫系列"作品在"文化大散文"的命名之下，依然可以有效概括这类写作，尤其是具备"问题意识"这一核心特质，完全没有必要借助非虚构写作的时尚。对于祝勇的写作来说，历史写作、故宫的主题，以散文的方式书写历史，带来的独异性，远远大于归属非虚构写作，后者只会给带来模糊和混乱。

三

李修文最早是以小说创作显露头角的，2002年、2003年连续

---

[1] 张瑾华：《祝勇：在故宫，尽管有许多人，却连名字都没有留下》，《钱江晚报》2020年12月10日。

出版长篇小说《滴泪痣》和《捆绑上天堂》，引起广泛关注。两部作品意象丰饶、文字绚烂，极尽情感缠绵与挣扎，忧伤凄厉的情绪基调和都市男女的生活百态俘获众多读者，登陆各大城市畅销书排行榜，《滴泪痣》还被拍成电视剧。《滴泪痣》中宿命式的爱情悲剧，《捆绑上天堂》中爱与死的极致，一度让李修文成为中国版的村上春树。在这两部长篇小说的热潮散去之后，李修文转入影视剧创作，在长达14年的时间中，除了微信公众号，读者很少见到李修文的新作品问世。

2017年推出散文集《山河袈裟》，2019年《收获》专栏结集为《致江东父老》，2021年在各种期刊杂志全面铺开的重读古诗文章，结为散文集《诗来见我》，由此，中国当代文学重新迎接一位情感充沛、无法简单描述和概括的写作者。按照传统习惯或者出版界操作的方便，我们把这几年李修文的写作称为散文作品，作家也顺理成章获得鲁迅文学奖，在获奖答谢词中，李修文强调，自己的创作是生活改变带来的语言改变，走出"文人"趣味，还原为一个"人"的全部知行，李修文写作的转变和力量所在，是打破一个旧世界，实现自我的田野化，把"我"作为一种方法，从体制僵硬的文人世界走向江湖与山河。在15年中，改变的不仅仅是看待世界的方式，还有世界与我融合之后产生的新的感受和语言，以及在自我与世界，混沌与框架，碎片与整体之间的交缠，以自我作为刺刀，探索一条进入和表述世界的通道。李修文自己对比过前后两种写作的不同：写小说依靠审美化、想象化的基调来展开，试图退回中国古典传统里头，采用传奇化的写作姿态。他写小说的年代正是中国市场化高歌猛进的时代，也迎面遭遇写作的瓶颈，"我的写作和生活的时代好像关系不大，有种深深的无力感，这也导致我很长时间写不出来小说。就是在这样的历程中，我感觉到一个崭新的自我在不断地诞生——既有活在今天这个时代的增长，也有古老的命运情感在我的遭遇中降临"[1]。回到一个更宽阔、更复杂的自我，是产生新作品的动力，也是伸出去的触角，它带领写作者去领受更多的时代信息和生活馈赠。

《山河袈裟》中的山河是作家在奔忙途中的山林与小镇，寺院与片场，小旅馆与长途汽车，所书写的是这些场地空间中一个个具体的人，门卫和小贩，修伞的和补锅的，快递员和清洁工，房产经纪和销售代表，是写作者的自我与他们的叠影，"在许多时候，他们也是失败，是穷愁病苦，我曾经以为我不是他们，但实际上，我从来就是他们"[2]。作品中的叙事人跟现实中的作家高度同一，在散文中这是不言自明的问题，但在《山河袈裟》中的"我"明显超越了普通散文中的"我"，他是记录者，记录生活中刻骨的深情故事（《每次醒来，你都不在》），萍水相逢的相惜与守护（《阿哥们是孽障的人》），"我"又是显示器，是旅途中遭逢的人、事，也是磨砺、成长、知识、经验、美学赏析的层层叠加、融合、变幻。《致江东父老》与《山河袈裟》相比，焦点更多对准了典型的中国人物，他们是可怜的人，又是可爱的人，他们是落魄的民间艺人、无戏可演的女演员、潦倒不得志的唱戏人、活在想象世界中的盲人、流水线上的相爱的工人、苦苦寻子的中年男人、爱上疯子的退伍士兵，他们是人间众生，该书自序中重申自己写作的价值和意义，是为那些不值一提的人或事写作。与《山河袈裟》《致江东父老》相比，《诗来见我》似乎是离自我最远的写作，它追溯的是我们浸染其中的传统

---

[1] 续鸿明：《李修文：重建当下散文写作的主体性》，《文化月刊》2020年4期。
[2] 李修文：《山河袈裟》，湖南文艺出版社2017年版，第2页。

诗词，知识、趣味和技艺是这些诗词与书写者之间的一重联系，李修文避开这个取向，选择了情感联系，依然把"我"置于显示器的位置上，诗词及其作者所携带的风雪、尘埃、怨与愁都一一与作家相逢，"在我们中国人的一生中，在我们许许多多的关口和要害，总是猝不及防地、扑面而来地，和我们曾在诗词里头见过的情景遭遇。所以中国诗词对中国人来讲，首先不是个学问，它首先是我们的出处和来历，它就是我们的生命本身。到底有哪一些诗词，它在什么样的时刻，以什么样的面目，见证过我们的生活，降临过我们的生活，又安慰过我们的生活？我想要写这样的'人与诗词的相遇'"[1]。

在如此浓厚的具有"自我"抒情、自我清理和建设的写作中，一定会遇到形式的问题，以何种文体去承载与自我经验有关的人民、山河、传统和美学，走出小说写作的困顿之后，李修文选择散文，但又不是一般意义上的散文。形式与表达对象之间的矛盾、错位时时存在，这是文学存在和发展的应有之义，没有一成不变的世界，自然没有一劳永逸的文体。作品匹配时代和生活，提供此时此刻的、不断和我们互动的精神力量才是最大的问题，也是这个时代散文的主体性。

李修文的散文几乎可以看作介乎小说与散文之间，有的作品以非虚构写作去解读它亦无不可，大多数写作者并不在意写作的方式与文体概念，而是比较享受文体中间的状态，不去刻意关注虚构与非虚构的问题。在李修文看来，我们今天的小说与散文都在发生着变化，虚构和非虚构都要受到时代情势与语法的裹挟，过去界定文体的铁律已经风雨飘摇，写作重要的是"提供出一个无限真实的精

---

[1] 李修文、刘悠扬：《我的庙里供的都是小人物》，《深圳商报》2019年11月13日。

神个体。这个精神个体,可能才是这个时代最大的真实。在我看来,一切无法准确表达内心的文体束缚,都应该把它撕破。更确切来讲,我写作,并不是为哪一种文体而写"[1]。

近年来中国的散文写作逐渐走向大众化写作。写作题材、写作方式日益多样化,维持着传统文学期刊和纸质书出版的生态,而新媒体的发展,也造就了一些新的作家作品,开拓了新的写作风格和表达样式,散文整体上依然是较为繁盛的当代文体。同一个散文世界,价值诉求和核心关注点却大相径庭,本文所提到的三位散文家,在新近作品中有侧重社会学维度的写法,有深入挖掘历史维度的倾向,也有以"自我"为方法,强调个体精神性的美学追求。在中国语境中,报告文学、散文与非虚构写作都有一些界限不清但大体可以辨认的特质,事实上我们也无法创造出严格的概念和文类归属。文学真正的力量恰恰来自于对旧有观念的挣脱和对世界的即时反应,不断去打开经验鲜活的切面。非虚构写作作为一种引起众人关注的文学现象和写作方法,需要以新的眼光去认识和理解它,不一定把它看作一个文类,只需要将之看作一种写作方法,一种合资企业式的写作方式。以上三位作家,在散文与非虚构写作之间,有的可以自由切换,有的处于暧昧状态却被出版商冠以非虚构写作,有的明确拒绝非虚构写作的命名,但总体上他们都享受白与黑的交集地带,这也是文学最有活力的地带。对于非虚构写作研究来讲,这个概念本身产生的影响,搅动的文学生态,与原有文学概念的协商、讨论,已经表明它的活力所在。

---

[1] 李修文、刘悠扬:《我的庙里供的都是小人物》,《深圳商报》2019年11月13日。

山水的知识和移情的停顿——
关于散文写作的生长空间

（胡桑，同济大学中文系）

我们通常所谓的散文，那种最明显区别于小说和诗的写作，似乎没什么清晰的特征。我们往往只能用"不是什么"来说明它是什么。这大概是因为，散文其实是文学创造中最接近于自由的甚至散漫的情感表达的缘故。散文不能采用虚构的形式。小说和诗都是虚构的产物，前者是情节的虚构，后者是语言的虚构。而散文在情节和语言上都是真实的，书写真实的经验或情感。

散文受制于语言和经验，步履沉重，难以飞翔。相较于诗，散文只能贴着句法的逻辑逶迤而行，不能实现语言的自由跳跃、延展、飞升；相较于小说，散文束缚于经验，只能在经验的栅栏里徘徊辗转，不能实现叙述的充盈、增补、杜撰和任意嫁接。

诗和散文均善于抒发情感，但诗专注于语言的过程和形式的开拓，所以，散文能更专注于对经验的情感表达。王安忆在1995年发表了一篇随笔《情感的生命——我看散文》。她把散文视为"情感的试金石"。那么，"情感"就成为了散文的基底和内核："情感的多寡，都瞒不过散文。"散文也可以处理小说意义上的情节，但

"必须据实",且支离破碎、细枝末节、散漫、模糊,其钩织、布局"是真正的天意"。叙述的主体,即情感的主体,则是作者本人,因此,"散文中的'人物',只有一个,就是你"[1]。照此看来,散文主要任务就是抒情?或者是否可以往深处追问,散文隶属于中国文学的"抒情传统"?

一、散文与中国文学抒情传统

陈世骧1971年在美国亚洲研究学会年会一个分组"东亚文学的抒情传统"上,发表了开幕词《中国抒情传统》(Chinese Lyrical Tradition)。这篇文章后由其学生杨牧(王靖献)改名为《论中国抒情传统》行世。陈世骧认为:"抒情精神在中国传统之中享有最尊尚的地位,正如史诗和戏剧兴致之于西方。"[2] 他由此提出了一个"中国抒情传统"学说,并由高友工、李欧梵、陈国球等人继承和发扬。这个学说容易引来质疑。且不说中国古典诗歌向来有叙事诗传统,唐宋以来的"自叙诗"[3] 传统也并不微弱,更何况这个"传统"难以安置史传、小说、传奇、戏曲等文学形式,当然,也未必能够囊括散文书写。除非像顾彬那样,将哲学、历史编撰和叙述艺术"从狭隘意义上的散文类别中剔除出去",留下真正的"散文":"一篇散文是一篇较短的文章,它描述我与世界之间的斗争,这种斗争是合乎逻辑的、抒情诗般的或富于激情的,大多是令人关注的,主要是

---

[1] 王安忆:《情感的生命——我看散文》,《小说界》1995年第4期。
[2] 陈世骧:《论中国抒情传统》,杨彦妮、陈国球译,见陈国球:《中国抒情传统源流》,东方出版中心2021年版,第15页。
[3] 参见张诒政:《宋代自叙事研究》,上海三联书店2021年版。

道德的和个性化的,很少或根本没有虚构成分。"[1] 此外,它极具形式感,完整且独立成篇。

顾彬的意图是要在庞杂的中国散文系统里,识别出一个具有现代性的"散文"传统。而现代性的首要标志是具有自由意志的、不受礼法约束的主体。主体的自由意志在现代文学里的对应物正是"情感",它源于自我(ego)和世界之间的体验和"争执"。在这个意义上,顾彬对古典散文的看法和王安忆对现代散文的界定是接近的。

然而在中国古典时代,"情感"并不一定是文学的主要表达内容。所谓"诗言志"里的"志"当然包含了情感,但主要内容则是具有约束性的礼法。朱自清就曾经指出,"言志"和"载道"两者的本义"差不多",是一体两面的东西,并不冲突。但在现代文学观念里,"言志"却变得和'载道'对立起来"。这就是顾彬将哲学、历史编撰和叙述艺术从"散文"中剔除出去的理由。中国古代的诸子论述和历史叙述都有着"载道"的内在目的。于是,"言志"就转换成了"言情",文学写作的主要任务变成"抒情",即"个人内在情感的发抒",这是孙康宜在解释陶渊明诗歌时持有的看法。她甚至用"情感"来区分玄言诗和陶渊明诗歌的差异和高低:"玄言诗缺乏感情的声音,而陶渊明诗的特征却在于高质量的抒情。"由此进一步推进,她认为,谢灵运的"山水诗"也就成为了抒情诗。"谢灵运的山水诗则是艺术的创造、真正的抒情。"[2] 但是,从朱自清的论断出发,我们可以追问,山水田园诗中的"抒情"背后的"载道"意识是什么?是否是一种综合了儒释道的复杂的、含混的"道"?

---

[1] 顾彬:《古典散文》,见顾彬等:《中国古典散文》,周克骏、李双志译,华东师范大学出版社 2008 年版,第 7 页。

[2] 孙康宜:《抒情与描写》,钟振振译,上海三联书店 2006 年版,第 9、10、55 页。

田晓菲在《神游》中就指出，山水田园诗的出现，与东汉末年传入中土的佛教所创造的"想"和"相/象"的观念有关。"想象"，作为佛教的观念，在魏晋时代是一种对于"象"的重新构造。有别于相信"大象无形"的道教，佛教善于"造象"，去发现世界上有形的"象"，从而在实在景观中安顿个人心灵。"对于南朝士人来说，山水即是'象'，对山水之'象'的感受、诠释和建构完全有赖于个人主观意识的运作。因此，'想象'意味着积极主动地进行'造象'，而四世纪山水写作的兴起在很大程度上是一种内向而不是外向的运动。"[1] 由此可见，"言志"与"载道"揭示了文学写作者的世界观和知识论，其本身是随着历史而变化的。山水诗的出现源于内在的"志"（道）的变化，由儒道的志（道）开始转向佛教的志（道）。而抒情的"情"作为一种现代西方人文主义意义上的"志"（道）——"知识"，不能被轻易移植到古代文学中。这一点上，散文也不例外。其实，在被顾彬所排斥的哲学、史传散文之外，中国古典散文尚有书（信）、表、诏、敕、令、铭、教、序、论、碑、诔等多种子类，均不能简单地用"抒情"来概括其特征。

二、散文中的"山水"及其知识

在前现代世界，"山水"往往代表了外在世界，尤其是自然世界。在《论语·先进》中，我们可以偶尔瞥见儒家眼中的"山水"景观，那是一幅乌托邦景观："暮春者，春服既成，冠者五六人，童子六七人，浴乎沂，风乎舞雩，咏而归。"但那是一种想象的或至

---

[1] 田晓菲：《神游》，生活·读书·新知三联书店2015年版，第23页。

少是提炼、修饰过的山水，其根本意图在于安放儒家的仁者。这里的山水是一种充满友爱和秩序的、祥和的景观。而对真实的、险恶的山水，儒家充满敬意和畏怯，不敢轻易涉足。道家则是将山水视为玄理的表征，并不关心现场的、当下的、眼前的景观。唯有秉持着"我不入地狱谁入地狱"精神的佛教，才让书写主体具备了十足的勇气，去跋涉险山恶水。如此才能解释，为什么只有到了转向佛教信仰的谢灵运的诗歌里，才呈现出了山景、水景的推移、交织与对抗，尤其是山水在推移、交织与对抗过程中所笼罩的逼仄与险恶。因为山水正是佛教所"想象"的、需要穿越和拯救的艰难甚至苦难景观。

到了现代散文里，对山水的书写往往交给了"游记"这一特殊文类。山水，在现代自由个体这里，成为要去征服并占有的对象。在这个行动中，散文传达出了现代人的情感——个体内在的自由。所以，在现代游记里，山水是用来欣赏的，伴随着安全而舒适的享受的。"无一例外，现在的研究通常认为，游记是一个本质上静态的、'欣赏山水'的过程，它从未伴随时间的推移而改变。"[1] 因为现代人拥有稳定的、静态的"自由意志"。然而，纵观文学史，不仅"山水"在各种世界观念和话语中流动变化，对山水的"观赏"本身也是历史的、变动不居的。对于不同时代的游记散文的写作者，在每一次对山水的"欣赏"过程中，写作者主体自身所持有的"知识"在变形、流动。

根据田晓菲的观点，佛教"知识"的引入催生了"山水诗"。但我们不禁要问，为什么佛教没有催生散文中的山水"游记"。那是因

---

[1] 何瞻：《玉山丹池：中国传统游记文学》，冯乃希译，上海人民出版社2021年版，第19页。

为每种文体有着自身的历史发展脉络。到了唐代中期，中国才出现了真正意义上的"游记"。那是因为，"游记"的出现与儒家世界观的复兴有关。唐宋八大家基本上都是儒家的散文作者。顾彬认为，中国古典散文的特征是"道德的和个性化的"。所谓的"道德"主要是儒家道德。而个性化指的就是基于儒家道德的个人情感体认。顾彬认为，中国古典时代"真正的散文"以韩愈和柳宗元为开端。[1]韩愈的散文写作主要是为了"载道"。处于流放中的柳宗元则"发明"了"游记"，这就是所谓的《永州八记》。

面对永州险恶的"山水"景观，柳宗元遭遇了一个将其进行儒家化表征的困境，这源于儒家之"道"与帝国边缘地理位置之间的话语错位。所以，柳宗元在散文中进行的是绝望中的"游"，借以排解自己不公正的、痛苦的处境。然而，柳宗元还要进一步去探索永州山水的"怪特"和"美丽"，在安顿自己的屈辱和愤懑之时，又发展出了短暂的审美愉悦和心智解脱。简言之，他对永州"怪特"山水的认同，终究是为了抒情。"《永州八记》体现了一个技艺高超的作家如何有意识或无意识地应对困难，并发展出一套生存策略。在柳宗元的个案中，这种策略的关键在于探索、发现，然后书写那优美的山水，而对这些景色描写的回应和评论则为自己提供了一个方便直接或间接抒情的文学场合。"[2]这种探索与发现山水的书写模式在后世逐渐演变为游赏山水的散文写作。书写者/游览者无论心怀痛苦，还是满腔愉悦，对于山水基本都采取了"抒情"的姿态。但是，书写者在游记中对山水的认知是有限的，并不带来也不想带来"知识"，因为他在书写之先，已经拥有了一套既定的"知识"。对于

---

[1] 顾彬：《古典散文》，见顾彬等：《中国古典散文》，第7页。
[2] 何瞻：《玉山丹池：中国传统游记文学》，第103页。

古典儒家作者来说，这套知识是儒家"达则兼济天下，穷则独善其身"的安身立命、求仁得仁观念。而对于现代作者来说，这套知识就是现代个体的自由意志——情感。每一个时代的散文写作者所抒发的"情感"是被历史限定的。

三、对山水的认知和移情的停顿

诗歌由于语言，小说由于虚构，可以有效地抵制移情，而以情感为基底的现代散文如果无情，则就成为了空壳。

情感的抒发可以安顿个人的心灵。然而过度的情感，会让个人的主体陷入幻境，而迷失方向，成为空洞的主体。王安忆所谓的"天意"就会缩减为任性，这就是移情的后果。关键是，现代世界的"自由意志"除了抒情能力以外，本来就还有认知能力——去发现一种流动的、竞争的、变形的"知识"。认知发生在移情停顿处。那么，在移情停顿之后，情感在散文中处于何种形态呢？恐怕是一种生长中的情感。这种情感让自我得以打开，面向作为他者的人和事物。这种情感揭示出自我的成长——在理解人事和事物的过程中的成长。

冯至的散文集《山水》就揭示了一种别样的"山水"的知识。"山水"这个书名并非单纯来自中国传统的漫游、探胜、关照和兴寄，而是另有着现代性的诉求——或者说是对现代性的反省。冯至在散文里要去克服物我的二元对立，从科学的世界观里解放出来，去直面山水这样一个伟大的事实。山水是一种自我教育。他在《山水》1942年初版的跋语里写道："自然并不晓得夸张，人又何必把夸张传染给自然呢。我爱树下水滨明心见性的思想者，却不爱访奇探胜的奇士。因为自然里无所谓奇,无所谓胜,纵使有些异乎寻常的现象,但在永恒的美中并不能显出什么特殊的意义。"[1] 原来,在冯至眼里,面对世界,是为了明心见性,是为了不去把夸张的情感移置在事物之上。这样才能做到"我认识了自然,自然也教育了我"[2]。"认识",发生在移情的停顿之后,在情感的清晰辨认中完成。

冯至在《山水》里,并不书写一般游记意义上的"名胜"。他的笔下没有对探奇访胜的好奇心。他热爱大地和大地上的事物。"真正的造化之功却在平凡的原野上,一棵树的姿态,一株草的生长,一只鸟的飞翔,这里边含有无限的永恒的美。"[3] 这里无疑渗透着德国留学归国的冯至身上浸淫的德国浪漫派的"知识"。显然,他不再欣喜于现代个体自由而无度地抒情,因为他意识到了现代自我的三重异化:内在与自我的分裂,自我与他人之间的分裂,自我与自然之间的分裂。这样的异化需要爱和与他人的自由交往来克服。[4]《山水》中的爱,是对自然的爱,对大地的爱,对无限和永恒之美的爱。而与他人的自由交往,则体现为对他人选择的尊重和理解。《怀爱西卡卜》一篇频频出现"爱"和"自由"两个词,揭示出了柏林西郊的西卡卜社区的"美"和威胁着"美"的现实力量:"这里的空气的确是自由的,住宅区的外层是各色各样的运动场,运动场外是走两三点钟也走不完的松林。居民都像是家人一般,唯一的商店是他们共同组织的消费公社,白天到柏林市中去工作,晚间回来,任随个人的嗜好享受他们所独有的和平。这种和平却有渐渐

---

[1] 冯至:《山水》后记,见《冯至全集》第3卷,河北教育出版社1999年版,第72页。
[2] 同上,第73页。
[3] 同上,第72页。
[4] 参见[美]拜泽尔:《浪漫的律令:早期德国浪漫主义观念》,黄江、韩潮译,华夏出版社2019年版,第51—52页。

维持不下去的趋势。大家都愿意永久保持他们生活的态度，但是外边的风雨一天比一天逼紧，他们无形中也感到一切在那儿转变。"[1] 此外，现代科学知识极大地改造了人对自然的认识和体验。对此，冯至了然于心。在《山水》第一篇《C君的来访》中，冯至面对天文学家C君，意识到了新知识对旧情感的超越："我真羡慕'上穷碧落下黄泉'的科学家，我只恨我当初不该多念了几本文学书，满脑子里装了些空疏的概念，处处不能忘情，弄得尾大难掉，拖泥带水，想找一座清净的天文台看一看空中的奇象是不可能了。"[2] 在这个意义上，《山水》这本集子正是借助新知识去超越旧情感的努力和结果，从而书写出了一种新的情感，同时，对这种新情感保持着清醒的辨识。

移情的停顿并非拒绝情感，而是去诉说陈旧情感所不能抵达的时空，而去寻找新的情感。这一寻找过程就是对人和事重新展开认知。此间，可以让过度叠加、增殖的情感影像在临界点上坍塌为一片废墟。但是临界点是什么？应是自我的情感的边界，是对旧情感的不断超越和克服。

移情的停顿，是在克制中去理解并呈现事物的形貌、关系和状态，实现事物对自我的教育。这需要重新修改情感的面目。所谓修改就是涤清对事物的移情，以及失控的幻觉。不夸张的情感，经过了主体的辨认，可以淡泊平易，如冯至的《山水》、周作人的《雨天的书》、沈从文的《湘行散记》、刘亮程的《一个人的村庄》；可以隐忍深沉，如鲁迅的《朝花夕拾》、朱自清的《背影》、李琬的《山

---

[1] 冯至：《怀爱西卡卜》，见《冯至全集》第3卷，河北教育出版社1999年版，第28—29页。
[2] 冯至：《C君的来访》，见《冯至全集》第3卷，河北教育出版社1999年版，第7页。

川面目》；也可以饱含激情，激情而不夸张，情深率真，如萧红的《商市街》、苇岸的《大地上的事情》、史铁生的《病隙碎笔》、塞壬的《下落不明的生活》。

由于语言和经验的双重限囿，散文必须有情。但移情又是散文写作的敌手。移情，不加任何反思地动用了情感，只停留在了情感的表层或进入情感的幻境，让散文写作千篇一律，贫乏、空洞或过于私密而难解。因为我们自我的情感是有边界的。移情并没有意识到这一边界。而散文一旦意识到了自我的边界，就可以是对情感的积极的建构，就已然在情感中融入了理解、认知和拓展。从笛卡尔开始，现代个体的自由意志始于一个反思的自我。反思，就是在主体的生长过程中运用理性去思考世界，从而塑造自身。在写作者这里，反思表现为每一个个体以自己独有的思维方式去认识人性和生活，凝聚出独有的语言形式去表达人性和生活。而情感，必然是自我通向语言的媒介。

20世纪一些欧美诗人写过不少散文集，如曼德尔施塔姆的《第四散文》、布罗茨基的《小于一》、沃尔科特的《黄昏的诉说》、希尼的《舌头的管辖》、奥登的《染匠之手》。在这些散文中，事物、人性、经验和知识的清澈而幽深的面目被抽丝剥茧、行云流水、曲径通幽地呈露出来。我们可以在曼德尔施塔姆笔下凝视一个人如何在城市建筑、音乐的浸染中漫游，我们可以在布罗茨基笔下感受逼仄的家庭、压抑的学校如何挤压一个人的精神世界，我们可以在沃尔科特笔下倾听异域文明的声音如何在一个人的周身海浪般涌动，我们可以在希尼笔下见识一个人如何在僻野的乡居空间里接受文学的震颤，我们可以在奥登笔下领略智慧如何渗透进个体的生命和诸多文学作品之中。

四、山水的知识与散文的生长空间

米沃什在散文集《旧金山海湾景象》(Visions from San Francisco Bay)中不断地在辨认自己的意图,自己所在之处,自己的处境——美国西部的"巨大空白",然后娓娓道出1960年代美国的激情、幻象和迷误。在书中第一篇《我的意图》中,米沃什就将自己的意图放置在了当代的认知情形之中:"我在这。这三个字含蕴着可以说出的一切——你始于这些词语,又回到它们。'这'意味着在这个地球,这片大陆,而不是其他大陆,在这个城市,而不是其他城市,在这个时代,我称之为我的时代,在这个世纪,在这一年。我并没有被赋予其他地方、其他时代,我触摸桌子,为自己的感受辩护,我感到自己的身体短暂易逝。这一切都是极为根本的,然而,生活的学问终究倚赖于逐步发掘的根本真理。"[1]对于米沃什来说,这本散文集的认知起点就在"这里"——美国西海岸的旧金山。"这里"不是一个想象之地、隐喻之地,而是一个预示着自我束缚性的情感空间。在这个空间里,情感得到了约束、限制和塑形,对此地、此城、此国和此世纪的体悟和认知才能泉涌而出。"这里",是一个认知装置,一套知识系统。

当然,"知识"本身同样也会构成束缚和阻碍。《徐霞客游记》就是一部剥除了儒释道"知识"后试图用全新的目光打量山水"真面目"的游记。他要褪去旧知识的包裹,克服典籍里的幻象距离,用自己的身体亲自涉足真实的山水。因为他认为:"山川面目,多为图经志籍所蒙。"[2]徐霞客这句话说得过于笼统,其实,遮蔽山川面

---

[1] Czesław Miłosz. *Visions from San Francisco Bay*, Farrar, Straus and Giroux, 1982, p. 3.
[2] 吴国华:《徐霞客扩志铭》,见《徐霞客游记》,上海古籍出版社1987年版,第1188页。

目的是已经凝固化的、不具有反思性的陈旧的"典籍"。而新的"知识"既可以呈现山川的真实面目,也可以抹去蒙蔽在旧"典籍"上的认知灰垢,但并不一定能保证真实与虚妄之间的界限可以清晰地被揭示、被触及。新知识也试图在测定身体的边界。刘亮程在《一个人的村庄》中就不断地让自己的身体的印迹嵌入自己的村庄。通过这种嵌入,他展示了身体和村庄的双重边界,尽管这种展示本身十分隐秘、隐忍,因为印迹其实留存于心灵深处:"多少年后当眼前的一切成为结局,时间改变了我,改变了村里的一切。整个老掉的一代人,坐在黄昏里感叹岁月流逝、沧桑巨变。没人知道有些东西是被我改变的。在时间经过这个小村庄的时候,我帮了时间的忙,让该变的一切都有了变迁。我老的时候,我会说:我是在时光中老的。"[1] 对自我边界的探寻也可以呈现为对物的凝视,对物的历史的拼贴与刻录,比如邹汉明的《塔鱼浜自然史》。

李琬在散文集《山川面目》中引用徐霞客那句话时,就发出了这种感叹:"'山川面目,多为图经志籍所蒙,'这句话容易讲,但是很不容易亲身验证。我们做旅客,大部分时候都见到山川,却见不到图经志籍和眼中之景的切实联络,因为风景被切成点、片,且时间短暂的缘故⋯⋯恐怕我们不曾在跋涉中被景物所欺骗,就不能体会这置身浩渺'真实'中的虚妄感吧。"[2] 所谓"虚妄感"正是写作者/行旅者的移情在遭受山水世界拒绝后的状态。

对于西藏,"图经志籍"或影像媒介中的景观可能是这样的:"雪落下来,一切无可分辨,只有侧卧的牦牛群起身,抖落身上的雪,

---

[1] 刘亮程:《一个人的村庄》,浙江文艺出版社 2013 年版,第 9 页。
[2] 李琬:《乘客》,见《山川面目》,漓江出版社 2021 年版,第 43 页。

才露出它们青黑的毛色。"[1] 如果说，冯至身处动荡起伏的 1930 年代，一心试图抵抗人的异化，而乞灵于德国浪漫派对爱和自由交往的伦理精神。那么，置身 21 世纪初的李琬在行旅过程中，并没有携带对家园的渴望和怀旧，也不对他人的亲缘抱有幻想。尽管李琬的散文有着与冯至散文相似的冷峻、克制的语调。但她的文字中，多出了一些淡然、甚至幻灭之感，隐约中也透露出慈悲和透彻。她写道："但大部分时候，世界都没有显示这般的伟大。我所见的，是加了牛奶白糖的墙面，布达拉宫在傍晚的紫蓝色天空下立着。第一次坐公交车从它下面经过，发出了很轻很轻的叹息。我们和周围的人本来没有关系。我们像蚂蚁，在超越我们的庞大之物脚下绕来绕去，而孱弱的身心也被它所紧紧联结维系。有时，庞大之物仅仅是稳定的社会规则本身，它如此稳定，找不到缺口，险些要了我们的命。"[2] 在李琬这里，对无限且永恒之美的爱，对他人交往的渴望，已经不再是文字底下的伦理。取而代之的，是她对移情的决绝遏制和背叛，还有对他人的淡然甚至畏惧。她在文字中似乎已经默认了人在当代的命运："爱欲之死""他者的消失"。韩炳哲对我们的时代做出了这样的诊断："他者（der Andere）的时代已然逝去。那神秘的、诱惑的、爱欲的（Eros）、渴望的、地狱般的、痛苦的他者就此消失。如今，他者的否定性让位于同者（der Gleiche）的肯定性。同质化的扩散形成病理变化，对社会体（Sozialkörper）造成侵害。使其害病的不是退隐和禁令，而是过度交往和过度消费，不是压迫和否定，而是迁就与赞同。"[3] 李琬在散文中呈现出的节制和疏离，

---

[1] 李琬：《乘客》，见《山川面目》，漓江出版社 2021 年版，第 43 页。
[2] 同上，第 43—44 页。
[3] [德] 韩炳哲：《他者的消失》，吴琼译，中信出版社 2019 年版，第 1 页。

正是不愿意参与同质化世界的合谋，不愿意承认媒介所表达出来的空洞世界，从而能够对他人产生理解和承认，可以去辨认他人的微小而凡俗的生命面目——但这一切又是在确认了他者之消失后展开的。她并不消融于随时到来的陌生他者之中，也从不错过倾听、理解、辨认他者的时机。比如在《乘客》中，李琬记录下了从怀化到吉首长途车上的女孩的短信、昆明女司机的寻人字条、经过七小时多艰难路程后乘客们对"平易近人"的泸沽湖的欢呼。凡尘中"不过如此"的他人以差异性的面目取代了或者说丰富了山川的面目。

在《山川面目》的另一篇散文《忧郁的亚热带》里，李琬的情感仿佛蓄满的水池，极具忧郁情感的爆发力。然而，书写者在文字里一直隐忍着。整篇散文回忆着与父亲在澜沧江边一家泰国餐馆用餐的情景。回忆中的情感十分浓郁，却始终克制。李琬还通过使用第二人称，将自我的情感对象化、陌生化，从而阻止移情的发生。移情，很容易陷入情感的均质状态或私人状态。但是，我们在关于"你"的叙述里，看到了一个清醒的、沉思的主体。这样的叙述既产生了时间的距离，又设定了空间的界限。而那句"这一切都太二十世纪了"[1]的感叹，让我们跟随着"你"辨认出了历史的印迹和形态。而"生活果真是这样子吗"的追问，让叙述里出现了沉思的时刻："太阳底下无新事，人们去过了所有的土地，也好比永远在一个房间里打转。就算到了边境，又是怎么一回事呢？边境另一边大概也是一样，画师赤着脚，坐在烈日下，在墙上画他脑海中的佛。但你知道不是这样子的，至少对你来说不是这样。你知道，<u>一旦离开了家，无论居住在哪里，就永远不会再和家里一样</u>。"[2]跨越了"家"

---

[1] 李琬：《忧郁的亚热带》，见《山川面目》，漓江出版社 2021 年版，第 30 页。
[2] 同上，第 32—33 页。

的边界，生活的形态就会被颠覆并重构出差异的形式。同时，"图经志籍"里的景观一再被解构。因为自觉的认知主体诞生了，他/她永远在辨认此时此地的在场性和差异性。这样的散文，正如张怡微指出的，的确是可以处理强烈而复杂的情感。因为，"散文是最适合呈现情感变化、生活变化的问题，也就是说，散文是最适合呈现情感困难的文体，尤其是当我们尚未有驾驭欲望的能力，来形成修改这种变化的强动机时"[1]。换句话说，散文抒发情感，并不是为了满足书写者的情感幻觉，而是去纠正情感的惰性和惯性，在情感进展的困难之处，开拓出新的认知方式和体验方式，从而促成新的情感并催动新的语言形式。

散文不可以缺少情感，但可以不抒情，甚至可以节制情感。移情的停顿，并非拒绝情感，而是让情感成为造就主体的积极力量，去克制地理解人和事物（比如"山水"）的形态和变化，并从自我的情感中开启生长的空间。这需要书写者在当下语境中一而再、再而三地去寻找、获得、提炼新的"知识"。

---

[1] 张怡微：《散文课》，华东师范大学出版社2020年版，第112页。

跨界现象的"在地"性呈现——
当代香港散文管窥[1]

（赵皙，徐州工学院）

自 20 世纪 70 年代西西对"我城"的发现以来，香港本地作家群体的"在地"意识在被唤醒的过程中不断得到强化。这其中，散文因其制式上的自由为香港本地作家的"在地"性表达提供了丰富的载体形式，于是在当代香港的散文写作中，出现了对香港文学地景的建构、跨界表达以及多语混杂的"框框杂文"等多重跨界形态，共同完成了"在地"性的港式表达。

一、"我城"中的文学地景呈现

观照香港本地作家"在地"意识不断演化的进程中，散文不失为一个角度广阔的窗口，从中洞见本地作家"在地"意识的生成与发展。最为显著的表现，就是香港散文书写的题材中浮现出一种特征鲜明、内容聚焦于香港本地景观的散文类作品。不同于传统的游记

---

[1] 本文系国家社科基金后期资助项目（20FZWB063）、江苏省高校哲学社会科学一般项目（2020JSA1089）阶段性成果。

性散文，这类作品的表达是与"我城"意识紧紧捆绑在一起的，可谓具有极强"在地"感的"文学地景"（literary landscape）[1]书写，属于"地志文学"（topographical literature）[2]的范畴。这种透过文本中对"在"港文学地景的塑造，表达了本地作家对香港本"地"的群体性关怀。与此同时，香港本地学者不急于对本地文学进行宏观的编纂著史，却十分重视对文学现场的捕捉，从容不迫的治学态度和小心谨慎的学术价值倾向加剧了此类文学作品受关注的程度。这里不得不提及的是小思（卢玮銮），作为本地学者，小思始终致力于她的香港文学文化史料整理工作，并在香港中文大学图书馆成立香港文学研究中心，建立香港文学资料数据库，为海内外研究香港文学的学者提供了极为便利的条件。我们可以从她经手整理的文学及文化史料成果中清楚地看到一条对于"在地"意识生成与发展的线索，充分体现了编者"在地"意识主导下的编选思路。《香港的忧郁——文人笔下的香港（1925—1941）》是经小思选取的集中在20世纪二三十年代有关香港的文集，从序言开篇就定下了推崇香港、甚至是为香港正名的基调，"手边积存不少有关香港的文章，二十年代直到今天的，整理之后，使我这个土生土长的人生了许多感慨。我想这该是一个重新思索的时候了，凡事都有历史根源，还没有下结论之前，且看看前人怎样看香港，看后的反应，相信有助我们思索。这本书，先选辑二十至三十年代的文章，希望将来一辑

---

[1] "地景"原本特指运用绘画方式所完成的以地理风景为题材的艺术作品，在文学研究中这里主要指借用地志学中为测量、描绘地形的技术与方法，将作品指涉的地名作为书写对象的文学作品，包含了创作中所有的文字与静动态图像内容。

[2] 多以一地为书写主题或文本题材，详见 Robert Arnold Aubin, *Topographical Poetry in XVIII-century England*, New York: The Modern Language Association of American, 1980.

一辑出版，一直选到八十年代，本地成长一代写香港的文章。"[1] 小思良苦用心的编辑思路仿佛是本土学者"在地"意识被唤醒之初的镜映，从编选的角度来看，有鲁迅、巴金、胡适、闻一多、郭沫若、穆时英、许地山等一众文坛名家，文体上除有《七子之歌》和郭沫若《诗五首》，大体上无出散文形式之外，而内容上虽然针对香港，但还涉及到香港的政治时局、历史、教育、与上海的回望和南来文人及文学生态等丰富的话题，其中"我城"的主体意识较为明确，只是"在地"的景观初具规模，尚未完备。《香港文纵——内地作家南来及其文化活动》（1987）承接上文继续讨论20世纪50年代前内地南来作家的在港文迹，虽然小思的出发点仍是史料的收集与整理，重点落在香港文史建构的准备上，却也额外收获了香港作为文化空间上的"在地"景观。从文人活动踪迹再度进入香港寻常景观之中，不仅可以重返历史现场，还能够通过这种文学意义的追认强化对"在地"的认同。例如在对这一时段内香港文艺界纪念鲁迅的活动记录中，有"香港大学"一节[2]专作探讨，虽然着墨不多，却清晰解读出因许地山的关系，港大文学院与香港新文学活动之间的往来因由。诸如此类还有戴望舒与他在西区半山学士台的住所——"林泉居"，更有萧红最后安息的地方——圣士提反女校校园的小山坡，"一直以为一九五七年她的骨灰迁葬广州，总算在祖国土地上落叶归根，但又怎料，那只是一半的骨灰而已，还有一半竟仍散落在香江。我说'散落'，是一个悲观的估计，因为端木蕻良先生说当

---

[1] 小思：《香港的忧郁——文人笔下的香港（1925—1941）》，香港华风书局1983年版，第2页。

[2] 卢玮銮：《香港文纵——内地作家南来及其文化活动》，香港华汉文化事业公司1987年版，第23页。

年他把一半萧红骨灰，偷偷埋在圣士提反女校校园小坡上，他还要我为他找找看。那个倚在屋兰士里旁的小校园，多年前是我天天路过的，园里小坡上，树影婆娑，也没人走动，静悄悄的恐怕比萧红的'后花园'更岑寂，我从没想过那儿的朝东北坡上，竟也悄悄的埋着一个可怜女人的一半骨灰。几年前，园里大翻土一次，大概在修围墙，和修了一条沿坡小径。我不知道那一次翻土，会不会惊动了那坎坷的灵魂，怕只怕修筑的人发现了那一尺高的好看花瓶，就会扔掉瓶中灰，当成古董卖。又或者那瓶子早已碎于锄下，骨灰已和泥土混合，永回不了呼兰河畔。"[1] 以上这段珍贵的文字不仅向世人揭开了萧红葬身于浅水湾之外的另一处隐秘的角落，更将这座城市向来平凡的景观直接嵌在了中国文学史的线索之上。

《香港的忧郁——文人笔下的香港》可以说是小思所收集的"在地"史料的"首演"，《香港文纵——内地作家南来及其文化活动》则除了在时间上有接续前文的意义，还加入了对"在地"史料的整理工作，而真正意义地呈现"在地"景观应该是从她的《香港文学漫步》（1991）开始的，这部作品集记录了小思为香港中文大学开设的系列课程及实践活动，应承香港彼时对"文化旅行"和"集体回忆"的热衷。自从编者本人自日本领略了"文学散步"带来"亲临其境"的现场感后，遂将这一理念带回香港文学的研究之中，从"在地"景观出发，又重新进入南来文人在港时期的文学现场，跟随蔡元培、鲁迅、萧红、张爱玲等现代文学史上的名家与文化名人在香港留下的珍贵足迹，为读者还原了香港文学在历史中的真实角色，由此颇见本土作家的"在地"空间意识和以"我城"为立足点

---

[1] 卢玮銮：《香港文纵——内地作家南来及其文化活动》，香港华汉文化事业公司1987年版，第167页。

的文史价值观。其间呈现的文学地景，变作一张张生动的文学地图，标记出了弹丸之地上处处散落着的文学记忆。如果漫步在这个城市空间，就仿佛置身于一张动态历史画卷中，使得文学与历史在这座城市中的勾连，跨越了文学史时间的单一的线性束缚。正如编者在《寂寞滩头》中这样描写浅水湾："浅水湾，无端地在中国文学上留下了刻骨铭心的名字，都同女作家有关。张爱玲借着白流苏、范柳原，让浅水湾变成无尽又不断翻新的爱情故事舞台。而萧红，却是个浪荡的孤魂，找不到归路，流落在太平洋的边缘，叫许多人想起浅水湾。"[1]

除却文学史的回顾，对于"在地"的某些特殊空间，香港人也常常倾注相当的热情来关注。随着时间的推移，本地作家对香港的"在地"意识更加集中，而香港自身存在的地狭人稠的特点，加剧了本地作家对空间"在地"意识的敏感程度，加上对后现代空间理论的吸收，从中牵引出对这座城市"在地"空间的进一步关注，涌现了大量针对本地的创作及相关思考，其中也斯先生的系列论著尤为显著，《香港文化空间与文学》（1996）、《也斯的香港》（2005）、《也斯看香港》（2011）、《城与文学》（2013）、《书与城市》（2013）等，用复合感极强的文字与思维解读这座城市"在地"书写的种种现象，也斯写道："读者若能阅读中文，结合本地文史信息，知道戴望舒狱中题壁、以残损的手掌抚摸地图上失落的中国，一定对那看来平凡的旧监狱、警署、裁判司署建筑群有更多想象。走上坚道，走下石板街、雪厂街，到处都有说不完的历史。从中环的热闹，走上斜路，经过结志街街市、摆花街、拐回威灵顿街，看老铺和新店共存，百

---

[1] 小思：《香港文学散步》，上海译文出版社 2015 年版，第 122 页。

多年前的旧圣母无原罪堂早已化为灰烬了,而除了林立的食肆、新旧的私房菜,不妨知道王家卫和杜琪峰的电影曾在这区取景,欧阳应霁的工作室曾在附近,几乎成为一个新漫画大本营。"[1]作者从容轻松的笔调,仿佛以波澜不惊的口吻诉说着千百年来的变迁故事,而这些密集的文学地景,在历史与现实之间被重叠、被并置,也斯的文字也从中显露出强烈的"在地"感和对这一空间的认同感。

陈智德的《解体我城:香港文学 1950—2005》(2009)与《地文志:追忆香港地方与文学》(2012)也颇有代表意义,前者从"我城"文学的路向梳理文本中的香港城市建构,后者则以城市街区、标志性建筑等"地"为视点,对城市实体的所"在"展开文化解读,王德威、陈国球分别以《破却陆沉——陈智德的"抒情考古"书写》和《我看陈灭的"我城景物略"》为其作序,《地文志》作者通过对九龙城、维园、北角、旺角、调景岭等地景"抒情考古"式的书写,让香港原本遗落在历史中的景观在文学书写中得以重现。还有潘国灵的《城市学:香港文化笔记》(2008)、《城市学 2》(2007),它们将城市中特有的景致,如地铁、行人隧道、高层建筑等以城市理论为视角来诠释香港的都市感和"在地"文化内涵,这也印证了香港本地作家对这一独特空间充分的情感投射。

从地志作品的书写,到对"在地"文学的研究与拓展,都充分显现出香港本土作家和学者的"在地"意识和从容心态。但投射还仅仅只是一种表面化的、外向的呈现,在这个"借来的时空"当中,空间意识引发的跨空间表达在香港文学作品中是常见的,具有鲜明的后现代特征,也逐渐被视为颇具港式的一种跨界表达。空间越界

---

[1] 也斯:《漫步香港街头》,《也斯看香港》,花城出版社 2011 年版,第 2—3 页。

其实可视为香港文学在地性表达革新的内在动力,它包含了香港文学跨界现象当中体式的各种拓展,空间与边界跨越的思维必然也存在于艺文跨界和跨媒介当中。从本质上来看,香港文学丰富多彩的叙事新意,皆是由于突破了文字空间界限而产生的可能性。从地理空间到想象空间,香港人将香港描述成祖国内地、西方与本地三者在地域与文化之间交合的"第三空间",殖民经历让香港在多种文化交汇之余,衍生出越来越多的异质性因素。渐渐地,这些因素勾勒出了区别于他者的自我边界,划出了以香港的"在地"意识为主体的异质空间。而这个开放的城市不断迎来多种异质因素的交流,同时加剧了跨界者的种种越界行为,形成了不间断的边界和打破边界的跨界行为。因此,这个充满异质性因素的"第三空间"并非封闭、静态的,而是随着时间的推移不断流动、不断变易。与内地对文学史观浓厚的时间意识不同,面对香港本地的文学史料,香港人似乎更倾向从城市空间的角度进行梳理。尤其是20世纪90年代初,香港本地关于地理空间的意识不断扩展,而相关的文学活动及相关论著也纷纷面世,这其中城市空间的意识是"在地"意识的浓缩体现。例如海港城的海运大厦落成,就被视为20世纪60年代香港本地人心目中理想的现代商业空间,由于海运大厦对顾客身份不设限制,落成后不仅是当时香港最大的商业中心、远洋客轮停靠泊岸,更是香港通往外界的窗口,同时为那些跨越地理疆域的人们提供泊岸的归宿感。对这样一个具有香港现代、开放代表性的地标建筑,文人陆离、邱世文都有提及,而吕大乐、陈冠中[1]等,又会从社会学及文化角度探析开放空间所带来的现实意义。而以城市和地

---

[1] 陈冠中:《事后:H埠本土文化志》,江西教育出版社2009年版,第165页。

景为研究对象的文化拓扑专著，或从文化文学角度，或以地域串联历史，也都充分显示本地学者对香港"在地"意识的关注，而"在地"意识又在城市空间意识的滋养下渐渐有了新的起色，我们能够从中看到香港人对这片土地的心态扭转动向。金庸在1967年5月12日的《明报》社评《盼尽早恢复安宁》中说："抚心自问，或者诚实坦白地说一句，相信绝大多数人都会承认：我们已选择香港为久居之地，希望能在这里过一些太平日子。环境有变，外国人当然撤退，有钱人大都已安排了退路，可以迁居，99%的中国人不管环境如何变化，他们总是留在香港。我们每个人的利益，是和香港整个的利益紧密地联系在一起的。"[1] 他非常明确地道出了一个香港本地居民的心声，我们由此可以捕捉到一种由离散心态向安居心态的转变。除此之外，1967年的香港还爆发了由学生发起的中文运动，争取将中文与英文并列作为官方语言，迫使殖民政府设立研究委员会，直至1974年《法定语文条例》通过，为中文在香港争取了法定的地位。不得不说，香港民众的这些行动是对殖民政府的质疑与反抗，它来自对中华文化渊源的认同，也同时受城市空间和"在地"意识萌生的驱动，从而将关注点更多地挪移到所身处的这个空间的"在地"性。城市充满各种机遇和可能性，尤其是像香港这样开放、流动的城市。而对于城市本体的关注，我们参照城市空间"再现"（re-present）理论，这是由哈纳（Hana Wirth-Nesher）在《城市符码》（City Codes）中提出的，他指出研究文学中再现的城市景观（cityscape）共有四个维度，分别是自然环境（the "natural"）、建筑物（the built）、人物（the human）以及语言（the verbal）。其

---

[1] 金庸：《盼尽早恢复安宁》，《明报》（香港）1967年5月12日。

中，前三个因素自然会受到多数学者的注意，而语言与城市的关系则在文学研究中较易受忽略。相对而言，研究香港文学的跨界现象，会首先考虑到显性因素较高的内部（跨文本、跨文体）、外部（跨媒介、跨艺术形式、跨空间地域）因素，而跨语言及其背后的跨文化现象隐性程度较高，再加上粤语与国语表达理解的方式差距较大，增加了研究者的难度，自然就更容易被显隐因素所遮蔽。哈纳还指出，某个城市的形象概念，可能会比城市里的景观细节起到更重要的作用，对于乡村来说，城市是一个充满更多可能性与机会的地方，也会因为机会的产生而引发焦虑、困惑和烦恼，被视为城市人的"外来性"（outsiderness），这在理解香港本地化意识进程之时，非常具有启示性。从20世纪50年代力匡等南来文人对香港充满对抗性的表述到刘以鬯、马博良、北岛等的致力立足本地，逐渐显示出在这个特殊的城市空间中，主体、语言、文化之间的良性耦合动态。

二、"在地"的港式跨界表达

在城市空间与"在地"意识觉醒的风尚中，香港文坛出现了一大批以空间视角和空间跨越意识为主题的创作潮流。立足于本地，放眼城市，是香港当代文学较为显著的写作的基本生态，而由空间意识引发的叙事创意，是香港的作家及评论者对西方地理空间叙事理论的吸收，从约瑟夫·弗兰克的空间形式理论，到查特曼的文学空间理论，到爱德华·苏贾的《后现代地理学》《第三空间》等论著，从西方视角打开了空间与文学、文化语境的话语格局。对西方理论的自觉运用，主要集中在战后一代，并能够将理论消化运用于香港本地的关怀。董启章就是这其中的代表，从《地图集：一个想象的城市考古学》(2011),可以明显看到作者对卡尔维诺《看不见的城市》的吸收,同时也能看到博尔赫斯的影子。在这个将副标题命名为"想象的城市考古学"的作品中,地图化身为城市的历史与权力的双重符号,让虚构与现实模糊了界限。小说本应该有虚构的情节与人物,但《地图集》则是一幕没有具体人物与线性情节的特殊作品,并将虚构性发挥到极致,采用后现代拼贴手法,将理论篇、城市篇、街道篇和符号篇并置于自己的想象空间当中。小说的虚构性是融历史资料、地方志、掌故传说等传世史料与地下文献为一体的严肃叙述,但当作者的想象去填补历史文献间的空隙时,产生了"戏谑"的效果,明显受到安伯托·艾柯《误读》写作风格的影响,试图透过建构想象的空间以击破历史的假面,通过对史料的戏仿,诉说香港一城的特殊经验。虚实相映,有时只是让一则虚构的故事穿上了史料的外衣,严肃之下潜藏着作者对香港历史及权力欲望的拆解。《地图集》仿照福柯的"知识考古学"对香港的空间地理勾画权力谱系,它表面上虽然采纳了这种学术形象,并通过对地理学、考古学、符号学、人类学以及文化评论模式的借用,把地图这一空间的终极想象安置在文字之间,创造一种研究与创作的跨界叙事结构。在对地图及其想象的权力空间的测绘上,董启章将历史/地域、时间/空间的原有序列打碎重组,"将同时或异时发生在不同处境的空间并列,文本片段位置可以自由更换"[1]。在自由拆解与组合的过程中,借助虚构效力的极大发挥,才得以"一边阅读大量地图文献、典籍掌故,细意推敲,另一边却又发挥天马行空的想象,充分利用书写的虚构本质,将文献掌故与道听途说,甚至向

---

[1] 凌逾:《后现代的香港空间叙事》,《文学评论》2009年第6期。

壁虚构的故事胪列并置，让叙事本身产生内在对话与张力"[1]。董启章不仅在学术专著与虚构创作之间跨越界限，而且对于时间与空间的处理方式也较为特别。地图的表达方式是截取时间某一个端点进行放大，铺展出一个特有的空间，因此董启章有意攫取香港城市发展的特殊历史时刻，并在其中埋藏了香港敏感而艰辛的成长史，这是作为香港作家对本地的自觉书写，通过空间跨界的便利而表达出来。

这种跨界的表述方式，拓展了传统散文的表达疆界，以空间思维为基础，可以追溯到美国学者苏珊·斯坦福·弗里德曼（Susan Stanford Friedman）对边界意义的阐述等理论支撑上来。"所有故事都需要边界，需要跨越边界，即需要某种跨文化接触的区域，需要在最宽泛的意义上理解'文化'，以便吸纳众多所有个体都从属其中的身份。"[2] 她强调了空间对文本结构的强大推力与时间同等重要，并从文化层面上举证了边界、跨界的重要意义。而苏珊的论断显然是建立在格罗斯堡（Lawrence Grossberg）"空间的时间化""时间的空间化"等空间理论的基础上，空间化让文字从时间的线性路线中解放出来，极大地丰富了文本形态的可能性。在香港文学整体面貌中，空间理论的沿用，有两条不同的道路呈现：一是文本内部的叙事空间化表征；另一条就是由文学内部到文学外部乃至文化意义上的空间。前者大多是对西方空间理论的直接承袭，并运用到实际创作中来，而后者由文本空间的跨越向跨艺术形式、跨媒介传播等界限突破、扩散。西方的空间理论的出现，首先是由"空间形态"

---

[1] 陈燕遐：《旅行叙事》，香港科技大学博士论文，2002年，第152页。
[2] [美]苏珊·斯坦福·弗里德曼：《空间诗学与阿兰达蒂——洛伊的〈微物之神〉》，《当代叙事理论指南》，申丹、宁一中等译，北京大学出版社2008年版，第204—212页。

（spatial form）概念引发的，这是由约瑟夫·弗兰克（Joseph Frank）于1945年发表在《西沃恩评论》(Sewanee Review)第53期（春夏秋卷）的一篇名为《现代文学的空间形态》（笔者译）中提出的。该文发表之后引起强烈反响，先后被收录转载多次，该文探讨了德国诗人莱辛（Lessing）的《拉奥孔》(1766)如何以诗、画的介入启发弗兰克"空间形态"的结论形成，总结了现代文学作品的"空间性"，成为空间文学研究的滥觞，也证明了文本空间形态与艺文跨界叙事的内在关联性。

三、港式杂文体的突破

如果说，"一代有一代之文学"，那么能够代表我们这个时代的文学会是哪种形态，在全球化与本土化并驾齐驱的今天，地域特性与文学特征又会有怎样的关系，会不会出现"一地有一地之文学"？香港有文学早已成为不争的事实，那香港文学到底有没有自己的"特产"？上述这些问题的答案或许并不唯一，但若要了解到香港文学中亦有代表时代与地域特性的特殊文体产物——"框框杂文"（又称作专栏文学），上述问题或许就迎刃而解了。正如黄南翔认为，"说不定（香港的专栏）杂文也会像楚辞、汉乐府、唐诗、宋词、元曲、明清小说那样，成为代表某一时代的文体，在文学史占一席重要的位置"[1]。

这种香港文学花园里盛产的文类，相当具有代表本地文学场地及形态特色的能力，因此成为众多研究者眼中的"香港文学特产"。

---

[1] 黄南翔：《杂文的时代》，《当代文艺》（香港）1974年第106期。

"框框杂文"产生于香港各大报纸的副刊专栏,香港繁盛的报刊出版业是这种文体的生长沃土,"框框杂文"是一种结合文学性、商业性、大众趣味、时事新闻等多重需求的跨文体形态,是新闻文学与快餐文学的结合体。受制于篇幅,文章字数极其短小,每篇千字为上限,话题却是五花八门,落实在版面上,每篇也就是"豆腐块"大小,有固定作者、固定位置和固定字数,所以整个版面被分成了若干板块,由这些"框框"作为文字的界限,"框框"一词就作为形容该文体的修饰,足以见得其篇幅之短小。我国的报纸副刊诞生于19世纪90年代,上海的《字林沪报》于1897年11月24日起随报附赠一期《消闲报》副刊,开启了中国有专名的报纸副刊时代。[1]这股娱乐消闲的副刊之风吹到香港,就是早期香港副刊专栏的基本面目,但副刊在港成为报刊主流的形态则是20世纪六七十年代的事,主要有两大类,一类就是本文第二章提到的连载小说,题材以武侠小说、言情小说等通俗小说为主,当然也不乏《酒徒》《我城》这样的严肃小说佳作;另一类就是杂文,而此时内容明显向关心社会现实、反映民生百态的路线偏去,例如《新晚报》的写实,就是当时香港生活的真实写照。然而,香港人对报纸本身就有种天然的亲切,正如也斯说:"我们在香港长大,自然习惯了每天看很多份报纸,惯于面对各种不同政治立场、不同程度地受商业文化渗染的报刊,然后尝试参照补充、选择比较。报刊无疑都是都市产物,传播都市生活的讯息,凝聚都市生活的意识形态。"[2]港人生活与报刊媒介的关系在20世纪90年代香港报业危机之前都是比较密切的形态,

---

[1] 喻子涵:《跨媒介文学文体写作研究》,四川大学出版社2009年版,第13页。
[2] 也斯:《香港的都市文化:商业与艺术之间》,《香港文化十论》,浙江大学出版社2012年版,第45页。

市民生活可以说离不开报纸，而副刊又比正统新闻更贴近生活，在报纸的接受层面起到了非同小可的作用。"在很长一段时间，决定一份报纸是否受欢迎，完全是取决于副刊内容的是否受欢迎。'起纸'全靠副刊了。"[1] 专栏的开放、短小、多元、快节奏等特色其实也代表着香港的文学、文化特色，是连接香港文学与港人生活的一种特别的契机，也体现了港人多元共识的越界视野。

专栏因其体制短小，所以灵活多变，栏目纷呈。内容涉及文学、新闻、财经、法律、教育、医疗、体育、时尚等多种方面，犹如杂志，而一份报纸设置的专栏少则有几个，多则达到几十个，且花样繁多之余创意不减，在无所不谈的版面上极尽发挥。一则专栏，少则一人主持，多则几人合写，如《星岛日报》的"欢迎激光"，就是三人合写的形式；该报的"七好文集"则是七人合写；还有《新晚报》的"七姐手记"、《新报》的"七人物语"都是七人合作的形式。专栏对香港文学的发展起到了至关重要的作用，首先，香港的专栏培养了一大批重要的香港作家，从20世纪50年代始，"南来作家"到港后，以报刊专栏为文学阵地以及谋生手段。他们有叶灵凤、曹聚仁、刘以鬯、梁羽生、金庸、三苏（高雄）、陈贞葆、丝韦（罗孚、柳苏、吴令媚）、石人（梁小中）、司马长风等人，到了20世纪70年代，专栏作家中又出现了一批对香港文学发展极其重要的作家，如戴天、梁锡华、刘绍铭、小思、西西、董桥、也斯、陆离、蔡澜、林燕妮、张君默、亦舒、李碧华、岑逸飞等，专栏或许是他们的成名之由，但其成就不一定只限于这小小的"框框杂文"。到了20世纪八九十年代，张文达、黄子程、黄仲鸣、陶傑、伊凡、

---

[1] 陈青枫：《专栏副刊，大江东去?》，《作家》（香港）2005年9月总第39期。

陶然、张小娴、罗贵祥、舒非等为专栏文学注入了新鲜活力。这其中不少女性作者，如小思、西西、亦舒、李碧华、张小娴等，她们细腻的文字，偏重细节的视角，为香港文学带来了独特的女性气质。而既写"娱乐大众"又写"娱乐自己"文字的刘以鬯在香港报纸写下了7000余万字数的专栏文字，这其中大部分是他的小说创作；高雄等人还发明了"车衫体"[1]写法，即右手固定位置写字，左手不断挪移纸张；为了大量地出稿，梁小中更是一天最多连写40个专栏。种种现象旨在表明，专栏文字的短、平、快，而"天天见"的频次积累，时间一长却又有种别样的历史厚重感。这样，每天的出稿速度看似很"快"，但经年累月的坚持又是很"慢"的过程；香港报刊在商业的夹缝中似乎命运多舛，而专栏的形式始终"长"存于报刊媒介的怀抱；专栏的"框框文字"把看似对立的事物统一起来，让相反相成的表象互相越界，因彼此而存在，很能代表香港文化的魅力——对一切异质的宽容。

报纸是都市文明的产物，而让其内容穿上短小精悍的"框框"外衣，虽然不是香港的创举，但这种"微小叙事"的模式在香港无限发扬光大，一方面体现了忙碌的香港人无暇深入阅读与强烈的资讯意识之间的平衡，另一方面也是香港的流行文化与大众休闲消费的本地化生成。"轻""薄""短""小"的体制对作者和读者来说都能够轻松驾驭。报纸在商业竞争的压力下，需要时时夺人眼球，虽然"框框杂文"是商品属性的文化消费品，却势必要与本地生活发生紧密联系，而且要不断催生出各种创意来，于是五花八门皆入"框框"，新鲜事物层出不穷，逐渐形成了流行文化的风向标、新鲜创意

---

[1] "车衫"，广东话，就是用缝纫机缝制衣服的意思，此处比喻作者写作时动作与用缝纫机相似，笔触在稿纸上可以连着不断。——笔者注

的集散地。而加之香港报纸从来都是相对自由的边界地带，自港英政府时代就保持着较为中立的言论政策，只要不攻击当时的政府，在港办报发言受到的限制极少，所以香港以其"边缘"的便利，充分享受着言论相对自由带来的报业繁荣，也在敢说敢言的自由氛围下扮演着不同的时代角色。

当然，对于"框框杂文"，外界从不缺乏"肤浅""没内涵"的批评话语，但是反观这些词语，我们会发现这同时是流行文化的弊病，而且这个趋势在不断向内地蔓延。由此，专栏文学仿佛一面镜子，映照出香港文化尤其是流行文化兴盛所存在的种种缺陷，因"杂"、因"自由"而导致缺失了那份洗练与沉淀。

但是专栏文学作为香港特有的文体，是香港文学的真实映照，也是文体间性特征最直观的表达，虽然"框框杂文"字数短、篇幅小，却是无所不包，是各种文体的"小集成"，而香港文学各个阶段的发展历程几乎都与报纸副刊息息相关。20世纪50年代，报纸副刊不仅为"南来文人"提供传播思想的阵营，更是他们的谋生手段，专栏稿费并不丰厚，却足以让作家们握笔与生存两不误；20世纪六七十年代，专栏文学风生水起，创作内容更加面向本地与民生，对香港本地意识的崛起有促进作用；20世纪80年代到90年代，报业传媒由顶峰走向衰落，报纸之间的恶性竞争加剧，专栏数目锐减，同时也极大地促进专栏作者的创新精神，引发更激烈的叙述创意。20世纪90年代以降，专栏文字的书写更加贴近生活，用语常常是中英夹杂，与港人的日常对话已经十分接近，是链接港人"我手写我口"的有效途径。可以说，除了"三及第"文体，港式"框框杂文"体是建立本地书写系统的最大贡献者。它作为一种适应香港快节奏生活的文体形态，特别具有港式特性，张振金在《香港散文的特质和流向》中着重分析了这种文体的跨界能力。

> （专栏杂文）打破传统模式，废弃起承转合的框架，借用新闻的快速切入，从市民最为关注和感到兴趣之处落笔，把握焦点，抒情说理，生动多趣，最后留下悬念，发人深省，在有限的篇幅里发挥语言艺术的特殊魅力……它具有散文的基本特点，但不同于普通的叙事抒情散文，也不同于普通的杂文。它更强调短小、新奇、风趣、通俗和切入生活，成为一种独具个性的新的文体形态。[1]

在兼具各文体特色之间，港式杂文成为一种最具香港代表性的跨界文体。它把香港作为国际都会、自由港和东西方文化汇聚等特点一并表现出来，在媒介的挤压下，在文化精神的内在生长与都市化进程的离散张力中开出了奇异的花朵。多数来自香港的专栏作家对该文体在香港文学中的地位给予了肯定的态度：

> 真正反映香港人的生活、反映香港人的思想和感情的，对不起，那么只有一种，就是专栏……作为一个整体来说，你看不同时期的专栏，就可以看到不同时期的香港的社会、香港的心声，香港的感情、香港的喜怒哀乐，你可以透过这些文字，看到香港的全部……所谓我认为，专栏是香港唯一的文学。[2]

---

[1] 张振金：《香港散文的特质和流向》，《台港与海外华文文学评论和研究》1991年第2期。

[2] 黄子程：《专栏：香港唯一的文学》，张文中著：《两岸三地名家访谈》，花城出版社2004年版，第159页。

不单单是黄子程，黄维梁也曾说过"专栏杂文，已肯定是最具香港特色的文学"[1]。陈德锦也说："香港报纸的专栏，一直被视为最具香港特色的文学形式。"[2]多数研究者提及，将这些有价值的"框框杂文"收录起来结集出版，会是香港文学珍贵的史料。不仅如此，"框框杂文"在媒介体制限制之下有所突破，也创造了丰厚的成绩，是当今融媒体时代，文体、文学整体流向极具参考价值的案例。

---

[1] 黄维梁：《最具香港特色的文学》，《华文文学》1996年第3期。
[2] 陈德锦：《文学的专栏与专栏的文学》（研讨会讲稿采编），香港临时市政局公共图书馆1998年版，第108页。

学识、诗意、"有情"与文章的成长——
读张新颖随笔集札记

（战玉冰，复旦大学中文系）

近几年对张新颖的随笔集，我一直追着，陆陆续续已经读了七本，分别是：《此生》（上海书店出版社，2012年）、《读书这么好的事》（上海人民出版社，2017年）、《迷恋记》（黄山书社，2017年）、《风吹小集》（黄山书社，2017年）、《有情：现代中国的这些人、文、事》（黄山书社，2017年）、《九个人》（译林出版社，2018年）和《沙粒集》（译林出版社，2019年）。这其中有旧作的重版、增补和"成长"，也有近年来新写的文章。此外，还包括学术著作《沈从文的后半生》（广西师范大学出版社，2014年）、《沈从文九讲》（中华书局，2015年）、《沈从文精读》（第二版，复旦大学出版社，2016年）、《沈从文的前半生》（上海三联书店，2018年），诗集《在词语中间》（作家出版社，2017年），以及与王安忆的《谈话录》（译林出版社，2019年）等。张新颖的笔力之勤，由此可见一斑。

这些随笔集大致可分为两个脉络，一是按时间次序收录文章的《此生》《风吹小集》与《沙粒集》，其分别收录了张新颖于2000—2010年、2010—2016年、2017—2019年所写的随笔，前后跨越

20年，一定程度上可视为作者广义上的"编年"文集。另一条脉络则包括《读书这么好的事》、《迷恋记》、《有情》和《九个人》，其分别收录了张新颖具体围绕某一主题而写的随笔，如关于读书的心得和感悟，阅读外国文学作品后的笔记以及有关现代中国文坛的人、文、事等。

一、"识"、"思"与"诗"

将这三个近音字并置似乎有些拗口，但可以大体概括出我阅读这些随笔集之后的几点感触。一方面，张新颖作为中国现当代文学专业的研究者，即使在这些非学术性的著作或文章中，也会经常流露出他的专业视角、人文观照与审美趣味。比如他在随笔集中多次谈沈从文、卞之琳、穆旦、钱锺书、黄永玉、熊秉明、贾植芳和史铁生等人、文、事。这些既是张新颖身为一名专业学者所用力最深的研究对象，同时也如黄发有在评论中所说："其实，新颖之所以会对沈从文、卞之琳等研究对象有那么持久的兴趣，很重要的一点是这些生命体不断激发出他的情感共鸣和精神认同，他从这种遥遥相对的对话中找到了自己的内心寄托。他在评述沈从文、卞之琳的语句中，分明潜涌着对自我的生命期许和精神体认。"

此外，我们或许还可以从另外一个层面对此进行理解，即这些研究对象在某种程度上已经成为张新颖生命的有机组成部分，且不说师从贾植芳、与黄永玉相交往等这些实实在在的生活经历，就算是近二十年来张新颖对沈从文的持续性阅读、重读、讲授、思考与写作，在法国寻找戴望舒与施蛰存的通信，以及去芝加哥大学查找穆旦的成绩单等往事，也都早已内化为作者的生活，甚至生命本身。

而由中国现当代文学扩展、蔓延开去，张新颖在他的随笔中谈普希金、叶芝、梵高、T.S.艾略特、里尔克、E.B.怀特、托马斯·曼、博尔赫斯、雷蒙德·卡佛、帕斯捷尔纳克、以赛亚·伯林与安娜·阿赫玛托娃等，同样也可以从中隐约窥见其知识延伸、阅读趣味及精神关照。在这个意义上，我们可以说张新颖的随笔完成了一种"识"与"思"的统一，即由专业学识上升为人生涵养，进而沉潜、内化为个体性情及精神世界的深切思考。

另一方面，在张新颖的诸多随笔中，其谈诗人的一组文字尤为特别，可能因为作者本身既是新诗研究者，同时也是一名非常优秀的诗人。张新颖谈诗与诗人，总流露出一种贴近与温度。这一隐藏的书写脉络，大致可以以穆旦为枢纽，因战争而关联到戴望舒、艾青，因风格而追溯至T.S.艾略特、里尔克，因翻译而辐射及普希金与奥登，因人事而联系起赵萝蕤、吴兴华和巫宁坤等，由点成线、枝蔓纵横，因诗而及人，知人而论事。不觉之间竟形成一张密密匝匝的知识谱系与文学网络，其打捞、钩沉起来的是一个时代的痕迹或一种精神的流传。当然，张新颖随笔中类似这种通过知识迁移而形成情感张力，乃至生发出历史感悟与人性之思的例子还有很多，比如他通过苏童小说《河岸》里的一段话，联想到冯至《十四行集》中的第二十一首，又进一步引申到里尔克的《时辰书》，并同时在文中平行展开了从叶芝的《当你老了》，到玛格丽特·杜拉斯《情人》的开头，再到水木年华的流行歌曲《一生有你》的发展与勾连；又如他由《水浒传》第四十五回"石秀虐杀潘巧云"的故事和金圣叹的点评出发，一路连带出周作人《人的文学》、施蛰存的《石秀》、李欧梵的《上海摩登》和章培恒、骆玉明的《中国文学史新著》，作者的笔尖在传统与学养的洪流中不断闪转跳跃，同时又无形间为读者勾勒出了一条反思经典与"故事新编"的文学发展脉络；有时候，仅仅是在一小段文字中，张新颖敏锐的体悟也足以令人感到惊叹，如其将沈从文的一篇未完稿《抽象的抒情》与一篇"文革"中的申诉材料《我为什么始终不离开历史博物馆》及一篇曾被大幅度压缩了的后记文章《曲折十七年》并置，就粗略却极为传神地勾勒出了沈从文在上个世纪六七十年代中的生活遭际、精神变迁与"事业转型"的轨迹及原因。在张新颖的随笔文字中，每个例子都是点到为止，绝无长篇大论，更不会拖泥带水，但在每个"点到为止"及其彼此之间的关系中自然生长一种言外之意与不尽之味。

二、"有情"的主体

王子瓜在谈论张新颖的诗歌创作时曾说道："张新颖的诗以一种'倾听'的姿态关注着语言和世界。"并将其概括为"领受的诗学"，即"领受的诗学关乎如何理解世界、如何看待世界与自我之间的关系，这是一代代人无休无止的追问"。而在阅读张新颖随笔散文的过程中，我们同样能够感受到张新颖这种"倾听的姿态"与"领受的性质"，即如果说张新颖在诗中通过"对礼物的领受，消解了'词语的统治'"，那么其在随笔散文中，即是以一种"倾听"和"领受"来完成对情感表达的克制。在张新颖的几种随笔集中，除了描写其亲身经历之事与交往之人外，他的文章里绝少出现"我"的身影，更不会进行宣讲式的议论说教，或是过于直白的情感流露。而即使在有"我"出现的那些回忆性文章里，"我"作为文章叙事主体与故事亲历者的内心活动和主观表达也往往被控制在最低程度，作者只是借"我"而进入往事发生的时空，来缓缓展开一段段尘封的回忆。当故事讲完，文章也就果断收尾，绝不多置一词。这在《有情》《九个人》中所收录的回忆其与贾植芳、黄永玉等诸先生相交往的文章，及其谈论后辈学人金理、黄德海等人的文字中，都表现得非常突出。

比如，在《贾植芳先生的乐观和忧愤》一篇结尾处，作者写道：

> 通常，紧接着忧愤的，往往是一种无奈感。我在贾植芳先生身上有时也会发现这一点，但我注意到，他从不让这类低沉的情绪停留太长的时间，往往只是一闪而过，贾先生又恢复成人们熟悉的贾先生。我不知道在那些个一闪而过的瞬间中，先生的心里会突然涌起一种怎么样的滋味。

由个体命途的多舛到对时代波澜的直面与反思，从忧愤到无奈，贾植芳先生那一闪而过的低沉情绪中所包含的经验与感情可谓复杂且饱含沧桑，但张新颖只用一句简单的"我不知道"来结束全篇，丝毫没有窥视被书写者内心的企图。一句简单的"我不知道"背后所包含的，是贾先生的"心事浩茫连广宇"，而其留给读者的，是一种留白之美与可以无尽反思、咀嚼的人生况味。意自在言外，在"我不知道"言外的其实是"我能感受到"。

而在这看似"克制"、"倾听"、"领受"与"无情"的文字中，我们能体察到一个"有情"的作者主体形象的逐渐形成和确立。只是这种"有情"主体的确立不是通过刻意抒情来完成自我塑造，相反，它是在克制感情与不动声色之间自然流露出来的吉光片羽。正是这些吉光片羽逐渐累积，最终形成了作者"有情"主体的"弧光"。比如张新颖在谈论小说《日瓦戈医生》时，并未正面表达他的主张与批判、赞成或反对，但只是一句"我要说，这是一部捍卫生活的书"，就已经表明了其对这部小说、对时代以及对生活的态度。

仔细品味，其实张新颖的随笔也并非将感情完全克制住的所谓"零度叙事"，贴心的读者自然可以在其字里行间感受到作者或喜悦、或悲伤、或怀念、或无奈的心绪与感念。甚至更多时候是一种复杂的情感交织，比如"谐谑"。张新颖曾专门有一篇文章来讨论"谐谑"，文中认为因为个体的复杂、时代的复杂以及个体与时代关系的复杂导致"你不能用单一的立场、单纯的声音来表达自己，来指称时代"，"谐谑式的语调发出的声音，似乎是包含了多种矛盾纠结声音的复合声音"，"多种不同的声音变成了一种声音，但其间的差异、矛盾和纠结仍然保持在那里"。当然，张新颖随笔中的复杂情感交织绝不仅限于"谐谑"一种，如苦涩与无奈、悲凉与欣喜、同情与理解、感慨与尊敬等感情经常在其随笔中相互激荡，最终往往又因作者的克制戛然而止，言有尽，而意无穷。

三、"人书俱老"与文章的成长

正如张新颖所说："读书，在一个重要的意义上，就是一种朝向自我、理解自我、产生自我意识、形成和塑造自我的运动过程。"因为"其实，自我不是一个已经固定、早就存在在那里的东西，自我处在不断的形成过程中"。将这里的"读书"置换为"写作"，其实一样合适，尤其在当我们谈论张新颖随笔的"人书俱老"与文章的"成长性"方面，更是显得恰如其分。

"人书俱老"本来是孙过庭在《书谱》中形容书法境界时的一种说法，所谓"通会之际，人书俱老"，即书法具有某种成长性和成熟"老"境。而学者龚静尝试将这个词挪用来形容散文随笔，也很

贴合。张新颖就有一段可与之呼应的精辟文字:

> 一位我敬重又亲切的老师,跟我说:随笔这种类型,不太适合年轻人写;等你老了,阅历多些,读书多些,再来下笔,才会得心应手。这话将近三十年前说的,那时候我开始写一点儿短文章,老师看到了,提醒我不要用错了力。
>
> ……
>
> 其实我始终记着这个告诫,并且把它当作我写随笔的出发点:我有那么多的不足,我得通过一点一点地写,探触限制我的边界在哪里;我得通过一次一次地探触,试着加把劲,把这个边界往外推,能推出一点点,就扩大了一点点。
>
> 所以随笔写作,在最好的时候,对于我就变成了学习的过程,弥补的过程,增强的过程,扩大的过程。

甚至于这种对写随笔与自我之间关系的理解也可以扩大为一般的写作:

> 当你能够体会写作和生命之间息息相通的时候,写作使你发现的不足,也许会从语言文字、情节结构、想象力、现实感,扩充和深入到你自己生而为人的方方面面。这个时候,写作使我们发现的不足,就不仅仅是对写作有意义,更对生命有意义——写作使我们产生对于自己的认识,进而使我们成为更好的自己。

如果我们再把读书和写作视作一个整体来看,张新颖将读书理解为一个"朝向自我""形成自我"的过程,而写作则是"推出"和"扩大自己的边界","进而使我们成为更好的自己",自我的形成与生命的成长正是通过读书与写作来完成,或者换句话说,读书与写作已经成为自我形成与生命成长过程中不可或缺的内在动因与有机组成,这就是"人书俱老"之于随笔写作的第一层意义。

换一个角度来看,随着人一起成长起来的随笔自身也因此具备了某种"成长性"。比如张新颖的《T.S.艾略特和几代中国人》,收录于《风吹小集》,文章从《艾略特文集》五卷本在2012年的出版写起,谈徐志摩与孙大雨的仿作、赵萝蕤的译本、燕卜荪的讲课、穆旦的选课与翻译,以及从夏济安到白先勇的港台脉络。而在2019年《沙粒集》中收录的同题文章中,又加入了胡适与学衡派的态度、对卞之琳《鱼目集》的具体影响、1980年代中国的现代主义文学热潮、身为卞之琳学生的裘小龙的译本乃至2018年上海博物馆举办的展览等内容,T.S.艾略特在中国现当代文学中的影响脉络愈发清晰丰富了起来。将这新旧两篇文章对读,我们就不难发现其中的"成长性",文章在不断成长、丰富和趋于完善,其背后则是作者本人"学习的过程,弥补的过程,增强的过程,扩大的过程",这里既有知识的增进、经验的累积,也有体悟的加深与共情的呼唤。正是因为真正发自内心的"共情"才使得作者会对其研究与书写对象保持长年的关注和兴趣,进而为加深理解与体察创造了某种不断发展的可能;而反过来看,正是因为理解与体察的日益加深,才使得这种"共情"越发深入灵魂深处,最终达成了更深层次的精神沟通。文章的成长与作者精神主体的成长可谓同步进行,"文如其人"在这里似乎可以获得某种新的诠释,这是"人书俱老"之于随笔写作的第二层意义。

关于"人书俱老"的第三层意义则需要跳出文本来谈，我在2009年读大二时，先后选修了张新颖老师的"沈从文精读"与"中国新诗"两门课，后来读硕士时又将这两门课分别旁听了一轮。在"沈从文精读"课上，张新颖老师谈他对《从文自传》《湘行书简》《土改家书》及后来沈从文投身文物研究事业的理解与思考，在"中国新诗"课上，他谈关于胡适《蝴蝶》创作背景的几种说法、熊秉明《教中文》集中的小诗、当年大学诗歌课堂上从徐志摩到叶公超的前后授课内容的变化、冯至的《十四行集》、李宗盛"嬉皮笑脸面对人生的难"……当时讲课的时候，张新颖的很多想法都还没有落诸笔端，后来这些内容才渐渐先后汇聚成文字，收录在他的几本随笔集中，先闻其言，再读其文，并看见这些感悟与思考渐渐丰富和不断生长，最终形成一篇篇文章、一本本文集，甚至是大部头的学术专著（《沈从文的后半生》与《沈从文的前半生》）。这是我在文本之外所感受到的一种"人书俱老"。

最后，再提供一个文本内外"互文"的细节。2018年元旦，我们硕士班男生聚会，地点则约在张新颖老师当日驻店的思南书局"快闪店"，在活动现场我们聆听了张新颖老师朗诵他自己新近翻译的布罗茨基 A Song。而在近两年之后，在随笔集《沙粒集》中，一篇题为《歌》的随笔文章里，我则读到了他从初遇布罗茨基诗集到见到布罗茨基的青铜雕像，从几次尝试翻译 A Song 都没有"成功"到最终译出了这首诗并将其在"快闪店"里朗诵了出来……我有幸见证了这最后一幕的场景，现在又通过他的随笔了解到前面他与布罗茨基的几番"因缘"，似乎我在回忆当时听他朗诵诗歌的现场时，记忆也因此变得更加丰满起来。这或许是"人书俱老"对于读者的题外之义。

不容忽视的是，这种"人书俱老"的实现可能性是与散文随笔本身的文类特征密切相关。如果我们将不同的文学体裁看成是主体自我表达的不同形式，那么散文随笔显然是更适合直接表达主体内心知识、思想与情感的文学形式。正如张怡微在《散文课》中谈及散文这种文学体裁与创作者个人的历练及成长之间的关系时所说："我们在散文外部成长，又在散文内部完成启悟的过程。"即指出了散文写作与个人生活之间的某种"同构性"关联，而正是这种"同构性"关联决定了散文随笔可以随创作主体本身的成长而成长。

余论：关于当代"学者散文"的一点思考

提到"学者散文"，一方面，我们似乎会"不言自明"地默认很多作家作品都"自然"归属于这一序列之中，比如金克木、季羡林、张中行、周国平，乃至余秋雨等人的散文作品；另一方面，"学者散文"又是一个相当晚近的当代文学概念，正如吴俊所说："学者散文之形成一代文学气象，那是中国文学进入1990年代以后的话题了。"的确，我们很难将鲁迅、周作人、沈从文、丰子恺、废名、俞平伯等人的散文简单地称为"学者散文"，甚至于钱锺书、杨绛、董桥、也斯的散文创作到底应该算是"散文家的散文"，还是"学者散文"也并不很容易分辨。"学者散文"的出现和命名自有其独特的历史语境，其既和中国当代学院知识分子的主体性确认与"走出学院"、进入大众读者视野的文化思潮与文学现象有关，又在一定程度上得益，同时也受制于知识分工的细化与专业壁垒的加深。简单来说，我们需要首先明确意识到某一类人群最主要的身份是"学者"，而后其创作的散文才能够"名正言顺"地被称之为"学者散文"。与此同时，也正是因为这些创作者的"第一身份"被定位为"学者"，人们对其散文才会形成不一样的读者想象与期待视野，即"对于学者散文，读者获得的是理趣情致的享受和熏陶，这是通常作家散文所普遍缺乏的一种文学素质。学者散文满足了读者对于思想智慧的文学表现的渴求愿望"。

这样一种对于"学者散文"与"作家散文"的区分，在充分彰显出"学者散文"自身特色的同时，也一定程度上遮蔽了其更为丰富、多元的表达可能。即读者当然可以在"学者散文"中获得"理趣情致的享受和熏陶"，可以通过阅读"学者散文"来收获知识、思想与智慧，但正如王安忆所说，"好的创作需要理性地运用情感，需要写作者对思想有感情"，这是对一切好的散文创作的内在要求，而非仅限于"学者散文"一类。反过来说，试图过于清晰地区分"学者散文"与"作家散文"，其实是将散文中的知识表达、理性思考与情感抒发彼此割裂并对立起来，甚至于其中隐含着一种我们对于"学者"作为理性知识主体以及"散文家"作为抒情主体的潜在想象。而本文通过对张新颖系列散文随笔的分析，在试图勾勒出其兼具学识、诗意与"有情"几个方面特点的同时，也是想要尝试打破这种知与情、理性与感性、学者与散文家之间的对立性想象。一方面，散文表达的多元可能背后是散文创作主体内心的丰盈（知识、情感与思想的多重丰富性），而这一创作主体的丰富性特征并不能通过社会职业来进行简单区分。另一方面，内心丰盈的散文创作主体同时又具有"成长性"特征，本文在这里所说的"成长"并非是指"不成熟"，而是意味着一种不断向外的扩展与向内探索的深化，是主体更多可能性面貌的呈现，对应到其散文创作中，即表现为这一文学体裁的"人书俱老"与"文章的成长"。

从耶利内克《啊,荒野》
看文体杂异的可能

(马艺璇,北京大学中文系)

2004年诺贝尔文学奖获得者耶利内克的作品《啊,荒野》具有明显的小说散文的文体特征。小说散文是小说与散文杂糅出的新表达形式。本文以这部散文风格的小说作品为例,从风格别致的语言艺术与复杂精巧的叙事结构两个维度进一步探讨小说作品散文化演绎的复杂性与可能性。我们或可依托优秀创作样本,在小说与散文之间的巨大游离空间中寻求值得借鉴的跨文体创作模式。

一、拓展散文的边界:关于小说散文这种文体

关于散文文体的创新的问题的讨论,基本上都绕不开对小说散文的探索。小说散文,作为现代文学中通过跨文类组合演绎而诞生的新型文体,就是散文、诗歌的语言与小说的跨文体产物,一种文体发展过程中难以避免的文体合流现象,与生俱来地携带着创新与反叛两种"基因"。如果小说的革新是小说化的散文,那么散文的革新就势必有一条分支要与小说合并汇入同一条河流。关于散文与小

说互相渗透、互相借鉴之后发展出的新文体,不论是散文化小说还是小说化散文都已经不算是新鲜事物,在散文的创作谈中也都被归入了一个经典化的问题,难免有些老生常谈。

散文的小说化,即在散文的抒情性语言之外加入整体性强的叙事结构,也就是在单纯的散文创作过程中拓展出新的文体模式,使得散文不仅具有丰富的抒情特质,还兼有鲜明的叙事特征,更在推进情节、跟随线索的同时还能够完成对人物形象的塑造。相比之下,小说的散文化则更强调其散文的特质。在小说基础上,作家借以使得作品整体趋于散文化的最佳途径便是语言的诗化与情节的破碎化处理,两个方面同时着力。诗化语言的抒情性被放大、凸显,情节的连贯性被弱化,小说作品的散文风格才能够得到确认。此处所指的语言不仅是对自然景物等的刻画描写,也包括了与传统叙事不同的新的叙事语言。

语言是抒情表达的一把利刃。因此,语言风格鲜明的作家,其作品也往往具有独特艺术气息。这种独特的艺术气息可以被看做小说散文化的牵引力。从郁达夫到废名,从沈从文、萧红到汪曾祺再到茹志鹃,他们在文体上的探索几乎无一例外地取得了成功,重点就在于抒情性。其实不论是小说散文还是散文小说,都是一种文体的革新,陈望道先生曾指出:"杂异是文体生长过程中不可避免的现象。"由此,谈论散文的革新就不能仅仅局限于革创作对象之新,也不只在于语言风格之新,对于散文文体本身的思考也需要被重新界定,这就需要拓展散文的边界。著名作家、文学评论家韩小蕙曾就散文革新的问题指出:"可以借助小说、诗歌,甚至借助音乐、绘画,把别的行当里面的优势都吸纳过来,使散文的空间更加开阔。"余光中也赞同这一观点,他认为:"九缪斯中,未闻有司散文的女神，要把散文变成一种艺术，散文家们还得向现代诗人们学习。"从散文如何革新这一角度去看，开拓园地、兼收并蓄的确不失为一条值得发散思维、深入尝试的可行之径。

2004年诺贝尔文学奖获得者、奥地利当代作家埃尔弗里德·耶利内克（Elfriede Jelinek）在其名为《啊，荒野》的小说散文作品中通篇运用散文诗歌般的别致语言，借此完成对传统自然的解构，提出对于"何为真正自然"这一问题的新观点。耶利内克不仅以深刻的社会性批判为立意，还在文体探索层面做出突出贡献，为文体杂异的实践路径提供了具有积极意义的参考模型。作品在"Prosa"一词下呈现出一种定性，由此将作品的文体直接纳于散文的范畴。然而，我国一些学者以及该作品的翻译者十分敏锐地从作品中感知到作品的小说性，不约而同地辨识出这部小说具有明确的小说特质，因而指出将其视作一部散文特质鲜明的小说更为恰当。但单从文体的角度去看，这样的界定似乎并不全然正确。正如上文提到的，小说在中国的理论构建，被框定为具有某些品貌特征的文体可以追溯到"五四"。在"五四"的大旗下，一批文人学者不断学习和援引国外小说创作论，最后形成了一套章法，从此难以跳出对小说的固化认识。而耶利内克以传统文学的反叛者形象闻名德语文坛，她的作品向来与传统文学制式背道而驰。因此，在这里单纯定义这部作品是小说或者散文都有失偏颇，而"小说散文"或许更合衬。正如学界对小说散文化以及散文小说化的界定标准有着相对灵活的范围标准，小说散文的文体定义也是根据不同文本所体现出的品格特质而有所差异，但这也更能说明小说散文能够更好地提供作者创作实践的空间。在散文与小说之间，将可读情节与诗化语言集于一身，是小说散文的优势所在。兼收并蓄的创作思路是符合规律的，也是科学合理的实践路径。

具体于这部作品而言，这部小说散文一共分为三个章节。每一个章节围绕一个主人公开启一个新的叙事视角。三个章节彼此之间虽有联系但并不紧密，是片段式地叠合和情节的平行并置。情节的连续性与结构的严谨性这类小说品格都受到明显削弱，取而代之的是明确的"非故事性""诗化语言"等质素的鲜明存在。粗线条勾勒出的情节具有散文化叙事的薄弱感与破碎感，充斥在碎片情节之间的则是大量散文诗般的环境描写以及大段大段的议论性独白。对于人物角色的描绘，耶利内克也并不着意笔墨，文中几个主要人物只为服务情节的串联与衔接，并不影响作品整体的完成度。从微观的角度考察文本，便可以看出耶利内克多以意识流记录着四散各处、难以构成流畅逻辑环的思想，故而，在阅读体验的过程中无形加大了难度，使得读者无法如同阅读小说那样顺着作者的叙述一路而下，反而需要留在某句某段待思维反复加工出模糊的理解，才得以继续向下阅读。

耶利内克这部创作于20世纪80年代中的小说散文是一次极具启发性的新尝试，纵然置于散文文体半径愈发扩大的今天，也依然具有十分重要的借鉴意义。文学体裁是文学自身发展到一定阶段必然产生的结果。文学的创作者与接受者都各自有着对文本创新的思考与实践，其核心正在于视表达为重心的作者能否借此完成更好的表达与接受。耶利内克的创作主题多样性被评论界关注已久，然而其语言的先锋诗学鲜少有人提及。叙事语言上的独特性与耶利内克的叙事策略促进作家在创作中不断建构、不断践行，从而最终实现从表层形式到全面革新的抵达。

二、耶利内克的语言艺术

汪曾祺在谈及小说的散文化的问题时曾指出："散文化小说所写的常常是一种意境。"文本的气氛如何烘托则需要靠语言上的功夫。在语言革新的诸般实践中，鲜少有作家能够像耶利内克在创作实践中所表现的这般执着大胆。2004年诺贝尔文学奖颁奖词中，高度评价了耶利内克先锋大胆的语言风格。语言表达的优越天赋是耶利内克引以为傲的资本，她曾表示自己的语言表达体系源自于父亲的引导，从小在与父亲的语言游戏中形成了对语言艺术独特的感知力与表达力。她在访谈中表示，犹太作家所具有的独特语言智慧有着无可比拟的魅力。诗化的语言风格在耶利内克的创作实践中始终不曾缺席。

耶利内克走上文学之路得益于一本诗歌集。1966年，奥地利文学协会向年轻人征集诗稿，耶利内克在母亲的鼓励下邮寄了几首诗歌，获得了奥地利文学协会副会长奥托·布莱沙的青睐。布莱沙鼓励耶利内克投稿参加因斯布鲁克的"奥地利青年文化周"，还为耶利内克提供相当可观的阅读资源，尤其是实验性作品和维也纳学派的作品。奥托·布莱沙也是耶利内克第一部出版物的出版人，她的诗歌集《丽莎的影子》于1967年在慕尼黑面世。这本用少女灵性语言编织而成的精彩诗集俘获了著名的奥地利诗人恩斯特·扬德尔，扬德尔把它推荐给作家朋友、著名编辑，耶利内克的诗歌受到了一致好评。后来从诗歌创作走向小说创作，创作实践完成了转向的耶利内克从没有改变诗化语言在她创作中的重要位置。

可以说，语言形式创新与非常态表达始终是耶利内克作品风格独树一帜的重要影响质素。在《啊，荒野》中，诗化语言犹如这部作品的血肉皮骨，覆盖以及渗透在字里行间的每一个毛孔，使得作品语言脱离了小说语言的流畅性与常规性，显露出散文特有的细腻纹理，摒弃了小说语言惯有的客观性特征，热烈地传递着作者在创作过程中对情感传达的需求。得益于使用母语德语作为创作语言，耶利内克在创作中将语言游戏的实践坚持到底。德语是一门极为规律的语言，尤其是语法中的框型结构与动词词尾固定化的"en"尾缀都成为这门语言在创作中实现诗歌美学效果的重要因素。这部作品第一篇通篇都带有诗歌韵律美学的处理痕迹，在感官上提升了二维平面化文字难以达到的音乐节奏体验。在第一章节的散文诗中，作者着意强调了语言的韵律与节奏，句式长短错落，运用词汇在语法中的变式、分合形成以"t"、"n"和"a"组成循环往复的尾韵序列。散文诗歌语言所特有的柔软绵长被作者独特的语言节奏斩断，强音符一般短小有力的短促语句穿插于中长句式之间，时急时缓的节奏成为这部小说散文一处独特的语言风景。

此外，耶利内克在创作实践中还带有强烈的美学自觉。《啊，荒野》明显延续了耶利内克早期先锋实验作品中自成一派的语言风格，大量修辞以及隐喻手法的运用更增强了作品的散文质感。作者摒弃了语言的惯常表达，转而以隐喻与细节描写等手法完成语言陌生化，使得文本自身充满了灵动诗意，华丽修辞蕴涵着深刻的主体性思考。"她在护林员之妻的镜子面前，用特制的一套电气设备把自己的脸撕碎。激光束已经作为抗衰老疗法被射进她的皮肤。别害怕，爱情住在更深处！"人工机器生产美人，而爱情随着射入皮肤的激光产生，耶利内克行文之中充斥着对一切虚伪的冷隽嘲讽。耶式语言特有的尖锐的幽默感使得人们在长期麻木的状态中感受到被语言的锋利棱角戳刺之痛。在文中，人物形象没有五官没有轮廓，"事物、动物和人都面目模糊，无名无姓"，因此，人物形象上的描绘全部由细节之处比喻频繁的特写来完成，譬如耶利内克描写被金钱权利屈服的女性群众，就巧妙地将天气与人体部位建立起奇特而充满诗性的语义联系，在她的笔下，这些女人"就像过期的松弛的海报，她们的皮肤在雷雨前的风暴里哗啦啦地响"。颠覆浪漫、辛辣讽刺与真实形象为耶利内克所重视，"海报"与"皮肤"之间的内在联系合乎逻辑，"哗啦啦地响"是"海报"在"雷雨风暴"中颤抖的声音，语义在拟声词的"传导"下"通向"皮肤干裂发脆质感的联想。具象事物的诗意表达则通过意象的运用完成内在意涵的转移，从而达到审美意涵延续："当她迅猛地顺流而下，摇着铃铛面对那些明亮的、自动点燃的灯火：她那些女性标志——对于它们大家都有义务进贡……女演员漫步走过表演场，一只权力蛀虫，在几层丝绸下的一只掠食的蜻蜓。睫毛刷从她的脸颊上涓涓而下。"在引段中，作者凭借"权力蛀虫""掠食的蜻蜓"几个意象就将女演员利用"明亮的、灯火般"的美丽外貌去交换权力的丑陋现象展露无疑。

耶利内克借用语言与表达对象之间的张力展开语言诗化表达的再创新，借用具有跳跃性的特写增加本体和喻体带给读者的感官体验，由此延长并深化了读者的独特审美体验，由于"越轨的笔致"以及诗化语言的加持，散文化语言的美学得以深化。

三、分段式嵌套叙事——三块破碎镜面与一个完整镜框

《啊，荒野》这部小说散文的架构十分独特，全书由三个分章节组成，标题分别为："外面的日子：诗篇""内昼：不是讲故事""外夜：精彩的散文！宝贵的代价！"耶利内克通过副标题，从传统文

体通篇统一的规则中一跃而出，将不同种类的传统体裁糅合。围绕各自故事的线索，漫画式的以点代线式地叙述着犹如碎镜一般的故事。首先，在"外面的日子：诗篇"中，被明确标识了的诗歌体裁，若从形式美学的角度去观察，第一部分也确实显示出了诗化语言的诸般特色，包括但不仅限于联想、词汇重组、头韵、习语与俗语的语言游戏以及并列语句的各种艺术手法，这些质素将文本类型指向了散文诗，但格式与诗歌相去甚远。在内容上则围绕着伐木工埃里希的生活现状展开叙述，故事性略显单薄。在第二部分，故事色彩更为浅淡。作为故事主角的年迈女诗人和伐木工无疑也是这个不成故事的故事的核心人物。叙事结构也更为松散，甚至作者逐渐抛弃了叙事，在后半部分直接将重心从讲述故事偏移到主观书写，情绪色彩浓烈，通篇不分段的议论占据连续整页的篇幅，与此相对应的则是叙事视角的切换——作者本人从以自己为原型的年迈女诗人形象背后走向台前。在第三部分，伐木工与女经理的故事线以零碎片段展开。莫光华作为这部小说的译者，在前言中指出，这部作品不是通常意义上的散文集，而是"一个具有高度内在统一性的有机整体"。

　　从内容维度加以考察，不难发现作品确实在三个部分以三条故事线各自形成独立闭环。然而，叙事空间没有改变。阿尔卑斯山与林区固定了这部作品的发生地，人物之间的联系并不强，主要依靠伐木工埃里希这个角色串联人物关系。埃里希结婚之后生育两个孩子，妻子带着孩子离开他，于是他留在林区独自生活，他会帮助女诗人运送日用品、做简单的维修工作。代表康采恩的女经理被开发商派遣到这一片林区开展调研，期间认识了伐木工埃里希并意图与之发生关系。女经理害怕埃里希影响开发计划，因此设计将他杀死。

可以看出，埃里希作为中心人物将表面毫无关联的女诗人和女经理串联起来。在标题中，女诗人和女经理之间的内在联系很隐晦地被作者借标题点明，女诗人常年居住山中，依靠以自然风景为对象的写作为生。纵然笔下的自然风姿绰约，女诗人对自然的感情始终可疑，只因依靠描绘自然，她的作品才能够在工业化的市场上占有一席之地。因此，有意识地利用自然、从自然那里获得名利的女诗人是通过内化自然的方式成为了文化意义上的自然掠夺者。与女诗人不同，女经理是侵占并破坏自然外在实体，借商业化的人造自然达到攫取经济利益的目的。由此，女诗人与女经理两人一内一外都是自然的敌人，伐木工埃里希则是自然的化身，他一方面不断提供女诗人各种生活资源，这反映了自然对于女诗人创作灵感上的馈赠，而女诗人设计"爱情陷阱"并对着伐木工产生诸多欲望则正是人与自然关系的影射：自然被人美好的理想化过度书写着同时也被掌控着。女经理对伐木工先利用后杀害的情节也恰合了，自然被人为制造成虚假自然后，真正原始的自然便不复存在的主旨寓意。

  可以看出，耶利内克在这部作品中深入人物关系，通过叙事的巧妙嵌套，创设了一套独特的叙事策略，同步完成的还有耶利内克对自然和人关系缜密细致的思考，使得三个部分彼此之间区别开来，又被一个无形框架收拢，仿佛破碎镜子的不同碎片，也可以各自独立形成映象，拼凑起来又天衣无缝地成为一个"有机整体"。因此，这部小说时刻关注着自然与人的生存的内在联系，将象征、隐喻、抽离现实又贴合现实融为一体，三个章节仿佛三个"互相嵌套，彼此缠绕，互为参照"形成散文风格的漫画式小说组合。耶利内克在这部作品中实践了一个有关镜子碎片与镜框割裂又和谐的新的叙事结构，或许可将其视作为一次具借鉴意义的大胆尝试。

结语

耶利内克别具一格的语言风格与反传统叙事的特色结构是区别于其他作家的创作特色。本文就耶利内克的小说散文《啊，荒野》展开，从创作语言以及叙事结构两个方面深入分析，尝试回答文体杂异论题在必然的发展趋势中如何实现破体、如何完成跨界、如何有机融合的核心问题。耶利内克在反叛传统文体的创作路径上始终进行着大胆而有益的实践，这些实践成果可以为广大散文创作者与小说创作者提供具有启发性的思路。结合文章开篇所谈及的文学发展现状，在文学繁荣发展的今天，不同文体的创新几乎无一例外地要从更广博的领域汲取养分，而后通过兼收并蓄又坚守不同文体自身品格的辩证手法补充进各自所需的创作领域。散文与小说之间的关系早已并非一河两岸的割裂，两者在频繁互动之中建立了紧密联系，在新的文学体裁的出路中，寻求革新路径，以期谋求更好更远的发展前景。如果可以将散文革新的重心放在完善文体形式、探索语言表达等方面，在把握散文的内核即作品内在联系的同时，大胆地融入对语言美学的创新性尝试，那么，散文创作在更广大的视域下一定会有所突破。

大历史中的个人叙事——
从黄仁宇看散文的"触角"

(张馨怡,复旦大学中文系)

引言

以《万历十五年》一书受到广大读者喜爱、又由于独创"大历史观"在学界引发讨论的历史学家黄仁宇,回顾其创作时,可以发现他在多种文体上都进行过尝试:1945年由上海大东书局结集出版的《缅北之战》是他的出道之作,收录12篇缅北战争的实地通讯;此后便到20世纪60年代,这时黄仁宇已正式踏入史学领域,未来一系列作品都关于史学研究,如《放宽历史的视界》(1988)、《赫逊河畔谈中国历史》(1989)、《中国大历史》(1993)等。在学术性写作间隙,黄仁宇还陆续发表了两部小说《长沙白茉莉》(1990)和《汴京残梦》(1997),数篇杂文,并作一部自传待身后出版。

各类型的书写之中,都可以发现历史学科的渗透:黄仁宇自幼饱读诗书,善以家国眼光来观察周遭事物,青年时期写新闻报道,也带有追思前因后果的态度;杂文往往谈的依然是历史问题与治史方法;小说则全以历史为题材,读来类似古代野史。这既体现了历史观念对于作者的影响，又能看出他的所见所思，不止于历史论文这一种表达。一篇文章内，通常既出现论证，也使用叙述与描写，甚至抒情，文体分界并不清晰，相反多有融合。

而专说到其融合中的散文部分，现代散文理论或许可以帮助识别；同时，这种识别的过程，也对尚未建成的现代散文系统有所裨益。在多种学科交叉相汇的当下，散文似乎常常处于无地安放的位置，对于情感或自我的辨认，一方面困难，另一方面也少受重视——然而，只有回到作家具体文本的阅读里，才能确切地捕捉散文的存在，并且证明其价值。就黄仁宇这位历史学家而言，《关系千万重》[1]这本他自称"出入于历史的边缘和侧后""从大历史角度观看"的文集，以及其余散见在各刊物中的杂文，正具有研究的意义。

一、叙述中的自我

与大部分历史学者不同，黄仁宇的学术道路开始较晚。由于抗日战争爆发，他从仅就读一年的南开大学电机工程系退学，先在长沙《抗战日报》工作，后进入中央军校，"二战"后期则赴印缅战场作战，内战期间往返于中美，也曾到日本处理军务。直至退伍后，他才重新去往美国求学，又从新闻系转到历史系，1964年于密歇根大学获得历史学博士学位时，已经46岁。这样半路出家的情况，使得黄仁宇的治学思路与传统相异，他的思维模式在受到西方现代学术体制的匡束之前，已经由社会上的实践经历塑造而成。此后他所自创的"大历史观"，其推演过程体现在文章中，则是从某一细节的

---

[1] 黄仁宇：《关系千万重》，生活·读书·新知三联书店2008年版，之后引用不另标注。

叙事铺展开来，最后得出综合性结论，这种结论，或许可以说，也同样先建立在他丰富的生活经历基础之上。作家身上的特质，部分影响了写作手法的选择："essay"原本应以论说为主，到黄仁宇的笔下，却出现了大量叙述，而且这种叙述以"我"为中心，吸引力有时甚至超过了他的论证与思想。

以《关系千万重》中的《内战》一文为例，黄仁宇通过写对话，从美国同学、旅客、政治人士、参谋大学校长和南北战争前线军人五个视角来看待"内战"这一在中美都曾发生的事件，口吻各不相同，推动着文字发展，既易读，又生机盎然。而后两小节的论述中，每当涉及具体问题，黄仁宇也不避免使用自己行军时的经验做说明，不只以抽象的军事术语概括。这种举例讲解的写法，于历史学而言，如上文所说，能够帮助读者对具体历史情况有更好的把握理解；从审美的角度观看，却会发现它们的趣味性占据读者的注意力。如果要把这篇文章划分到散文一类，这些叙述势必是更加动人的部分。

再看同一文集的其他数篇，情况也是一样：《东安街六〇六号》开头是以自己的一件轶事构成画面，先有进入情境的效果，再慢慢深入写对政治历史的感想。而《何键》与《李约瑟给我的影响》两篇文章，都是由作者熟识的一位军界或学界人物辐射开来。黄仁宇的军衔曾至上尉，在军政界的数年经历使得他对体制、职能运转了解充分，积累了大量素材；他1950年起在美治学，美国学术界的情况，他自然也一清二楚。他所选择的人物，或是一省之长，或是家喻户晓的科学史专家，本身具有代表性，便可以当做坐标点，上上下下来谈论当时社会的情况。这两篇文章，题目虽涉及人物，内容却逐渐转向史，《何键》讲及北伐时期军阀与国民党势力对抗的情形、何键在湖南采取的政策，得出中国社会需要重造之结论；《李约瑟给我的影响》先从作者与李约瑟相识、李公的性格写起，过渡到李公的研究内容、方法、对社会问题的见解。然而，前者最后回到何键政权的衰落与个人生活，后者则以小叙李约瑟的两段婚姻收尾，作者的用意难辨起来，似乎又不单纯为史，人与史并肩行进。对人的塑造和关怀，全依托黄仁宇与之相处的记忆，这些文字信手拈来，态度亲切，在议论中增添一份"杂"质。

无论是刻画人物、流露关怀，还是讲述过往故事，其中都透出一种自觉意识。不仅读者被它吸引，作者仿佛也受它驱使，原先导向史学理论的笔触生长枝节，这正是黄仁宇被西方史学界认为"不规范"之处：在他的文章中，一个"我"字往往凸显于诸多历史名词之间，好像始终可见文字背后思考者的形象，"我"并不是简单的工具，而是关心国家情势、活生生的人。这种主观态度，赋予写作预设性结论，被黄仁宇自己概括为大历史观，除去史学价值外，还有一份个性可供赏析品味。一言以蔽之，自我的经验对黄仁宇既是功用，又超越功用，既证史学，又不止于史学。

张怡微曾在《散文课》中引郁达夫的话，指出现代散文一大特征：随"发现个人"的五四运动而诞生的现代散文，前所未有地表现出作家的个性。[1]过去的散文，描山水常以寄志，抒议论常为劝谏，即便中间有自我，也受更高一层的君道压制，无法全然围绕自我展开。"五四"过后，这层框架才被打破，散文地位上升，与它强调个性的特点颇有关系。黄仁宇出生于1918年，正是"五四"后第二代知识分子，为自我精神所浸染，实在情理之中。这条联结或也能解释黄仁宇在美国学术界的格格不入：西方社会虽重视个性，

---

[1] 张怡微：《散文课》，华东师范大学出版社2020年版，第42—43页。

学术生产却是机械化的，学者如同工匠，需按照规范做研究，不容许自由发挥。[1] 黄仁宇向来仰慕数目化管理，可实际作为与之背离，这种背离，被孙仲称为"前现代"。结合黄仁宇接受国内教育的时期，与当时文界发展推动社会思想转变的趋向，用现代文学中对自我的主张作解，未必不是一种思路。至少，在以主观态度叙述这方面，黄仁宇的文章写法与现代散文，确实存在相通之处。

二、难以割裂的思与情

在黄仁宇的历史写作中，自我发挥着作用，掌握叙述的走向，而与叙述写法连接的，便是文字里的"情"。论文语言本应客观务实，黄仁宇却常常追求生动，白描、比喻、反问、感叹，字句间带有温度；情的本质指向人，个体性正从这些书写中体现出来。

以《研究中国历史到威尼斯?》（后文简称《威尼斯》）为例，[2] 在这篇被收录入《中国现当代文学作品选》散文卷[3]的文章中，黄仁宇将"威尼斯"作为他心目中理想商品经济社会的象征，导向中国应由道德政治转向理性化体制的历史发展方案，而文章主体大都在描绘自己"二战"时期的数段真实经历，通过对自我和周遭行为的复原剖析，再得出相应的社会普遍情况与改善方式。虽说可以如是总结，但按照论述逻辑来看此文结构，便有失衡的嫌疑——例子过多，把文章塞成腹部臃肿的橄榄形状，又未必都与论点一一对应，

---

[1] 孙仲：《古今之争中的史学家自我救赎——从黄仁宇命运谈起》，《浙江社会科学》2012年第6期。

[2] 黄仁宇：《研究中国历史到威尼斯?》，《读书》1992年第3期，第11—19页。

[3] 钱谷融：《中国现当代文学作品选》（下卷），第4版，华东师范大学出版社2020年版，第1588—1602页。

并且出现重复；写到三分之二处，作者才用一句"这与此文劈头提出的威尼斯何涉"将主题拉回，总有些生硬的意味。因此，若以学术标准要求，即使其中论证部分准确有理，《威尼斯》一文也存在着不足之处。

然而，如果把它看作带有学理特色的散文，情形便有所不同：情感成为全文主线，数段叙事、议论与抒情由此串联，文章从"引言—举例—结论"的构造，变为爱国、爱人之情随时间流逝逐渐转变的线性构造。五十多年前的两段经验中，黄仁宇还单纯稚嫩，他对赴前线同胞激情支援，不被理睬就"羞愤交并"，看见底层人民求生存不求大义，想也不想便"口诛笔伐"。数十年后，他反思当初高高在上的心态，于是自批为"所谓'分子'"，不留情面。驻印时期，黄仁宇的见识增长，领悟到素质低劣的征兵是由于没有社会地位被迫上前线送死，他起初的嫌恶变为同情。再往下，尽管已经提出革命需改造社会结构的意见，他的情感仍在深化，写到"二战"后日本经济衰败的景况，他的同情从对本国百姓扩散至敌国百姓；结尾处，他又勾勒起参观里昂富维耶山顶教堂的画面，在宗教氛围中，得到世界一体的安稳感受。这些回忆，似乎时而兴之所至，不与论证相关，却沿情感脉络步步升华，黄仁宇的用意经由它们得以表达，增添质感，文章终于在一种宏大的宁静中收束。

依王安忆之言，没有虚构与形式的工具，现代散文单凭情感见机锋，情感的体积和质量，在此尤为重要。[1] 作为历史学家的黄仁宇，其情感同样厚重。归根结底，无论文学还是史学都属人学，对于人的关怀是统一的，只不过从不同维度处理这一问题。文学家，

---

[1] 王安忆：《情感的生命》，中国文联出版社 2008 年版，第 130—148 页。

尤其是散文家，试图从自身入手，剖出普遍的人性，然而个体经验之有限、视角之局限，导致难以剖出"普遍的人性"；另一边，史学家则在时间长河中辨认一定的规律，把这种方法带进文学，提供新鲜思路，实则多有裨益。便看黄仁宇，他的出发点虽在自我，却时刻扩大至整体，将个人的不成熟归纳到知识分子与群众的距离。当结论的覆盖面如此宽广，散文中情感太轻率细碎的苦处，也就迎刃而解。

再回到黄仁宇个人，从他选择历史学的理由不难发现，情感在这位史学家的职业道路上，占据着格外重要的地位。他曾在自传中写道："在美国当研究生和劳工时，我常被在中国的痛苦回忆所折磨，不时陷入沉思。"[1] 黄仁宇逐渐相信，过往经验应该通过历史而非新闻得到评估，也是历史，具有缓和痛苦的力量。因此，在黄仁宇的写作中，不仅仅是感性贯穿字里行间，他还有一种处理情感变化的需求。他不断将往事回顾挖掘，过去的幼稚冲动，如今被文字的手术刀剖开摊平，用另一种目光审视，又有新的思绪涌起。这些情感并非线性往下，而是呈现螺旋上升的姿态，后事与前事纠缠、碰撞，然后通过历史命运的解释得到超脱。以主观态度进行的历史研究，为黄仁宇无处安放的情感划出一道出口，它们微妙复杂，本身具有可审美的性质。

情感与历史学的关系密切，换而言之，便是情感与思想的密不可分。王安忆在评价加缪的散文时曾说，加缪将精神变化从心理上剥离成文字表达，能读到一种对思想的感情；[2] 在黄仁宇的写作中，

---

[1] 黄仁宇：《黄河青山：黄仁宇回忆录》，生活·读书·新知三联书店 2015 年版，第 109 页。
[2] 王安忆：《情感的生命》，中国文联出版社 2008 年版，第 135 页。

思想同样不只为处理情感。由于他从青年时期就站在知识分子的位置，当时的观察、体验，储存在记忆中，已经经过思想的概括与定义，此刻再咀嚼，是用更进化的观念处理过去的思想。这些观念并非凭空而来，一方面，是黄仁宇的经验一路塑成；另一方面，又是这些思想决定了他日后选择观察、选择体验的事物。黄仁宇对思想的感情，最容易在他困顿之时找到证明：作为终身教授，黄仁宇于晚年突然遭到纽普兹大学解聘。面对这一羞辱，黄仁宇体验过"愤怒流窜""理性丧失"，尔后回顾这段经历，他却写道："身为历史学家，我有许多人没有的优势：我可以意识到命运的干涉。生命中许多事件的真实意义，由于我们涉入太深，因此无法自行评估，更不用说事发当时。一想到我到纽普兹是纯粹意外造成的，我就觉得宽慰不少。如果航空公司职员没有让特定的两位人士在特定的班机上紧邻而坐，我很可能避免被解聘的命运。"[1]

对于生活相对顺遂的黄仁宇来说，解聘已是人生大灾难之一，最终在历史之思中寻求慰藉，可见思想在他心里的分量。当这份思想体现于文章中，像上文提到，它加大了情感的体积，仔细辨析的过程又确保情感的质量。难以割裂的思与情，使得历史性与散文性在黄仁宇的文章中汇合。

三、自在的散文美

除去个性和情感，黄仁宇的笔调之中，也存在着与散文相同的对美的追求。一方面，他是以一种西方论文传统在写作；但同时，

---

[1] 黄仁宇：《黄河青山：黄仁宇回忆录》，生活·读书·新知三联书店2015年版，第93页。

黄仁宇的中文极佳，用中文写就的作品与他人替做的"英翻中"相比，前者生动活泼许多。黄仁宇熟读古文，轻易可以引出诗句来描绘画面，他字句里的妆点或者意象营造，说成是有意为之也好，说成血脉中的中文传统亦无不可。

黄仁宇的语言风格是明净朴素的，如果不涉及复杂概念，大部分时候都会使用单句，达到通俗易懂的效果。而从他的简洁中间，可以感受到一种细心设计：譬如在第一部分提到的多个视角转换；从自己的一段经历展开时，这段经历往往栩栩如生、带有周遭环境塑造；此外，黄仁宇的行文也很注意节奏，经常出现中短句的间隔排列，重复某一音节，将纸上文字听觉化，比如《关系》一文评价托尔斯泰《战争与和平》："他这样的希望将宇宙事物，获得一个最终的答案，只有将长江大河之水，汇诸一个海洋。又如佛教徒论因果关系，最后只有一个总因和一个总果，而进入华严宗所说'一即一切，一切即一'的境界。"在两句话中，黄仁宇用了四个"一个"、八个"一"，语意显然有重复，似乎是在制造一种回绕的效果。

这些细节处理，都证明了黄仁宇对语言的重视，而与从事历史学相涉，他的文字自成一套体系。黄仁宇的中文相当书面，成语和较生僻的词语不少为他所用，许多句子将介词甚至谓语省略，有白话文言的观感。同时，他的思路又是西文逻辑的，重实证、重推理，两种习惯之间便产生碰撞。依然看《关系》这篇文章，黄仁宇在其中大量使用破折号表示此后为解释说明，前边或绘声绘色讲故事，或信口引来诗句，破折号却即刻把气氛叫停，随后便附上前例的明确目的。这样的抛出收回足够自圆其说，细细分辨，却仍能察觉作者对增添叙述色彩的兴趣所在。于是，两个语境在黄仁宇的书写中反复切换，层次变得多重，既有陌生感受，又不断在对彼此做消解。

这大概可以总结为中文文学性与西文学术性的落差。

另一方面,思想也为文字带来独特的美感。黄仁宇的意象营造通常克制,很少用复合意象或堆叠单一意象,[1]抽象问题则归到中性语言阐释,然而,意象在其文章中出现的次数并不算少。在《威尼斯》里,感官式意象穿插于叙述和议论之间,普通兵士们"一足穿网球鞋,一足登不合尺寸的橡皮靴,在泥泞之中蹒跚",战死后"倾盆大雨不几小时就骸骨暴露"。这些形容,都是视觉或触觉意象,从段落行间跳显出来,带给读者临场的感受。而黄仁宇的思想,与意象交替,有时具有一种延宕的效果——结尾处,他交代自己去里昂,想象起数百年前此处反革命焚毁城市的惨烈图景,又写今日"气象升平""水色深碧"。原以为往下单纯是景物描写,结果他又说到思想,说到史实,铺陈数行,才再次回到感官的形容。这种插入既在意料之外,又在情理之中,犹可见作者特质,让之后的景观,都带上历史的纵深感;阻隔之间,意象仿佛总未说尽,反而产生了一种迷人的余味。

结语

黄仁宇创新型的历史学研究风格,已多为学者们讨论,大历史观是他在史学领域对自身特点的概括。本文就他的杂文作品展开,探讨其中可被划分为散文的成分,通过从自我出发的叙事文体,写作重视情感、追求美感等现代散文所具有的性质进行论证,发现黄仁宇的杂文兼具历史学与文学特征,无论是大历史观,还是他的思

---

[1] 关于意象的定义,见郑明娳:《现代散文理论垫脚石》,广东人民出版社2016年版,第49—61页。

想中情感的存在,都可以从文学角度进行阐释。这种联结,既由黄仁宇的个人修养所决定,也可以看出历史研究和散文创作的相通之处,根本说来,史学与文学两门学科,都拥有着将世界作为整体做理解的人文情怀。在各学科跨界融合趋势愈发明显的当下,黄仁宇的实践,为两者提供了启发:在历史作品中,叙事能够让理论呈现更具有可读性,加强史学与非专业读者的沟通;而主观态度的介入,或许也会为局限的学术生产分工带来突破。在散文中,历史论述的出现,扩张了这一文体的视野,也呼唤着其他学科进入这种能够承担复杂思辨的文类。散文的一些特性,或在先前有所压抑、流失,经过学科交叉与重新定义,势必会显出更成熟的样貌。

特写，一种游记诗学的可能——
析奈保尔《幽暗国度》

（谢诗豪，复旦大学中文系）

在《辞海》里，特写指"一种迅速及时反映当代生活的文学体裁。类似于影像艺术中近距离拍摄人和物的某一部分，使之特别放大"[1]，也指一种新闻报道题材，能"再现典型事件、人物和场景，使读者有如临其境、如见其人的感受"。此外，其也用作"特写镜头"的简称。而无论哪种解释，都强调了视觉再现，带有"逼真"之意。之所以用特写作为概括，一方面是因为奈保尔的游记有很强的视觉性，细节描写繁多，很容易让人联想到摄取某个局部，获取清晰视觉形象的特写镜头；另一方面，特写在视觉呈现中的位置，尤其是与远景的差异，显示出一种独特的美学倾向。相较远景"天眼"，人与环境相互交融，时间顺流而下，万物自我展开，并"不太有什么激动、情绪在里面，就像上帝在看这个世界一样"[2]，首先特写表现的不是"无情"或"悲悯"，而是有意图地逼近，甚至

---

[1] 夏征农、陈至立主编：《辞海：第六版彩图本》，上海辞书出版社2009年版，第2231页。
[2] 翟业军：《退后，远一点，再远一点！——从沈从文的"天眼"到侯孝贤的长镜头》，《文学评论》2020年第2期，第89页。

介入。同时，大量的特写一定会打断自然的叙事，使其失去某种完整性，其背后透露出一种"去逻辑"的真实观。此外，这种事无巨细、细致入微的描写对于带有回忆性质的游记来说，其可信与否也是一个无法回避的问题，这背后或许隐含一个诗学提问，即再现的真实与那时那地发生的真实有无区别？在具体文本中，"特写"很容易被延伸为一种写作手法，区别于相对宏观的叙述，这在奈保尔的游记写作中得到充分体现，但笔者认为不止于此，《幽暗国度》中的特写透露出一种现代的真实观，区别于我们常见的游记定义，"记述旅途中的见闻""表达作者的思想感情"[1]，这种真实观与奈保尔复杂的身份意识相关，但又超脱出来，指向一种诗学可能。

一、特写，作为一种介入方式

奈保尔的游记充满了依托于客观物象的主观联想。游记写作或多或少都带有这一特征，唯一创造性的"我"，将主体的感官、联想施加于客观物象之上。但奈保尔的介入有其个性，他不知疲倦地观看，近乎审视，同时又带有明显的自我暴露倾向，好像完全不在乎可能招致的"批评"。他的联想范围极广，不时涉及民族、阶级、宗教等敏感话题，比如印度大街上的乞丐，"纵横交错的臭水沟"，"面如菜色的成年人"，"肚腩鼓胀、身上爬满黑苍蝇、躺在垃圾堆中悲伤哭泣的小孩儿"[2]；乩童们或弄虚作假，或靠展示"滴滴答答流淌不停"的鲜血，赢得掌声。这也的确招致了印度人民乃至官方的攻击，印度作家 H.B. 辛格称奈保尔是一个应该被"彻底蔑视"的

---

[1] 夏征农、陈至立主编：《辞海：第六版彩图本》，上海辞书出版社 2009 年版，第 2772 页。
[2] ［英］V.S. 奈保尔：《幽暗国度》，李永平译，南海出版公司 2018 年版，第 67 页。

"卑鄙的新殖民主义的走狗"[1]。他的特写既是人、物的局部放大，也是观看主体的放大。他将情感与感官（主要是视觉，也包括听觉、触觉等）结合，作为其介入客观世界的工具。

那这种介入式的特写又意味着什么呢？首先可能是一种打断，打断空间、物象本身的秩序。某种程度上，游记或者散文，相对于小说要更稳固，因为无论是克什米尔、达尔湖，还是他入住的丽华大饭店都是"确定"的，它们的位置、存在时间有据可靠。所以奈保尔能打乱的只有叙事、联想，也就是和被建构的"我"相关的内容。我们知道，如果一件事被过于顺畅、逻辑地表述，实际就趋近小说了，因为那背后或多或少都存在主观的建构和简化，让经验"故事化"，以一种相对容易且稳定的方式被理解。从这一角度看，介入式的特写实际是奈保尔呈现真实的一种方式，琐碎的细节是对完整叙事的打断。

奈保尔在《幽暗国度》里呈现了多少"似乎"不必要的细节？

> 一只巨大的电灯泡，顶端覆盖着一个半球形金属灯罩，用一根弯曲的、伸缩自如的支架托着，固定在一块镀铬圆盘上，一团乱麻似的纠缠在一起的电线，把灯泡和插头连接起来。（上回我交代过他们，我需要长度适宜的电线。）

类似的例子很多。尽管他的印度之旅，在时空上构成某种连贯性，可在具体的叙事中，它总是被"不必要"的细节或突然的"分析"打断：

---

[1] John L. Brown, *V. S. Naipaul: A Wager on the Triumph of Darkness*, World Literature Today Vol. 57, No. 2. Spring, 1983, p224.

> 你若想拥有一个贴身仆人（他唯一的本事和功能是取悦、伺候主人）你就必须自愿地、爽快地交出一部分自我，任由仆人摆布。它创造出一种原本不存在的依赖感，它要求回报，它能够让一个成年人退化成婴孩。[1]

众所周知，故事必有章法、结构，如王安忆所说，写小说就像织毛衣，[2] 可游记不同，它处理的是现实世界，而现实没有所谓的句法可讲，至少对于接受的个体来说，它无规则地散乱着，"心灵接受无数的印象——琐碎的、奇妙的、易逝的或是刻骨铭心的。它们来自各个方面，像无数原子不断地洒落"[3]。所以不论是细节特写，还是分析独白，奈保尔要做的实际是一件事，就是消解印度之旅作为一个完整"故事"的可能，将其解构为一个个独立的"事件"，这无疑是反故事的。"书的统一性瓦解以为书页的独立腾出空间，书页瓦解以为句子的独立腾出空间，句子瓦解以为词语的独立腾出空间。"[4] 奈保尔的目的，正是让被"物的特写"所打断的叙述，瓦解成和物一样的独立事实。每一个事件都作为其本身而存在，而不是一条既定路径上的铺垫、节点或转折。尽管从客观上说，旅途有开始就有结束，这是时间的法则，但奈保尔尽可能地让开始、过程、结束"各行其是"。奈保尔清楚小说的规则，在小说形式上他并不先锋，他是熟稔"小说机杼"的大师。可是在游记里，他有意让小说走远，拒绝"编织"，拒绝严整的逻辑，也就拒绝了故事的"权威"。

---

[1] [英] V.S. 奈保尔：《幽暗国度》，李永平译，南海出版公司 2018 年版，第 136 页。
[2] 罗昕、刘欣雨：《王安忆、黄子平和吴亮三人谈：写小说就像用文字做编织》，澎湃新闻 https://www.thepaper.cn/newsDetail_forward_4760893.
[3] [英] 伍尔夫：《普通读者Ⅰ》，马爱新译，人民文学出版社 2003 年版，第 127 页。
[4] Paul Bourget, *Essais de psychologie contemporaine*. Paris: Lemerre, 1893, p24.

这种权威有赖于前后呼应、层层嬗变，或某个标志性的物象等，就像《安娜·卡列尼娜》中，安娜同渥伦斯基的初次接触（因为一位惨死的铁路工人）就预示了两人爱情的悲剧以及安娜的结局，在一定程度上，我们可以说《安娜·卡列尼娜》中的繁多细节被规约在类似"铁轨"的条条线索之下，而这样的线索在《幽暗国度》中是缺失的。

此外，奈保尔的特写并非总有"意义"，他有意或无意地拒绝象征，以及符号学上的连篇阐释，我们能说《我弥留之际》中的木匠本德伦或象征耶稣，《约翰·克利斯朵夫》中，克利斯朵夫和萨皮纳之间那扇未推开的门或代表两人间难以跨越的距离，以及奈保尔本人笔下的"毕司沃斯先生的房子"，巴库一遇挫就抱读的《罗摩衍那》（《机械天才》）无疑都有着表象之下的内涵，可我们很难能说上述的"电灯泡"意味着什么。但这些"无意义"的特写恰是关键所在，因为它们属于游记，而不是小说家手中的魔术。因为在那时那地，奈保尔就会看到"抽水系统犹未竣工"的旅馆，被人推销贵得吓人的"克鲁克斯牌"太阳眼镜[1]，这并无逻辑可言，也不一定具备阐释空间。

但应当说，奈保尔的游记并不是沉闷的琐事记录，他拒绝完整叙事，但用另外的办法，让"事件"富有活力。首先当然是他的语言，幽默讽刺，有时也颇为刻薄，像"一个世人皆知的势利鬼，一个大混蛋"[2]，这是他作为作家的天赋，本文并不多做讨论。除此之外，他使"琐事"有趣的办法，和我们前面提到的"审视"有关。奈保尔会有意地选择、制造适合其发挥的内容。很多

---

[1] [英] V.S. 奈保尔：《幽暗国度》，李永平译，南海出版公司2018年版，第43页。
[2] [英] 詹姆斯·伍德：《私货》，冯晓初译，河南大学出版社2017年版，第136页。

时候他都是主动去"冒险",频繁地改变空间,制造和人的关系,这当然不仅是说他会从马德拉斯到克什米尔,从西部到东部,更是说他会前往距离地面一万三千英尺的埃玛纳锡洞窟朝圣进香,会和火车上偶遇的锡克人做一番关于伦敦的讨论,并一再重聚,而且是在内心"并不期望"的前提下。这听起来似乎很矛盾,他在连贯性上,拒绝让游记成为故事载体,但他所记录的片段,又是他精心挑选制造,利于他介入、审视的。他就像一个拿着摄影机的纪录片导演,寻找、移动到那些可能"有趣"的空间,然后将镜头对准那些挑选过的人或物,不断聚焦、放大。他一路走也一路"挑衅",试图激起外部的反应,制造"事件"。于是我们会发现,奈保尔在结构上常常用细节打断连贯叙事,但在具体的场景,又不乏"戏剧化"的呈现,比如他和锡克人的关系,竟会从偶遇的"朋友"变为对方嘴里"一只脏兮兮的南印度猪猡"。奈保尔拒绝了叙事的艺术,拒绝了逻辑上的起承转合,但因为特写的强调,每一个或捕捉或选择的场景,在保有其独立性(不在某条推导演绎的线索之上)的同时,也具备了"戏剧"的基本要素,即特写的时间、地点、"事件",于是他的游记看起来就像是一幕幕并不连贯的戏剧场景。

微观如此,宏观亦然,尽管《幽暗国度》被"结集"成一本书,分成三部,算上序曲和尾声,共十三个章节,似乎是一个完整有序的结构,但仔细阅读后,不难发现哪怕是同一个章节,行文也远谈不上逻辑严密、结构紧凑,很多时候都是一个空行,表明一个片段、事件的终结。如果按 E.M. 福斯特在《小说面面观》中的观点,它们更接近依托时空连缀起来的事件,而非一个完整的故事。

二、"再现"的真实

从踏上印度之旅起,奈保尔便在游记中不断尝试,从不同角度、立场去理解印度,其中当然包括宏观的历史维度,一个虚悬于时间之中的"神话国度",但随着旅途深入,他渐渐看出"历史"的无力,意识到一个曾经完整无缺的印度正在离他远去。在这一过程中,参访古迹路上偶遇的婆罗门家族给了他启示(他所写的内容或也体现在他的写作过程当中):

> 他们从小就熟知《摩诃婆罗多》的故事,把它当做史实来接受。它已经融入他们的意识中。以具体的形式展现这些故事的石头建筑物,他们根本不感兴趣,何况这些建筑物已经沦为一座废墟,毫不起眼。所以,他们就随口说,这是班度家族的城堡——一堆残垣破瓦,不再有任何用处……班度家族和《摩诃婆罗多》真正的光辉,永远留存在他们心中。[1]

这一段赋予细节特写新的内涵,即作为一种和历史叙述相区别的真实。细节特写背后隐藏的是感官经验,特写一词本身就暗含"观看"之意,而且在《幽暗国度》中,不同感官往往相互交叠,比如前面提到的"纵横交错的臭水沟""肚腩鼓胀、身上爬满黑苍蝇、躺在垃圾堆中悲伤哭泣的小孩",观看之外也有气味叠加;再如展示鲜血的乩童,"半秃的头颅胡乱包扎着绷带,鲜血已久滴滴答答流淌不停"[2],也是视觉与痛觉的交融。于是我们或可说,奈保尔的细节

---
[1] [英] V.S. 奈保尔:《幽暗国度》,李永平译,南海出版公司 2018 年版,第 171 页。
[2] 同上,第 152 页。

特写流露出其对感官经验的思考。但这是否表明，奈保尔认为真实仅存在于片段、细节之中，一旦变成宏观叙事，就消失无踪呢？应该说，《幽暗国度》呈现的正是奈保尔探索、思考的过程。他本人对此的态度也时常摇摆，他当然相信自己的所见所感，但在逃离印度，回到伦敦之后，作为一个无家可归的异乡人，他又猛然醒悟"过去一年中，我的心灵是多么接近消极的、崇尚虚无的印度传统文化，它已经变成了我的思维和情感的基石"[1]。

从一开始，我们就提到特写不仅仅针对外在的物、人，也针对奈保尔自己。整部《幽暗国度》，奈保尔放大感官的同时，也在不断暴露、剖析自身。"生平第一次，我发现自己变成街头群众的一分子。我的相貌和衣着看起来和那一拨一拨不断涌进孟买市'教堂门车站'的印度民众简直一模一样。""在印度，我是个没有特点的人。"[2] 一方面他是来自第一世界的旅行者、作家，"审视"着落后文明；另一方面，他又是一个出生于特立尼达的印度裔。于是，他的印度之旅不可避免地带有"寻根"意味。这种既对立又变化的立场使他"与其所描述的对象保持一定的距离，从而使他的旅行写作产生一种布莱希特式的'间离效果'"[3]。这种"间离"首先是他复杂身份意识的反映，但除此之外，是否还可能有另一层含义呢？既然奈保尔本人也是特写对象，这是否意味着通过大量跳跃、联想、袒露的念头，能够使其也回到"现场"，和那些被特写的细节一样成为真实的再现，而不是一个后期建构的"我"呢？

---

[1] ［英］V.S. 奈保尔：《幽暗国度》，李永平译，南海出版公司2018年版，第328页。
[2] 同上，第43页。
[3] 张德明：《后殖民旅行写作与身份认同——V.S. 奈保尔的"印度三部曲"解读》，《外国文学评论》2005年第2期，第54页。

这是一个假设的提问，而且"真实的我"和那些海量的细节一样都很可疑。因为按照传统观念，文字世界永远是被建构的，不可能真正还原"那时那刻"的现实。某种意义上，奈保尔就像用文字去"拍"特写，并在拍摄过程中不断插入评论。但摄影是即时的，而且它的转换是通过"冰冷的机械装置"[1]，一个绝对客观的物，人只是作为持有机械的手而存在，而文字无论多么追求客观，仍然是人为的"艺术创造"，这是由语言的性质决定的，所以在这条诗学路径上，奈保尔似乎走进了"死胡同"。

针对这一问题，我们或可回到之前的讨论，经文和废墟中的印度究竟哪个更真实？事实上，这个问题在更早的时候就困扰着奈保尔。他在真正描写印度之前，回顾了自己在特立尼达岛上的童年生活，并写"严格说，在特立尼达，'印度'并不是显现在我们周遭那些人物身上，而是存在于我们家中的一些器物上"[2]，这里我不是要重复奈保尔对"物"的关注，而是想说，对于"印度在哪里"这一问题，他从未停止思考。我无意探究，一个人的记忆能在多大程度上被认作真实，尽管奈保尔通过照相式的描写，可能是想告诉读者，感官是可靠的，相比历史以及经文里的光辉，实地探访废墟的经验被很多人忽略了。但这只是一层，而且它无法回答"印度在哪里"的问题，也无法消弭游记和"那时那地"之间的鸿沟。

对于童年的奈保尔来说，特立尼达的器物是印度；对于那个婆罗门家族，《摩诃婆罗多》是印度；对于"寻根"的奈保尔，克什米尔的断垣残瓦也是印度。按照传统的真实观念，他实地探访的新德

---

[1] [法]安德烈·巴赞：《电影是什么？》，李浚帆译，华中科技大学出版社2019年版，第10页。

[2] [英]V.S.奈保尔：《幽暗国度》，李永平译，南海出版公司2018年版，第25页。

里、克什米尔、加尔各答，似乎才是"真正的"印度所在。但奈保尔在踏上这片土地之前完全是通过其他经验认识的印度，而且踏上这片土地之后，他仍在不断寻找它们的影子，"寻找那些我所熟悉的细微而容易掌握的事物"，怀念"印度人聚居的特立尼达岛上那井然有序，和谐宁谧的乡野风光"[1]。所以对奈保尔本人来说，特立尼达岛上的印度经验和他在1962年2月到1964年2月的游历经验，乃至《幽暗国度》中所描绘的经验，究竟哪个更接近真实呢？索绪尔在《普通语言学教程》中对语言同一性与差别性的讨论，或能给我们一些启示，"语言机构整个是在同一性和差别性上面打转的，后者只是前者的对立面"[2]。也就是说，对于某一个词来说，它的同一性只存在于它和其他词的差异之中，因为我们每次使用一个词，它"都换上了新的材料，即新的发音行为和新的心理行为"[3]。回到《幽暗国度》，我们是否可以说奈保尔每一次关于印度的经验都是不可重复的？特立尼达的印度经验，对特立尼达经验的"怀念"，两年的游历经验，以及对游历经验的书写，它们都是奈保尔的"印度"（一个游移不定的概念，一个诸多经验的集合）的一部分，如此"那时那刻"的游历与《幽暗国度》中的特写或可说是两次关于印度的平行经验，其间的"真实"鸿沟也就自然消弭。

正如奈保尔在《幽暗国度》的最后所写，"一旦回到西方世界，回到那个只把'虚幻'看成抽象概念，而不把它当作一种蚀骨铭心的感受的西方文化中，印度精神就悄悄地从我身边溜走了"[4]。实

---

[1] ［英］V.S.奈保尔：《幽暗国度》，李永平译，南海出版公司2018年版，第169页。
[2] ［瑞士］索绪尔：《普通语言学教程》，高名凯译，商务印书馆1980年版，第153页。
[3] 同上，第154页。
[4] ［英］V.S.奈保尔：《幽暗国度》，李永平译，南海出版公司2018年版，第328页。

际上,奈保尔在游记中也时常在"虚幻"与"细节"之间摇摆,他以"英国作家"的身份审视婆罗门家族对遗迹的无知与无睹,但崇尚虚无的印度精神,同样烙印在他身上。这似与《幽暗国度》在强调感官、真实的细节特写的同时,又指向一个飘忽不定的印度的诗学路径相合。

书写"语言"的方法——
凯鲁亚克"自发式散文"的理论策源与写作启示

（史玥琦，北京师范大学文学院）

本文聚焦美国"垮掉的一代"代言人凯鲁亚克在小说、散文及诗歌写作中的创作理论"自发式散文"(spontaneous prose)，考察其流派/方法论的生成、传统理论的溯源、20世纪50年代以来的媒介革命在文学写作中的颠覆作用、该理论在散文体小说写作实践中的修辞学体现以及"自发性"给当下文学写作新环境带来的启示几个方面，论述此创作理论的多种策源与其带来的文学可能性，试展思新媒介社会下的文学文本范式的多样性过渡及发展，并尝试探讨在此种语境下散文向何处去。

一、自发：作为流派/方法论的诞生及延展研究

翻开文学史，《在路上》的经典化离不开一个文学事实的书写：凯鲁亚克在短短三周内用打字机在120英尺的打印纸长卷上完成了小说初稿。出版不久，该书即遭到保守批评界的讥讽，尤以杜鲁门·卡波特的武断批评为代表："那不是写作，是打字（That's not writing, that's typing.)。"[1] 而"垮掉的一代"因此种"先锋"文学获得大量底层青年的认可和欢迎,其小说、散文及诗歌中的速度感、口头形式,以及彼时大胆的性意象,在社会传播中收获大量拥趸,并最终发展为全国性的青年运动和美学革命。卡波特的批评因此相形见绌,不仅对"垮掉派"思想内容缺乏同情,对其创作手法更是傲慢地无视,与此同时,以凯鲁亚克、金斯伯格和巴勒斯为代表的"垮掉派"开始付出将其创作方法理论化的努力,尽管作品书写领域各有侧重,"自发式写作"是"垮掉派"文学的共有特征,参与20世纪五六十年代文学运动经典化与理论化的金斯伯格本人坦言,"自发式写作"理念是凯鲁亚克遗留的最大财富,其所信奉的"最初的想法,最好的想法(first thought,best thought)"是对"自发式写作"的巧妙注脚。[2]

在出版第一本模仿托马斯·沃尔夫《时间与合流》风格的《镇与城》后,凯鲁亚克进入很长的创作瓶颈期,传统的严谨文法与情节线性发展,无法支撑他继续叙述自然而松散的个人游历,迫使其寻找一种形式上的转向,他需要一种"深度的形式,诗的形式——如同意识真正挖掘的每件事情一样"[3]。大多数传记及资料认为,两种文本使凯鲁亚克最终确定了自己独特的写作风格,一是尼尔·卡萨迪(《在路上》迪安的人物原型,与"垮掉派"作家过从甚密)在1950年12月17号写给凯鲁亚克的一封长信,在这封13000字的来

---

[1] 引自《纽约时报》,参考网址 https://www.nytimes.com/1992/10/25/nyregion/l-what-capote-said-about-kerouac-670892.html。
[2] 陈杰:《本真之路:凯鲁亚克"在路上"小说研究》,四川大学出版社2010年版,第252页。
[3] Charters, Ann. *Kerouac: A biography*. San Francisco: Straight Arrow Books, 1973:123-124.

信中，卡萨迪回顾了自己在 1946 年与几位女子的爱情生活，行文风格接近口语，散漫而令人信服，特别是讲到和"樱桃玛丽"恋爱时在家被玛丽姑姑发现而从浴室窗户逃跑等轶事，凯鲁亚克欣喜若狂，认为卡萨迪的行文是"充满肌肉感的宣泄"，可以媲美陀思妥耶夫斯基的《地下室手记》，德莱塞、沃尔夫、梅尔维尔的行文也从未如此真实。[1] 二是威廉·巴勒斯在 20 世纪 50 年代早期的小说《瘾君子》中展现的事实主义风格，巴勒斯的叙述平实、直率，当他将个中小说章节寄给金斯伯格和凯鲁亚克时，他们起初只以为是一些有趣的生活速写，"不久便怀着战栗的惊喜，把他的来信认定是一本书的片段，前后相关，技巧娴熟，围绕着一个主题叙述"[2]。这使凯鲁亚克在普鲁斯特式的个人抒情中多了一些冷静和直截了当的生活化叙述，两者的有机融合最终于《在路上》得到完整体现。

初稿完成后，凯鲁亚克在与金斯伯格的通信中反思其写作行为，并命名为"速写"（sketch）法，他指出写作就像作画一样，无非是将颜料换成文字，而速写是将当下的见闻、感知着的一切彻底化为文字，并不循规蹈矩，依循事先预定的结构、文法和规则形式，这种随意性不同于巴勒斯小说的客观纪实，而是自由联想的，个人式的。[3] 当写作在意志的洪流中快速推进，意象和词句纷至沓来，进入某种灵魂化的状态，因此凯鲁亚克也坚信速写法的一大来源是叶芝的"恍惚"创作状态。[4]"自发式写作"理论的最终纯熟源自凯

---

[1] https://www.christies.com/features/Neal-Cassady-long-lost-letter-to-Jack-Kerouac-comes-to-auction-7393-1.aspx（该文学拍卖网站详细介绍了该信件的流传与重要性）。

[2] [美]威廉·巴勒斯:《瘾君子》，小水译，作家出版社 2013 年版，第 2—7 页。

[3] 陈杰:《本真之路：凯鲁亚克"在路上"小说研究》，四川大学出版社 2010 年版，第 252 页。

[4] Charters, Ann. *Kerouac: A biography*. San Francisco: Straight Arrow Books,1973:140.

鲁亚克在 1950 年代后期发表在《黑山评论》《常青评论》的四篇理论文章，其中《自发性散文要点》最为知名，也是评论家的首选之作，他在这篇文章中列举了九个"自发性"的要点：设定目标（以头脑或者想象、记忆来呈现）、程序（强调节奏感是语言的实质，像爵士乐手一样）、方法（尽量不用句号来断句，冒号和逗号都是多余的，要用破折号表示气口）、范围（不刻意选取修辞，选择自己满意的声音）、防范程序（不要在遣词造句上花工夫，让词语自然地堆积）、节奏（去除莎士比亚式的戏剧强调，让节奏自然发生）、兴趣的核心（不根据事先形成的观点描述事物，根据写作过程中对事物的兴趣而写，免除加工）、作品结构（要以脑海中灵光乍现的东西为核心，进行辐射，同时间竞赛一般去写，而不是选择僵化的结构）、心态（要在半催眠状态下无意识写作，如同叶芝的恍惚状态，要不受约束，由内而外，直到思想高潮）。

由此我们看到"自发性写作"可概括为即兴性、节奏性（爵士乐）、自然性（强调原初体验和无意识），这也直接成为"识别""垮掉派"的名片型特征，甚至是判断其是否为"垮掉派"作品的衡量标准，而"自发性写作"也成为解读及阐释文本的关键视角，相较传统的主题批评而言，学界对"自发性写作"的风格体现及运作肌理的内部研究也较多，早期研究者达德斯驳斥了卡波特将其讽刺为"用打字机打字"的批评，通过追溯爱默生 19 世纪 30 年代的日记回顾了"自发性演讲"的美学主张，并从中找到某种传承，她指出"自发性写作"的阅读关键是快速的想象反射，让作为思想载体的文字被图像取代，这要求读者重经创作的过程，快速连接图像，以使文字作为声音而非思想；通过对《萨克斯医生》特殊叙述风格的文本分析，她指出在断句间叙述者的行动半径（假使叙述者最开始是一个圆点)出现交错,即全知叙述与限制叙述在同一不停扩展感官的空间中叠加交错,时空变得具有可塑性,形成两种声音,并表现出"自发性散文"紧凑明快的节奏。[1]魏因里奇在此基础上考察凯鲁亚克的"杜洛兹传奇"系列,并对其文体创造进行全面研究,认为其松散的风格如《草叶集》般,全部作品都是正在进行(ongoing)的状态,如同英雄历险的非线性口述,以图像为单位,属于某种重复的传奇结构,带有自传性质,是普鲁斯特式的文学景观。[2]21世纪以来,学界愈发关注"自发性散文"同其他艺术联结的可操作性与解读空间,特鲁多在其学位论文中追溯其诞生、实践、发展,认为表演、展示是"自发性散文"的关键因素,"垮掉派"文学活动绝非仅有出版文字,大量的文本录制、公开演讲和影像意味着其小说的公共表演性质,在文本诞生之初即富含音乐性、表演性,角色的空间活动因而复杂多样,在此意义上,"自发性写作并非写作的方法,而是生活的方法"[3],而结构主义研究者里蒂莫西·亨特提出了"自发性写作"意味着小说写作从现代印刷的文本范式向口头表达的次一级范式转变,也是通过对凯鲁亚克写作的整体观照,他强调"自发性散文"是媒介革命后小说的修辞学反应,磁带、打字机和录影的普及是"垮掉派"文本解读的关键。[4]"垮掉派"小说写作

---

[1] George Dardess. *The Logic of Spontaneity: A Reconsideration of Kerouac's "Spontaneous Prose Method"*. boundary 2, Vol. 3, No. 3, The Oral Impulse in Contemporary American Poetry, 1975: 729-746.

[2] Regina Weinreich. *Kerouac's spontaneous poetics : a study of the fiction.* New York : Thunder's Mouth Press, 2001:6-13.

[3] Thomas Trudeau. *Spontaneous prose: a performance genealogy of the fiction.* LSU Doctoral Dissertations, 2006.

[4] Timothy Hunt. *The Textuality of Soulwork: Jack Kerouac's Quest for Spontaneous Prose.* Ann Arbor: University of Michigan Press, 2014:172-193.

的音乐性及其与爵士乐的紧密联系也是众多研究中的关键一节，赫本尼亚克梳理了爵士乐的发展史与"垮掉派"小说中常出现的音乐描述及文本本身的韵律、重音布置，并分析了一些文本对应的不同演奏形式（如萨克斯独奏、男吟唱等）。[1]值得一提的是巴勒斯在20世纪60年代的后现代主义转向，其1960年代及以后"裁剪法"创作下的"实验三部曲""红星三部曲"等多被研究者看作自发性的文本（或"后垮掉派"小说）[2]，其解读也具有解构化、符号化的空间。我们可以试着给出一个论断，即便松散，"垮掉派"作品的定义核心本非内容展示，而是其创新风格，凯鲁亚克"自发式散文"思想引领一批后继者"在路上"。"重要的不是写了什么，而是如何去写。"[3]

二、爱默生、布莱克、杜尚：在多种传统之下

与凯鲁亚克、金斯伯格从哥伦比亚大学英文系退学，只是对教授做派和规定书目不满一样，"自发式散文"也是样貌如创新的某种"另样"传统回归，乘着20世纪五六十年代麦卡锡主义盛行下紧绷社会氛围的东风，将自我解放的呼声带到千家万户。自发式的概念不仅常见，而且古老，尤其是诗学领域强调的"灵感"，它将文本对象化，强调写作者意识之外的文本来源，并通过写作者本身来

---

[1] Michael Herbeniak. *Jazz and the Beat Generation*. Steven Belletto(Ed.). *The Cambridge Companion to the Beats*. London:Cambridge University Press, 2017:250-264.

[2] Marianne DeKoven. *Utopia Limited: The Sixties and the Emergence of the Postmodern*. NC: Duke University Press, 2004.

[3] Kurt Hemmer. *Jack Kerouac and the Beat Novel*// Steven Belletto(Ed.). *The Cambridge Companion to the Beats*. London:Cambridge University Press, 2017:110-122.

传达自己，使艺术家成为实现更高意图的工具，这种论调颇有早期宗教社会的神秘色彩，如神谕或开悟一类。而最先将此概念进行世俗化明确的是华兹华斯，他强调诗歌是"强大情感的自发溢出（the spontaneous overflow of powerful feelings）"，但他并未将散文单列出来，对他来说，散文仍然是在此层面上更难实现自发性的"有预谋"的文体。[1] 而爱默生则在《论自然》中强调："语言在自然中生成，它将自然中的意象带入到人类的生活，又随即脱离；当话语超越我们熟悉的事实底线，被激情或思想激发，它就会打扮成某种形象，一个正在认真交谈的人，脑海中或多或少是明亮的物质形象，因此，优秀的写作和精彩的话语是永恒的寓言，它的意象是自发的，是当下行动与经验的融合，是最完美的创造。"[2] 爱默生消弭了诗和散文在面对自然时的界限，在早期日记中一致地藐视语言的营造，认为话语抛弃了它的形象，而热烈的演讲仅仅是"句子的创造者（maker of a sentence）"，将人们引入混乱的道路，因此，他所崇尚的是绝对的贴合自然的自发性演讲，在文本上以散文的形式体现，作为拥护者，梭罗曾提出一个比喻来支持他的"自发式"话语思想，当农民想在他的轭上烧一个洞时，需要把热铁从火中迅速运到木头上，否则无法穿透它，它是即时的，需要立刻被使用，推迟记录自己想法的作者如同拿一块冷却的铁去烧洞，完全无法激发听

---

[1] George Dardess. *The Logic of Spontaneity: A Reconsideration of Kerouac's "Spontaneous Prose Method"*. boundary 2, Vol. 3, No. 3, The Oral Impulse in Contemporary American Poetry, 1975: 730.
[2] [美] 爱默生：《论自然》，吴瑞楠译，中国对外翻译出版公司 2010 年版，第 23—50 页。

者和读者的思想,因此必须在体内"加热"的时候写作。[1]

对爱默生和梭罗来说,"自发式写作"都是一种全面的行为,在写作过程中积极召唤写作者的所有功能,包括生理、智力和道德,除非话语中某些既有表述包含着世界的复杂性,不然关于生活的真相便无法说出,而他们训诫般的口吻也意味着某种清规戒律,即作者和他的主题血肉相连,成为一种类型化的代指,凯鲁亚克在这一层面上很像他们,读者可以轻而易举地概括作家话语的风格:凯鲁亚克式的,梭罗式的,很大程度上和他们强调并始终实践着的"自发"难以分割,相反,一些作家却始终在话语层面上风格多变,只能凭主题、结构来判断。

除了对象化的灵感,"自发式散文"接续的另一传统当属意象韵律的排布,金斯伯格在《深思熟虑的散文》中谈及自己诗歌创作方法时曾回顾年少的"布莱克体验":他曾经读到威廉·布莱克的作品时,其中"啊!向日葵"使他陷入沉思,仿佛听到了布莱克本人的声音,望向窗外,他突然意识到,这个宇宙就是那朵企盼永恒的向日葵。这种体验使金斯伯格意识到艺术就是一种时间机器,可以打通客观线性历史,他同时列举了塞尚在观察自然时的微小感动(petit sensation),庞德在诗论中认为象形文字留住的灵光可以与真正的意象联系起来,他因此格外重视音调的陌生化和本身的特性,这在阅读时形成了大于语言的综合体,也就是更为复杂的接受。他强调:"正如许多作者最近注意到的那样,人的大脑的活动要比语言活动复杂得多。我们现在除了意识到了用语言进行思维的那半大

---

[1] George Dardess. *The Logic of Spontaneity: A Reconsideration of Kerouac's "Spontaneous Prose Method"*. boundary 2, Vol. 3, No. 3, The Oral Impulse in Contemporary American Poetry, 1975: 730.

脑的活动以外，还意识到了大脑其他部位内的活动。在特殊的情况下，当人大脑中纷繁芜杂的印象和活动交织在一块儿时，就会形成一种奇特的意识或反常的意识。"[1] 因此"自发性散文"要求作者凭借一些原始的速记方法把大脑中转瞬即逝的各种感触记下来，其记录单位是一口气（金斯伯格曾多次强调凯鲁亚克以呼吸为单位书写散文、诗歌对他的写作启示），并接连不断地写下去："创作之前，我从不知道自己怎么写，如果作品最后写出来了，可以算不错。情况往往如此。"

"自发式散文"还对应着一种"我"的书写传统，可以将其看作艺术异化的反叛传统，这当然不仅和写作方法有关，也是"垮掉派"独有的特性，而此传统下的一切表达都与自发行为血肉相连。诚如斯宾格勒所断言，在一种文化有机体生长过程中，其内在心灵意象总有被称作"意志"的谜一般的某物，或称为第三向度的激情，[2] 可看作其当时历史阶段的"创造之母"，通常来说，在任一文化思潮的"落潮期"，这一意志所展现的是一种"反我"（anti-ego）的生命情感。当阳光穿过林林总总的城邦景观，撒进科林斯的木桶中，第欧根尼尚未睁眼，就能借由一些哥特式的非古典动机，通过睫毛的假晶找到那个"诚实的人"[3]。我们看见其后的历史阶段变化都是根植于这场反古典实体（body）的传统，当我们在"古代—中古—近代"中的近代回溯这一反叛传统，可以从 19 世纪兴起于巴黎的文学及艺术领域的颓废运动谈起，颓废运动（decadent movement）

---

[1] [美] 比尔·摩根：《金斯伯格文集——深思熟虑的散文》，文楚安译，四川文艺出版社 2005 年版，第 269—271 页。

[2] [德] 奥斯瓦尔德·斯宾格勒：《西方的没落》，吴琼译，上海三联书店 2006 年版，第 300—301 页。

[3] 同上。

的特征即自我厌恶，厌世，对外物持普遍的怀疑主义，对是非颠倒的喜悦，对粗俗幽默的亲近以及对人之创造力胜过理性逻辑和自然世界的优越感，这些在凯鲁亚克对迪安·莫里亚蒂的深情歌颂中比比皆是，反映的却是社会高度发展后的人的迷惘。而颓废主义的主体概念是早在18世纪从孟德斯鸠的著作中被阐发的，在对罗马帝国的衰亡总结的归因中，对事物极尽描绘的兴趣，对古典文艺规则的背离，对华丽修辞的热爱，都是这场颓废运动的种子。当颓废派开始以打破艺术惯例为己任，以毛骨悚然和充满恐怖幻想震惊公众时，欧洲新一轮的非理性艺术革新开始了，表现为象征主义（马拉美）、唯美主义（王尔德）和颓废主义交织互融。

都市化并没有随着先锋异见者画幅中巨龙吐火下的建筑消灭，相反，工业化以燎原之势在世界范围内兴起，在帝国主义相争的发达工业时期，马尔库塞的预言成真："现实超过了它的文化。"[1] 他所归类的艺术异化即充满了与新型世界相冲突并否定固有商业秩序的反资产阶级因素，"颓废主义"的非理性（颓废）因素正体现了对行将灭亡的古典文化进行自我谴责的进步特征。这一格格不入的文化扮演者一般是异类的、边缘的，即以小众文化或先锋文化的姿态率显于世，这同反都市化及反世俗道德（即权贵的道德）也不无关联。马尔库塞兴奋地指出艺术异化形象的格格不入正是"其拥有真理的标志"[2]，这同20世纪苏黎世醉饮狂言的达达主义者们坚信第一次世界大战是由中产阶级价值观所催生的一样笃定。

当马塞尔·杜尚将小把戏从巴黎带到纽约，工业产物小便池正

---

[1] [美]赫伯特·马尔库塞：《单向度的人——发达工业社会意识形态研究》，刘继译，上海译文出版社2008版，第49—50页。

[2] 同上。

同古典主义安格尔一样被列为人类艺术时,这场传统的颠覆开始登上舞台了。反艺术可以看作是达达主义中"达达"一词的前身,两者的传承也预示着拿着开信刀随意一捅便是新词降生的时代来临。[1]源于这一"无意义"艺术追求的号角文化即是两次世界大战之间盛行于欧洲的超现实主义运动,如其主要领导者安德烈·布雷顿(Andre Breton)所说,超现实主义首先是一场革命,在1924年的第一部《超现实主义宣言》中,他更将其细化为"纯粹的心灵自动主义(pure psychic automatism)",同类文学艺术家及电影导演的定义也层出不穷,而观其大体,晓其追求,不外令这一普遍的艺术主张引起主流世界压抑性艺术及规则的深刻改变,并期待同科学和工业的进步达成某种前进的"同步",正如《一条安达鲁狗》的梦境、《记忆的持久》的魔幻,超现实主义文化在两次大战间的勃兴伴随着工业社会带来的"自动化"、"无意识"和"符号化"的特质,这场"颠覆和解放"也最终成为艺术教科书中被经典化的现代形象。与超现实主义运动同时期的北美甚至欧洲,与之对应"迷惘的一代"正在成长,面对世界大战与帝国主义之间的经济竞赛,这一代青年人以"迷失"(lost)名世,海明威在《太阳照常升起》中创造了这一社会名词,体现的精神状态是迷失的、徘徊的,这种巨大的混乱和无目的性普遍体现在同时期的优秀文学中,而如约翰·霍尔姆斯在《这就是"垮掉的一代"》所判断的那样,不同于以丧失信念为其特征的"迷惘的一代","垮掉的一代"却愈来愈需求信念寻找意义,他并不试图去摧毁生活于其中的那个"守旧古板"的社会,只是想

---

[1] 意指"达达"一词的戏谑来源,德国艺术家 Richard Huelsenseck 随意将开信刀插进字典得出 dada。

躲开而已，因此他热衷的只是爵士乐和夜生活的神秘氛围。[1]艺术异化的反叛传统在此形成了形式相悖而实质相似的延续，"自发式散文"正是在此种对"自由"的想象下获得传播土壤，抵制大众文化霸权的控制，发出底层的声音，并最终深入人心，"在路上"也随之成为不可替代的"我"的叙事。

三、爵士乐、录音机：媒介革命中的散文本体启示

我们先来鉴赏以下文段：

> 在美国，别跟我科迪长，科迪短的。我跟他的兄弟在上千家酒吧里喝过酒；我跟摆弄缝纫机的老妓女们宿醉疯狂过——她们比十二年前（那时他的内心还很纯真）的他的母亲还要大上一倍。我在精神病院里学会如何抽雪茄；我在新奥尔良攀上货车车厢；我在周日下午跟印第安兄弟姐妹们一起开车穿越柠檬田……别再跟我说田纳西州孟菲斯市，别拿蒙大拿州斯里福克斯市说事。我还是老样子，在北大西洋自在游荡。那就是我的感受。我听见悲伤的吉他声在山谷另一边，在好早以前的大雾夜中叮当作响。[2]

我们不难发现，以上文本在叙述中抛却了"讲事情"或"想事情"，即叙事和抒情的功能，而是专注于场景的搭建和闲笔的设置，

---

[1] 文楚安：《"垮掉一代"及其他》，四川大学出版社2002年版，第361—368页。
[2] [美] 杰克·凯鲁亚克：《科迪的幻象》，岳峰、郑锦怀译，上海译文出版社2014年版，第694—695页。

这在"垮掉派"作品中比比皆是，它没有精巧的结构，而是注意声音气息的设置；没有过多的陈述，而是强调场景的丰满和样态的繁复；所指没有太强的指涉性，而是将意象群本身拉拽成一种"我"的眼见之景观。首先，就散文语境下的场景功能而言，现实场景、心灵场所和梦境场合失去了明晰的边界，黑山派诗人罗伯特·克瑞里曾在对凯鲁亚克《梦之书》的评价中谈到，假如一个人要讲的故事必须止于意识的寻常界限，或者说为我们自身的理解所局限，它便永远是一个兴之所至的拙劣"梦境"，是仅在有局限性的创作意图下的虚构作品。尽管由于对确定性的执着，人想要待在这样一个白昼世界里，但我们还是召唤出一些人物和场景，其内在含义要远远超越我们表面上理解的或最终能在任何意义上想象的层面，正是当故事自身发生转机，当地点、时间、人物群体成为场景，故事才真正开始了。凯鲁亚克正是为描绘和打开这种人性的场所而发现一种语言，一种不会在进入场景的事实中贸然顶替它的陈述方式。[1] 凯鲁亚克、巴勒斯都公开表述过自己是作为生活介质的存在，巴勒斯认为在书写中自己只是一个录音工具，凯鲁亚克更是被称为"文字的人（word man）"，"自发式散文"的实践和诉求要求他们见证自己生活中的一切场所，并作为"伟大的记忆者"[2] 而体验，以体现关于人类本初生活意志的最强烈表述，以对抗取代生活的审慎与物化行为，或强加给人的反思倾向，这在文学写法和精神呼吁上形成了某种双向统一。

而从修辞角度来看，媒介革命功能在"自发式散文"形成中起

---

[1] ［美］杰克·凯鲁亚克：《梦之书》，林斌译，上海译文出版社2013年版，第1—9页。
[2] ［美］比尔·摩根：《金斯伯格文集——深思熟虑的散文》，文楚安译，四川文艺出版社2005年版，第381—394页。

到了颠覆性的创新作用，"垮掉派"作家与同时代众多爵士乐手的关系紧密，气口和旋律感正是其文本最外显的功能，值得一提的是，此类散文同诗歌一样一度充当了抒情的"号角"，在众多节目和唱片中，甚至是电影《摘掉我的雏菊》里，凯鲁亚克都以洛厄尔口音亲切地朗读自己的作品片段或担任口白，但与自白式文学不同的是，"垮掉派"始终重视文本的音乐性，在霍尔姆斯及凯鲁亚克的小说中，爵士乐的术语层出不穷，且不乏节奏感和即兴性，特鲁多在其博士论文中提出，即兴表演型写作是凯鲁亚克在"自发式写作"传统中的重要创新，即"自发式散文"可以看作是音乐表演在散文书写中的直观体现。[1] 而在《科迪的幻象》中，全书近三分之一的章节都是卡萨迪与凯鲁亚克的录音磁带复述，足见其在《在路上》之后由"写"文学到"说"文学的深刻转变，其对口头文学范式的追求当然与时代媒介飞速的变化不无关系，这也为我们的叙事学探讨增加了直观空间。大多数情况下，我们几乎是无意识地在听/说/读/写中转换，彼此就像是一个事物的两面，都是语言本身，然而这在文学阅读的意义上有重要分别，发声语言是即时性的，其本质是互动的、交际的，是一种听者与说者共同存在并参与的语言行为，然而，写作消除了此行为的即时性，作者与读者间的"对话"被位移或延迟，造成文本置换了作者，导致罗兰·巴特意义上的"作者之死"，这就使读者无法参与其中，只能去推断事物的发生。在这种情况下，伴随着媒介革命与观众必然的转移，凯鲁亚克意识到说话与写作在根本上的不同，因此他的不懈尝试（从《在路上》的长卷轴到《科迪的幻象》的录音实验）也意味着对写作形式的重新审视和

---

[1] Thomas Trudeau. *Spontaneous prose: a performance genealogy of the fiction*. LSU Doctoral Dissertations, 2006:219-227.

革新，[1]放弃既有的文章模式，试图减少写作与说话的差异，并回应着20世纪英美文学特权中写作已超越说话（概念化的语言和结构成为主流甚或权威）的局面，试图重新定义两者的关系，并最终发展出新的文学写作模式。

对照当下，国内以短视频为载体的口头散记式叙述正收获着大量观众，"垮掉派"在"自发性"的传播初期，也仅是作为文学团体，并以长期地下独立出版为主，在"如何说"日益大于"说什么"的今日，"自发式散文"无疑给我们文学过渡阶段以历史借鉴，它在狭义上已超出散文文体的指涉范围，很多情况下是以声音的面目示人，但在广义上它仍然发扬着现代散文式的精神，并不是小说式的设计和布局，也非诗歌式的天降灵感，而是扪心自问，有话便说。

---

[1] Timothy Hunt. *The Textuality of Soulwork: Jack Kerouac's Quest for Spontaneous Prose*. Ann Arbor: University of Michigan Press, 2014:172-193.

最"接近"生活的散文

（张心怡，上海中学国际部）

散文因其文体的宽容性，最容易被选用作表达的载体。但我们选择什么样的内容放入散文，如何组合形式与内容？一是要溯源，理解"散文"文体的边界；二是要结合自身感受，探寻最适宜的情感表达方式。

詹姆斯·伍德在《最接近生活的事物》这本评论集子里用"为什么"一章开篇，"为什么"，表面上在知识框架内质询生命的意义，实际模拟了文学对个体的意义。虽然，他痴迷于其中的是"小说"，但整个推演过程，从今天的视角来看，却能够在更广泛的意义上被理解。

在今天的语境里，有很多关于文体和表达方式的讨论。虚构与非虚构的边界，自媒体语境以及各种层出不同的媒介，貌似都可以作为表达的可选择形式。形式的讨论属于另一个话题，比起形式本身，我在此想要关注的是形式选择背后的动机，也是表达的动机。我们为什么选择了散文来进行书写？"为什么"，这是个很好用的问题。

我们是为了寻找关联。表面上我们记录下的是事情本身，实际上对于大多数书写者来说，我们是在这个过程中理解生活。我们在"事例"中度过，在表达中探索某种"形式"，形成文字，类似于排列组合，在这个完成的过程中，"形式"本身的内涵已经超越了文体，它是我们探索和观看自我与世界的途径之一。这类似于一个隐秘的通道，由"爱"开始，最后需要某些写作上的理性与技巧加以赋形，因作者的主体性，呈现不同的面貌。

伍德是一个从切身经验出发的亲切平易的批评家。正因如此，所以你也能够把他的评论当作散文文本来读。当他在表述对于小说的"爱"时，他说："允许我从惯于隐瞒的积习中逃离出来——部分原因在于，它提供了一个与我的习惯相对称的类似版本，在书本的世界里，谎话（或是小说）被用来保护有意义的真相。"[1]

在具体的阅读和创作中，散文的概念不断地在扩大、缩小，在来来回回的博弈过程中，文体服务于表达，表达的动机是人的情感。"虚构"背后所指的是"那些人物"："即使他们不死，也已经是活过的人。"[2] 那么，因其真实性的要求，散文的情感动机更多地指向，生活过的自我与留下的痕迹。

一、"接近"的喜悦：内容与形式的辨析

散文最接近于生活，与它的文体形式有关系。在普通写作者的心里，"散文"文体因其模糊性、难以界定，因此门槛最低，在写作的早期，或许对其有着一种亲切感。

---

[1] ［英］詹姆斯·伍德：《最接近生活的事物》，蒋怡译，河南大学出版社 2017 年版。
[2] 同上，第 17 页。

然而进入后期，作者产生对于文体本身的敏感与反思，或许能够获得创作上的精进。

在定义上，我们可以在不同的意义上理解"广义的散文"与"狭义的散文"。现在的"散文"之名来自于"essay"，是狭义的散文。"prose"是广义的，把散文的很多界限打破。先秦的诸子散文，后来的史传、策论、墓志、随笔、信札等，非虚构，以及其他新的文本形式，都属于广义的散文。怎样的生活经验能够被放入小说，需要经过一个与自我疏离的阶段。而散文的书写即标榜从自我经验开始，广义的散文给我们提供着更多和现实生活联结的抓手。比如，名人先成为某个领域的"名人"，后成为散文写作者，对于工作、行业本身的书写往往带有自传性，李安的《十年一觉电影梦》，贾樟柯的《贾想》，许鞍华的《许鞍华说许鞍华》中自述部分，诸如此类。

然而这种亲切感真实吗？在理论讨论中，试图将散文与非虚构加以区分时，我们强调散文和私人体验之间的重要关联，散文文体看起来很宽容、吸纳性强、门槛低，问题在于，如果离开对于文体本身的认识与反思，会失去"散文"中特殊和重要的东西。李安可以在散文里写，"这本书记述了我电影生涯前十年的第一个大高潮"，"一切并非故意，而是自然发展的结果"，"帮我将那些隐藏在旮旮角角的困惑再次翻出，去理清楚、连起来"[1]。这样的写作自有其社会背景的补充，像一个外部情节。然而当我们接近那些更为日常性的生命体验时，失去外部情节的补充，则是命名方式的寻找。

"一切并非故意，而是自然发展的结果。"这样从容的表达态度只能是宏观感受上的，具体到细微的写作动机，从内容到形式的命

---

[1] 张靓蓓：《十年一觉电影梦：李安传》，中信出版社2013年版。

名过程，在边界宽泛、概念模糊的"散文"概念下，我们需要对于文体本身的认识与反思，在命名的过程中加以界定。

一方面是源于抵抗和区分。自媒体时代发表媒介的权威性被打破，发表不再接受传统期刊和编辑的选择，散文的形式得以丰富，但这其中的滥觞是，许多散文创作缘起于对个体经验的内视，倾向于抒发与倾诉，带有浓烈的感情色彩。在心理学上有"表达性写作"的概念，即"在一定时间内按照特定主题——围绕某一创伤事件或者压力事件，对个人情感和想法进行表达的写作"[1]。它是心理干预方式之一，被研究结果证实有用。但它并不属于文学建构的概念。也就是说，当我们以文学审美的角度来看，"表达性写作"是值得警惕的。散文的"个体性"并不使得它成为一个装满倾诉之物的容器。因为这里的"个体性"并不等同于个体经验。以此为例，"广义的散文"需要我们批判性地接受。

这就涉及另一方面，源于对形式本身的审慎与钻研兴趣。从内容上回到最初的问题，很多经典的散文文本都指向生动的个体经验，但什么样的经验适合被放在散文里？简媜作为专业的散文作家，从早期的《水问》《女儿红》《只缘身在此山中》到中晚期的《红婴仔》《梦游书》，她在朝向自我的书写与涉足外部领域乃至宏大主题之间反复尝试。"一种漂泊和放逐的行走的生命观"[2]，这是天然的两个维度——"向内"与"向外"。

当我们看到同一位作者在生命的不同时期、甚至相同时期的不同作品里，处理不同的生命体验时，在形式上产生着变化，却有着

---

[1] 朱晓斌、张莉渺、朱金晶：《表达性写作研究进展》，载于《宁波大学学报》2010年第4期。

[2] 何平：《梦游者天堂——简媜散文试论》，世界华文文学论坛2003年第1期。

相同的作者主体显现。当散文中的叙事者身份在游走变幻时，并不体现为和日常生活的纠结缠绕，而是将日常生活与个体化书写，嵌套进作者主体存在的确证和"行走"的生命观中。但传媒的发展，表达形式与渠道的多样，期刊编辑选择权威的削弱，以及散文本身看似与生活极其接近的文体迷惑性，会让散文接近日常生活的同时，也接近时尚。作者主体性的强调无疑是一种处理方式。

另一种则是回归本质的情感，以文字去追凿情感，最终却不以直白的抒情加以表示，而代以朦胧的表达，显示出写作者本身真实的"人"与情感。这往往出现在诸多近代散文的表达之中。云南人民出版社在1998年出版过一本由陈引驰、杨扬、傅杰编选的《悲情散文精品》。在序言中钱谷融先生写道："散文要有真性情，它不受拘束，最忌造作，要自由自在，逞心而言。"[1]"我对散文，要求的是真诚、自由、散淡。能够成为一个散淡的人，真诚地写作，就可以达到自由的境界，写出真正令人爱读的散文来。"[2]

顾随在《驼庵诗话》里将"韵文"与"诗"放在一起对比，突出其思想性。"普通都以为韵文表现感情，余近以为韵文乃表现思想。"[3]林贤治则将"真实性"放在第一位。"散文精神对于散文的第一要求就是现实性。唯有现实的东西才是真实可感的。"[4]然而他又如此归纳——"散文对自由精神的依赖超过所有文体。"他引用洪堡特的话，"诗歌只能够在生活的个别时刻和在精神的个别状态之下萌生，散文则时时处处陪伴着人，在人的精神活动的所有表现形式

---

[1] 陈引驰、杨扬、傅杰编：《悲情散文精品》，云南人民出版社1998年版。
[2] 同上，第5页。
[3] 顾随：《驼庵诗话》，生活·读书·新知三联书店2018年版，第42页。
[4] 林贤治：《中国散文五十年》，漓江出版社2011年版，第3页。

中出现。散文与每个思想、每一感觉相维系"[1]，都与上面两点相呼应。这样的个人经验、内心体验，需要一个精神性、思想性的观看视角，强调看到这些细节的主体——"人"。这个人的丰富情感，即内容，在精神与思想层面，与这个世界发生着共鸣，所以落点还是真诚。林贤治说："作家必须真诚。由于真诚，散文写作甚至可以放弃任何附设的形式，而倚仗天然的质朴。对于散文，表达的内容永远比方式重要，它更靠近表达本身。"[2]

二、"接近"的警惕：事例与形式的组合方式

真正对散文感兴趣的作家会有文体的自觉意识，除散文的文学性将之构筑的区界之外，还有散文与小说的区界、散文与诗的区界。这是最表层的"形式"。简媜在《梦游书》的自序里说："从另一角度看，其实并不存在清楚明白的规矩叫'散文'，只在与其他文体并列时才出现相对性的存在'散文'……这意味着作者可以在'散文'的大名号下自行决定他所要的面目。"[3]这既点明了散文创作所存在的宽阔的腹地，也点明了相对性存在的重要，即内容与形式组合逻辑背后的"为什么"，要通过形式的具体细节来表现。

语言是首要的，同时存在着表现形式的明显和本质的有限性。事例最开始被表述的时候，一定是出于偶然，在这里是一个被"命名"的过程。骆玉明老师在《〈世说新语〉精读》里谈到"名教"与"自然"的问题："话语可以表述真理却不可能到达真理，当人们表

---

[1] 林贤治：《中国散文五十年》，漓江出版社2011年版，第14页。
[2] 同上，第3页。
[3] 简媜：《梦游书》，九州出版社2014年版，第4页。

述真理时就已经离开了它；而名虽然可以用来指称事物，'名'与'实'却是永远也不可能结合为一体的。"[1] 人们应对这样表达的困境时，所能够采取的举措就是"雕刻内情"。

在这里，"名"与"实"的分离包括：削弱、误读、伪饰。但语言固有的局限是认知意义上的，它是我们心存敬畏的东西而不是创作的障碍。"文字的速度却永远跟不上冥思的脚跟"[2] 像这个散文集子的题目"只缘身在此山中"，是一种客观的困境。但以简媜的创作为例，被评论家誉为最"中文系"的散文家，在她数量颇丰的创作中，她一直在不同阶段中探索着语言与生命体验之间的关联。"三月的天书都印错"[3]，是一种隐喻性的表达，文章中人与人之间的误解，也是文字与读者之间的困境。《渔父》中以寻找失落的父亲作为情感脉络，在文本的解读中，与作者本人经历的缺失、情感的困惑与疗愈有关。情感的触发点是对原生经验的观照，慢慢延伸，语言建构渐渐地成为清醒自觉的行为。《天涯海角》在题材内容上将自我经验嵌套进历史叙事的维度，是新的表达尝试。《只缘身在此山中》和《梦游书》则是对周围"有情"世界的观照，涉及外部的自然与人事。

但简媜的自省，或许是专门从事散文写作的写作者对于文体、内容与表达的自觉。"这些负载着各种不同意义的文字，仿佛是沙漠中流浪的骆驼队，不知将夜宿何处。"[4] 她用很意象化的语言表述语言的有限，所以对于其中事例的排列组合方式永远持保留意见。语言

---

[1] 骆玉明：《〈世说新语〉精读》，复旦大学出版社 2016 年版，第 33 页。
[2] 简媜：《只缘身在此山中》，九州出版社 2014 年版，第 2 页。
[3] 简媜：《女儿红》，九州出版社 2019 年版，第 2 页。
[4] 简媜：《只缘身在此山中》，九州出版社 2014 年版，第 1 页。

与生命体验对照起来看:"创作,实在像长途探险,每本书都只是一个驿站。在这本书里,我希望有系统地去整理自己的所思。"[1]"希望这一路履痕,亦有助于其他人。"[2]所以在简媜创作的中后期,当她写作《红婴仔》时,怀孕、生产、育婴,几乎是女性写作中天然、真诚、陌生化和极富有读者预设的具体内容。然而在对比中我们发现,她语言的表达方式全然发生了变化,变得朴素平实、就事论事,也完全脱离了意象化的、曲折的表达,甚至有些文字具体到成为生活的记录。

习惯于简媜文笔的朋友会感到诧异,艺术优劣暂且不论,当需要在"语言"的表达层面看到形势与内容之间的组合关系时,这背后的"为什么"引发我们的兴趣。客观的题材变化,主观的表达探究,使得感情和生命体验的基调,以及表达出来的认识和阐释都大为不同。

既然,无名才是世界的本真状态,名实不符合是永恒存在的困境,表达的驱动力是对于内情的雕琢,以"华丽"或"朴素"这样笼统的词来进行划分,对于精神与情感,既不能贴切也不能穷尽。在"个体性"被强调的20世纪90年代,对应简媜写作的早期,强烈的情感表达、繁复的意象、倾诉与被倾听的渴望,使得作品呈现为一幅个人漂泊游荡的情感画卷。后面,在题材的扩展、表达方式与深度的探索等方面,都是进入具体文学审美层面的建构过程。像"梦游书",作者自己描述,散文是不受控制的稿纸。语言看似可被孤立分析的表达形式,实则是给自我经验和对世界的阶段性认识命名的过程。这个命名,使得单纯的经验表达之后,我们看到作者主

---

[1] 简媜:《只缘身在此山中》,九州出版社2014年版,第2页。
[2] 同上,第3页。

体的身影。"个体化"的视角使得散文成为独立的个体，自由生长，像虚构一样，是活过的人，独立的人，拥有独立的情感与生活。

如此强烈的"个体性"与个体经验复杂性的强调，无疑受到许多文化思潮的影响，如个人主义与现代性的影响与反思。但在现代性的思潮传入初期，在散文中我们的经验表达方式是新旧参半的，还有许多写实、含蓄、朦朦胧胧的表达。在陈引驰、杨扬、傅杰编选的《悲情散文精品》中，序言里钱谷融从诗开始谈起，"中国是一个诗的国度"，诗的滥觞有《诗经》、《楚辞》、陶谢李杜等；"中国也是一个散文的国度"，在同一时空内，两者是相互映照、区分的。"散文"一词来自于翻译，因此在确立之初，就需要回答中国古代散文传统的身份确立问题。其中有两个对照维度，一是中国古代"诗"的传统和"散文"的传统。"散文的范围、体式，最为广阔无边，门类之广，品种之繁，几乎历数不尽。中国的散文，一向是与韵文、骈文对称的，凡不属于诗、词、歌、赋以及曲子之类的篇什，都称为散文。"二是中国古代散文传统和西方散文传统，"但现在一般人所爱读的散文，则范围并不这样宽泛，指的只是美文，或者英国人称之为 Essay 的一类……'五四'时代的新文人，在当时为了向沉重地压在头上的古老传统开战，不得不求助于外力，而向异域去搬取救兵"[1]。

两者交汇作用在事例与形式的组合方式中时，我们一脚在新，一脚在旧，看到的是语言、结构等具体表达方式背后的情感表达，在挽留、惋惜、哀叹背后，对于个体道路的哀伤，对于时代命运的迷茫，抒情不是直接通畅的，而往往曲折、隐晦、繁复。最早的表

---

[1] 陈引驰、杨扬、傅杰编：《悲情散文精品》，云南人民出版社 1998 年版，第 1—5 页。

达是诗。诗是感发,孔子曰:"兴于《诗》。"(《论语·泰伯》)诗是认识,孟子曰:"定于一。"(《孟子·梁惠王上》)后来我们再听到:"修辞立其诚。"(《易传·文言》)这是努力与信念。诗含蓄、深沉的情感表达方式也渗透到散文里,《古诗十九首》中有这样一句:"盈盈一水间,脉脉不得语。"这是中国古人的一种情感表达,与"五四"时期向西方求取的近代性思潮相对照,是言有尽而意无穷的。

这本从特殊角度切入的《悲情散文精品》中,以"悲情"为线索,进行了"感怀""怨别""哀恋""忆旧""悲悼""伤时""思乡"的情感分类与表达。以"哀恋"一章为例,里面脍炙人口的名篇多以叙事、抒情为主。

> 我不很明白做婊子这些是什么事情,但当时听了心里想道:"她如果真是流落做了,我必定去救她出来。"
>
> 我那时也很觉得不快,想象她的悲惨的死相,但同时却又似乎很是安静,仿佛心里有一块大石头已经放下了。[1]

> 我十年不回家了,据家里来的人说:"月英已嫁了一个木匠而且生了几个孩子了呢。"
>
> 我在漂泊的天涯里为月英喜悦,祈祷。她在我心里留下的痕迹,正同在我唇下留下的伤痕一般,是永远不能消灭的。[2]

朦胧的感怀、隐晦的表达覆盖了直接抒发的爱、爱过、失落与

---

[1] 陈引驰、杨扬、傅杰编:《悲情散文精品》,云南人民出版社1998年版,第152页。
[2] 同上,第157页。

反思等情感。使得除了个人性的具体哀痛，还具有着认识论方面的视角，是对世界的认知的错位与矫正，个体性不是一个署名，而是情感表达背后的感知方式、作者个体、观察眼睛。这里的表达方式也可以称之为一种"觉醒"与发现，林贤治引用魏晋时代文学自觉的例子，称之为创作主体对生命本体及其表现形式的独异的发现。

几乎同一文学发展时期，何其芳的《画梦录》是更典型的例子。表达方式上，他在诗歌与散文的不同体裁之间进行结合。笔法如梦似幻，内容既有写实、也有哲思，充满了现代性的迷茫。而他的书写形式，不是像简嫃一样，力图在庞大的体系里面建筑散文书写的脉络，而是一种历史文化与私人感受的梳理，但也不是一种贴近日常细节的表达。他放进散文里的内容，并不天然地能够被放入常识之中。《扇上的烟云》（代序）中所写的形式与内容都可以作为此部散文集丰富的"审美体验"：

"你那时到哪儿去？你这些话又胡为而来？我一点也不能追踪你思想的道路。"

"于是我很珍惜着我的梦。并且想把它们细细的描画出来。"

……

"那么我将尽我一生之力，飘流到许多大陆上去找它。"
"只怕你找着时那扇上的影子早已十分朦胧了。"[1]

他写了初秋的薄暮和暮色下的墓；写了静悄悄庭院里的秋海棠

---

[1] 陈引驰、杨扬、傅杰编：《悲情散文精品》，云南人民出版社1998年版，第1—3页。

和思妇；写雨前最后的鸽群……也写像在小说里出现的人物，"丁令威忽然忘了疲倦，翅膀间扇着的简直是快乐的风"[1]，或者是货郎，"鼓在货郎手里响了起来"[2]。

无论是含蓄的表达，有意味的沉默，还是隐藏在繁复意象背后的强烈情感。散文与生活的连接方式始终是因人而异，并在持续变动中的。因为它的本质是文字背后的人，以及人表达的需求和方式。人探寻自我与世界的关系，在这个摸索的过程中产生了被我们"命名"的艺术形式。

它真正与生活的关系，答案千差万别。我们要去完成这个答案，以充满个体性的方式，如伍德在《最接近生活的事物》开篇引用的这段话："艺术是最接近生活的事物，它是放大生命体验、把我们与同伴的接触延展到我们个人际遇以外的一种模式。"（乔治·艾略特，《德意志生活的自然历史》）

---

[1] 陈引驰、杨扬、傅杰编：《悲情散文精品》，云南人民出版社1998年版，第29页。
[2] 同上，第39页。

辑三

课堂的翻转

新媒体时代散文的可能性

(朱婧,南京师范大学文学院)

说到现代散文的源头,郁达夫20世纪30年代在《中国新文学大系·散文二集》导言中认为,在五四运动、个人的发现、思想的觉醒和文字的自由等几个前提下,散文"就滋长起来了"。各种文体中,小说、诗歌和话剧相对而言都有审美难度和准入门槛。唯有散文可以接纳更多的普通写作者,可以说是真正意义的国民文体。所以,郁达夫才会说:"正因为那种不拘形式的散文的流行,正因为引车卖浆流的语气,和村妇骂街的口吻,都被收到了散文里去的缘故。"[1] 现代散文的内容范围得以扩大。其实,扩大的不只是题材内容,也是国民的文学生活疆域和精神边界。现代散文能够被大众参与和分享,自然离不开现代传媒变革。"五四"以后,白话文报刊大量涌现,发表散文的媒体,有像《新青年》以思想文化见长的;有如《语丝》专事散文随笔的;而《创造》《现代》这些综合性文学刊物也都有散文的一席之地。尤其值得注意的,是各种类型的报纸

---

[1] 郁达夫:《郁达夫文论集》,浙江文艺出版社1985年版,第655—658页。

副刊，像鲁迅发表了许多杂文的《申报》"自由谈"，它们包容了自由、短小、可读性强的"小"散文，直接面对受过基本现代教育的普通读者。当代散文也不例外，除了专门的杂志，像《人民日报》《文汇报》《解放日报》《羊城晚报》《光明日报》等副刊都是重要的散文发表园地。特别是上个世纪八九十年代以来，大众传媒的复苏和繁荣直接带来散文的复苏和繁荣。其中，一个引人注目的现象，就是散文专栏作家的大批出现，比如大家熟悉的王小波就给《辽宁青年》《三联生活周刊》《中国青年报》《南方周末》等写过散文随笔专栏。

新世纪前后，从网络接入到移动终端的普及，如果不把网络文学局限地理解为大型网文平台发布的长篇叙事，可以说，正是网络新媒体使得散文蓬勃地滋长起来。而且，和前此散文生产和消费完全不同。更多的普通读者同时也是散文的写作者，全民写作成为可能。"因为市场力量和文学分化互动关联，又因网络文学受众身份的特殊性（既是信息接受者又是通过微博、微信等媒介发布信息者），促使各种冠名为散文的产品大量涌现，散文成为一个时代的便捷式文体。"[1]

确实如此，就散文而言，网络文学二十年，从最早的榕树下到天涯社区"散文天下"等的文学论坛时代，到博客，再到微博、微信、APP时代，网络技术不断更迭，散文的版图不断扩张。今天的豆瓣阅读、腾讯大家、网易人间、"ONE一个"、简书以及微信公众号积聚着新散文创作的潜能。以豆瓣阅读为例，活跃的散文作者就有沈书枝、宋乐天、风行水上、黎戈、张天翼、邓安庆、苏美、王

---

[1] 周红莉、丁晓原：《近五年散文创作的六个关键词》，参见荣跃明、王光东、陈占彪主编：《上海文学发展报告2018版》，上海书店2018年版，第62页。

这么、方悄悄、北溟鱼、詹晨、安提戈涅等，他们的网络写作已经不是偶尔为之，从日常网络写作、发表到线下纸媒图书出版，逐渐形成一整套新的文学生产和传播方式。而近几年最显著的新散文的平台当属微信公众号。欧阳友权提出微信文学的概念："微信文学是指在微信平台上承载的文学作品，它可以是微信用户通过 WeChat（微信软件英文名）创作并发布的原创文学作品，也可以是在添加为微信联系人、朋友圈、公共微信号、私人订阅号中凑到的文学作品。"[1] 姑且不论现在是否可能按照书写文学史的方法去收编新媒体中各种文学样态的新变，公众号的散文创作是否可以归类为微信文学中兴盛的一支。我们可以关注到散文的文体的可能性确实在新媒体尤其是公众号的平台得以拓展。

期刊制度很大程度上影响着散文的形态。散文从创作到期刊发表，会受到主流的意识形态、期刊内容的期待要求、期刊编辑的审美趣味等诸多影响。散文这样一种最需要包容性以形成个体风格的文体，在传统报刊制度中很难得到完全的包容和接纳。甚至传统报刊制度以及与之配套的评奖制度，会形成一种散文惯例和文体想象，甚至影响到散文的题材和技术。我们看中国现代散文的主流往往是题材常取风土地域人情，方法常仿照"小品文"的遗风，知识写作并文人雅趣，如此中规中矩而无有生趣的散文多矣，甚至因为文体之范式、操作之熟练可以完成批量的生产。文学期刊中的这部分散文是日积月累成为套路散文。

新媒体开拓了散文生产和传播的空间，激发了散文文体的潜能。自媒体平台发表的方式，使得普通写作者可以让作品第一时间接触

---

[1] 欧阳友权：《微信文学的存在方式与功能取向》，《江海学刊》2015 年第 1 期。

到读者，而非被一种标准挑拣或修正。从这个意义上说，新媒体时代的最大获益者是散文。在接受"界面文化"的采访时，陈平原提出，随着互联网普及，21世纪有两个文类会重新崛起，一个是散文，一个是诗，原因正在于两者的"业余性"。换言之，尤其是长篇小说，哪怕是网文都需要充分的审美准本，还要有充沛的时间和体力，以及技术，但写诗和散文，尤其是散文，却没有这些硬性要求。[1]因此在公众号的平台，散文这个形式也是首选。"用户将文字与图片、音乐、视频等形式相结合，依托微信平台，主要发表于朋友圈和公众号订阅等微信公共空间（包括微信好友之间的文学内容分享）的新文学文本形式。除了发表日常的生活记录和感悟的朋友圈以外，还有很多结构严谨的文学作品，这其中有诗歌、散文和小说等各种文体，但是总体来看，以散文居多。"[2]

更重要的是散文观念的涤新。从中国现代散文传统看，"对于正统文章'载道'功能的消解，其实是现代散文发达的奥秘。承认文学'个人自己为本位'，着力于耕耘'自己的园地'，必然导致风格的多元化"[3]。网络新媒体滋生新散文自然不只是写作和阅读、传播方式，而是一种新的审美可能性——文学无缝对接并改造个人的日常生活；与此同时，个人的日常生活被"文学性"地展示出来。在公众号的散文写作中，我尤其关注到的是承载家族记忆中的历史信息，关系个体生命的哀痛的一部分。这也是我在最切近的身边人

---

[1] 参见张之琪：《北大教授陈平原：公众号未必出不了散文大家》，"界面文化"2018年10月22日，《文摘报》2018年11月6日。

[2] 周海波：《新媒体时代的文体美学》，广东高等教育出版社2019年版，第201页。

[3] 陈平原：《中国现代散文之转型》，参见张志忠主编：《散文批评三十年》，武汉出版社2015年版，第167页。

的公众号散文作品（作者王亚芳的散文）[1]中的感受。吴义勤在主持的散文专栏中说过："散文虚构的武器始终是受限的，不管是潜身于烟波浩渺的史料，还是涉足于不曾被文字记载的乡野，散文始终是从此在的人出发，带着'这一个'人的气息、记忆去跟内心、环境、时代、历史博弈和周旋。因此，散文往往是最有'人味儿'的文体，也是现实感最强的文体。散文里的人和现实跟生活最具同构性。"[2]王亚芳的《安安：爷爷，你这个眼睛坏的喽！》写出了"这一个"人，正是通过素描家庭中爷爷的形象，勾连出平凡不过又颇具波澜的家族史的故事，贫穷、哀痛、恐惧的记忆和生机、韧性、向上的力量。爷爷是并非无疵的丈夫、父亲、爷爷，他有真实的人性具体和细节，展现出雷达所说的"毛茸茸的鲜活感受"。雷达同时也在访谈中表达过，不论是大人物还是小人物，是尊贵的人还是卑微的人，"只要他负载的信息有足够的精神含量，那么就具备了使用散文这一形式的条件，把它们记述下来就是宝贵的"。"中国散文的叙事记人，有极深厚传统，弄不好它会变成一种模式的重压，也容易呆。我想，活文恐怕首先得关注人的生存状态和情感困境，包含细腻复杂的人性之困和情感矛盾。"[3]像王亚芳这样的普通人的散文写作，却无意抵达了"活"，至少在我的个体观感中，胜过了"那种没有生命力的干干净净、漂漂亮亮的东西"（袁凌语）。她放松的写作姿态或是抵达的原因。同时其实正是基于一个现代知识女性对于家

---

[1] 王亚芳的作品，后刊于《雨花》《新华日报》《扬子晚报》等刊物。后文提及的《安安：爷爷，你这个眼睛坏的喽！》刊于 2023 年 8 月 7 日"坡子街笔会"公众号。——编者注

[2] 吴义勤、陈培浩：《当代散文——主持人语》，《广州文艺》2018 年第 8 期。

[3] 雷达、舒晋瑜：《创作的因素较弱，倾吐的欲望很强——访中国小说学会会长、散文家雷达》，《中华读书报》2018 年 1 月 31 日第 7 版。

的概念的理解,和家所形成的人和人的羁绊的理解,才使她把小家庭的安宁与幸运与长辈所处的时代和生活背景勾连,续写属于家族史叙事的一部分,这是微小的社会原子一般的小家庭的故事,也是变幻的大时代里面普通人的精神实相。这样的写作是否有文学的前途呢?其核心意味又是否在文学的前途呢?陈平原在访谈中说:"你会发现一些人才华横溢,出口就是好文章,他可能没有受过很好的专业训练,但因为经历、因为才情,也因为他自由的写作心态,反而能写出很好的散文。写散文最关键的是写作的心态,心态好,就很可能写出好文章,不管是长还是短,是文还是野,它都能流传。那种端着写论文的架势的,反而效果不好。"同时他指出"因为今天的写作姿态,恰好是随心所欲地挥洒。这十年来各种公众号里出了很多好文章,这些东西是不是日后成为散文经典,很难说,也许就是"[1]。虽然新闻平台将"公众号未必出不了散文大家"列题难免有吸睛之意,但这一类写作,在不是为作家个人立传,而是为时代的书写中,在生生不息的细民稗史的书写中或已让自己融身成为正典的一部分。

再来看看青年写作的重要空间豆瓣。豆瓣阅读有两个标签值得关注:一个是"广播",另外一个是"日记"。"广播"是类似微博和微信朋友圈的即时记录;"日记"则是经过沉淀和文学重组的个人生活。或谈阅读、观影,或记录个人的日常细事。新媒体散文写作几乎都是"日记",或者"日记"的变种。可以说,网络新媒体对个体日常生活差异性的尊重,造就了一个"私散文"时代。网络新媒体滋长出来的新散文也给传统散文边界带来挑战。"日记"诚实坦然,

---

[1] 参见张之琪:《北大教授陈平原:公众号未必出不了散文大家》,"界面文化"2018年10月22日,《文摘报》2018年11月6日。

切近散文本质，但有些作者刻意模糊写实和虚构的边界，陌生化日常生活，召唤读者的共情共鸣。写人记事可能是新媒体散文最动人的部分，比如沈书枝和张天翼在豆瓣阅读发表的同题散文《姐姐》，直面、实录家庭的隐秘真相，毫不掩饰的真实是其动人的内在力量。但同样是写人，像蒲末释的《寒冬旅人》，就有读者疑惑它是散文还是小说。还有一个问题，网络新媒体呈现的往往是文字和图片、视频并置的综合文本。尤其较为先锋化、时尚化，以青年人为目标用户的新媒体平台，如果作者过度沉溺自我的表演，文字有可能沦为一种装饰性的"软文"。专注于表演、被观看和被注意，不利于文字的深度和深刻，进而带来新媒体散文过于偏向和偏执"轻"阅读。因此，新媒体滋生的新散文，未来如果要有一个好的前景，需要写作者更多的审美自律和文学进取心。

全民写作时代，新媒体尤其公众号的散文创作呈现出的狂欢的姿态中，固然如我们所说，在题材内容和精神上都呈现了很多可能，同时也催生了大量碎片化、庸俗化的作品甚至产品，但它们也是"当代文学生态的某种真实景观"。如何让新散文成为真正属于当下时代的"新文体""新形式"，在新媒体时代的散文写作，借助规则和框架已并非难事，但内在的精神力量、审美趣味和知觉感受力，相比成熟的技法与意义框架，或许是更必要的元素。如此"为时代日益复杂的心灵制造'匹配价值'"，如一些研究者提出"为解密当下时代的风貌提供丰富样码"，"为我们深度抚触一个时代的现实与精神创造可能"[1]。

---

[1] 周红莉、丁晓原：《近五年散文创作的六个关键词》，参见荣跃明、王光东、陈占彪主编：《上海文学发展报告 2018 版》，上海书店 2018 年版，第 62 页。

从歌谣到羊皮：
古英语散文传统的开端

（包慧怡，复旦大学外文学院）

公元409年，最后一批常驻不列颠的罗马军队撤离岛屿，不列颠（Britannia）从一个偏远的罗马行省恢复成了权力真空的无主之地。此后约一百五十年内，以盎格鲁人、撒克逊人和朱特人为代表的日耳曼诸族从今日德国与荷兰北部、斯堪的纳维亚半岛南部远渡重洋而来，在不列颠主岛上建起了星罗棋布的日耳曼政权，至公元六世纪后逐渐形成七足鼎立的局势，史称"七国统治时代"（Heptarchy）——这也是《冰与火之歌》中维斯特罗斯七大王国的历史原型。

出自七国的史家们将这一过程称作"撒克逊大冒险"（Adventus Saxonum），但不列颠岛上的原住民——属于凯尔特族的不列颠人（Brits）或称布立吞人（Britons）——却称之为"盎格鲁—撒克逊征服/入侵"（Anglo-Saxon Conquest/Invasion），这也是今日多数史家采取的措辞。没错，在拙于战事、多信基督教、在盎格鲁—撒克逊人手下失去了故土、被迫向西迁移去不列颠岛的边地定居的不列颠人看来，来自北海彼岸的这些崇拜奥丁和托尔的日耳曼蛮族，是比之前的罗马人落后和糟糕百倍的征服者。罗马人带来了筑石工艺、军事保护和相对稳定的政局,建起阡陌纵横的公路、驿站、灯塔和抵御北方蛮族皮克特人的坚固长城,而日耳曼人带来的只有战乱、饥荒、废墟和黑暗——他们甚至没有书面文字!

当然,这些入侵不列颠的日耳曼部落从家乡带来了彼此接近的本族语言,但除了用少量石刻或木刻如尼字符计数和标记地界,他们不事书写。一如塔西佗在《日耳曼尼亚志》中所哀叹的:"歌谣是日耳曼人传述历史的唯一方式。"在公元400年至公元600年也因此被后人称为"真正的黑暗年代"——不同于文艺复兴史家对中世纪进行整体污名化而采用的、如今已被学界摈弃的"黑暗时代"的提法,早期盎格鲁—撒克逊时代因其一手文字材料的全面匮乏而"黑暗",也就是说,"陷入了黑暗中"(in the dark)不是他们的文明,而是对这一时代知之甚少的我们。生活在这两百年间的盎格鲁—撒克逊人(这是对所有定居不列颠的日耳曼诸族的统称)绝对无法想象,自己的语言——盎格鲁—撒克逊语,两个多世纪后将被统称为"古英语"(Old English),即"盎格鲁人"(Anglecynn)使用的语言——会成为今天全世界使用人数最多的语言的祖先。

我们拥有的第一份古英语文学文本约创作于公元657年至680年间,不出意料,它是诗体,而非散文。确切地说,它是塔西佗所谓的"歌谣"。这首史称《凯德蒙颂歌》(*Cædmon's Hymn*)的古英语短诗全文如下:

现在我们将赞颂	天国的守护者
统御者的大能	祂心灵的蓝图
天父的作品	恰如荣光周遍的祂
永恒之主	最初所设立的。

— 215

起先他创造　　　　　为了大地的孩子们

作为屋顶的苍穹　　　那神圣的造主；

然后创造中土　　　　那人类的守护者

永恒之主　　　　　　接着又装点大地

为了人类　　　　　　那全能的掌持者。

（包慧怡译）

　　《凯德蒙颂歌》的古英语原文有几个显著的风格特点，尽管拙译已努力在汉语中复制，但必然还是在翻译过程中损失原貌。首先，古英语诗歌每一行都遵循的共同韵式是行间停顿（caesura）和押头韵（alliteration），两者相辅相成。行间停顿后的第一个词（后半句的首词）一般自动被确立为头韵基词，也就是说，前半句至少有一个单词（通常是两个）的词首辅音要与头韵基词的辅音相同；此外，所有元音都自动算作押头韵。铿锵有力的头韵使得古英语诗歌具有荡气回肠、阳刚气十足的声音特色，与其最常见的主题（英雄屠龙、战场风云或颂圣赞歌）十分匹配，迥然不同于后世中古英语从古法语引入的余音缭绕的柔和尾韵；再次，古英语诗歌中充满被称作"迂回修辞"（kenning）的合成短语（compound phrase），《凯德蒙颂歌》的短短九行中，光表示"上帝"的称呼就有不下七种——"天国的守护者"（hefænricæs uard）、"神圣的造主"（haleg scepen）、"人类的守护者"（moncynnæs uard）、"全能的掌持者"（frea allmectig）等——类似于汉语中的偏正结构。这类不愿直呼其名，喜爱复合表达的修辞习惯与古日耳曼人嗜好猜谜的心智习惯有关。我们会在别处看到他们管大海叫"鲸鱼之路"，船只叫"大海的骏马"，鲸鱼叫作"海猪"，火焰叫作"椴树的毁灭者"，武士是"持利器的梣树"

和"能战斗的苹果树",剑是"铿亮的青葱",马是"咬嚼的舟",蛇是"荒原上的鱼",狼是"奥丁的猛犬"或"女巫的坐骑",黄金是"河上的火焰"或"巨蟒的火焰"……这种习惯同样常见于古英语散文中;最后,全诗的句式充斥着大量同位语(apposition),也就是将大量描述同一事物或场景的平行结构(parallel structure)穿插在句子的不同位置。在克服起先的异质感后,原文一唱三叹、自我回应的风格不难被我们体会,而这一句式特色也会在后世的古英语散文中得到鲜明保留。

值得注意的是,《凯德蒙颂歌》虽是已知最早的古英语文学文本,却并没有一手抄本存世,它是作为引文而夹杂在比德的《英吉利人教会史》(Historia ecclesiastica gentis Anglorum)——一部完稿于公元735年的散文编年史中保留下来的。"可敬的比德"(Venerable Bede)被誉为"英国历史之父",他用拉丁文写作的《英吉利人教会史》和一个半世纪后阿尔弗雷德大帝在位期间编撰的古英语《盎格鲁—撒克逊编年史》是英国历史写作的两部开山之作,两者分别以欧洲通用的菁英语言(拉丁文)和盎格鲁—撒克逊人的本族俗语(古英语),为后世英国的散文写作传统拉开了壮美的序篇。而原先仅作为口头语言通行的古英语能够自公元7世纪以降逐渐形成稳定的书写系统(借用罗马字母表,保留个别如尼字符),兴起为一门越来越兼收并蓄的文学语言,首先得益于6世纪末至7世纪基督教在不列颠岛的广泛传播。

公元597年,来自罗马的传教士奥古斯丁应格列高里教皇("伟大的格列高里",Gregory the Great)派遣抵达肯特,成功使得肯特国王埃塞尔伯特(Aethelberht)及大批王室贵戚皈依基督教。此后约一个世纪中,一神论基督信仰自南向北传播,逐渐取代了盎格鲁—

撒克逊人故有的日耳曼多神信仰（奥丁、托尔、芙蕾雅等），到了7世纪末，不列颠岛上大多数盎格鲁—撒克逊人均已成为基督徒。随之而来的是对书写和阅读能力的迫切需求——基督教毕竟是一种依托于圣书的宗教，读写能力对于岛上不断增加的教士和僧侣阶层日趋关键。牧师们虽然多用拉丁文阅读，面对大多完全不懂拉丁文的教区信众却需要用古英语布道、助祷、主持仪式，这个过程促进了盎格鲁—撒克逊人本族语言的书面化。

另一方面，西撒克逊的阿尔弗雷德大帝（Alfred the Great）在任期间大举推进"古英语复兴运动"，身体力行地从拉丁文翻译了大批散文作品进入古英语，包括波伊提乌斯《哲学的慰藉》，格列高里教皇的《教牧关怀》，奥罗修斯的《驳异端史》等。这些作品虽然常被归入哲学散文、教理问答或历史写作等文类，但无一例外都包含大量生动的对话、诗歌、传奇故事等"文学"细节，堪称早期古英语散文的典范。今天标准下的文类细分在中世纪大多时期并不存在，被书写下的作品往往并不区分历史与故事，事实与传闻，它们同时包含史学、文学、宗教与哲学元素。击退丹麦维京人入侵并统一七国后，以西撒克逊（West Saxon，即 Wessex，"威塞克斯"）为核心向不列颠各地辐射，阿尔弗雷德大帝及其后裔在全国上下推进直接以古英语写作之风，使得公元9世纪至11世纪成为古英语的黄金年代，为我们留下了四部集古英语文学之大成的珍贵手抄本：《埃克塞特抄本》（Exeter Book）、《维切利抄本》（Vercelli Book）、《维特利乌斯抄本》（Vitellius Book，即《贝奥武甫》手稿）和《尤尼乌斯手稿》（Junius Manuscript）。下面，我们不妨以《维特利乌斯抄本》中的散文"亚历山大传奇"为例，试着管窥古英语散文（也就是最早以"英语"写作的非诗体传统）鼎盛时期的风格。

> 至爱的恩师，您是我除了母亲和姐妹外最亲密的友人……我想给您写信，谈谈那宏伟的印度之国，关于那儿天空的脾性，还有无数各色各样的毒蛇（nædrena）、奇人（monne）、猛兽（wildeora）……我希望您知晓我的赫赫战功，知晓那些您尚未目睹、我却在印度亲见的事物——我与希腊军队多次并肩作战、经历了千难万险后才看见的一切。

这就是古英语散文体《亚历山大致亚里士多德书信》（*The Letter of Alexander to Aristotle*）的开篇。没有人相信它真的出自马其顿王亚历山大大帝笔下，或真的抵达过他一度的希腊导师亚里士多德之手。这封书信由匿名氏写于盎格鲁—撒克逊时期的英国，是对更早的同名拉丁文作品的俗语翻译和改写，一些素材可以追溯到希腊化时期和古代晚期的多种"亚历山大传奇"文本。然而，古英语《亚历山大致亚里士多德书信》依然是一部独树一帜的中世纪作品，不仅因为其作者鲜明的文风，也因为保存它的物质载体：《贝奥武甫》手稿（*Beowulf Manuscript*）。

《贝奥武甫》手稿或许是整个盎格鲁—撒克逊时期最著名的古英语文学手稿，除了长达三千多行的脍炙人口的史诗《贝奥武甫》外，这部羊皮手稿还包括《圣克里斯托弗受难记》（缺少开头）、《东方奇谭》、《亚历山大致亚里士多德书信》这三部散文作品，以及叙事诗《犹滴传》（缺少开头和结尾）。这些作品都不同程度地聚焦于怪兽与奇人、异域和远游，《贝奥武甫》手稿因而被称作"（古）英语各色志怪书"（*liber de diversis monstris, anglice*）。手稿由两位缮写士以工整的岛屿小写体（*Insular Minuscule script*）合力抄录，约成书于公元10世纪晚期至11世纪早期之间，时值"仓促王"埃塞尔雷德

（Aethelred the Unready）在位。17世纪时，手稿由杰出的中世纪手稿藏家罗伯特·柯顿（Robert Cotton）爵士亲手装订，与另四部12世纪古英语作品合订成"维特利乌斯抄本"（Cotton MS Vitellius A. xv.），是英国盎格鲁—撒克逊文学黄金时期的瑰宝。

正如我们在《亚历山大致亚里士多德书信》（以下简称《书信》）启信语中被告知的，这是一部关于"毒蛇、奇人、猛兽"的志怪集。与一般欧洲中世纪博物志、"奇观之书"（mirabilia）或动物寓言集（bestiary）不同，《书信》是从虚构的亲历者视角以第一人称"口述"的历险志，其对异域地理和物种图谱的呈现是透过"亚历山大大帝"这块滤镜折射给我们的。鉴于叙事滤镜本身处于持续的行动和漫游之中，《书信》邀请读者参观的是一座花车上的玻璃动物园，这一移动的视角也赋予这部早期中世纪作品与"古典的"亚历山大传奇（以阿里安的《亚历山大远征记》为代表）迥然相异的风格。

这种风格在论及那些遍布"东方"的珍禽异兽时最为显著。比如以下这段亚历山大率军勇斗印度蝙蝠和犀牛的自述："接着又来了形状大小堪比鸽子的蝙蝠，抓扯我们的脸，那些蝙蝠有着人类般的牙齿，用它们的大牙撕裂或伤害人类……接着突然来了一头比其他猛兽都庞大的巨兽，它的前额生着三只角，威风凛凛，印度人管那兽叫'暴君的牙齿'［犀牛］，它的头与马相似，浑身漆黑……它不怕［我们］沿途点燃的熊熊火焰，直冲过来，践踏一切。我召集起希腊军队，试图自卫，它迅速在单次冲锋中屠杀了我的26名武士，并踩踏了52名武士，让他们沦为对我毫无用处的跛脚汉。我们众志成城地向它射出箭与长矛，终于杀死了它。"或是关于在印度湿沼边对战鳄鱼的记录："接下来我们经过的土地干涸而多沼，遍生甘蔗和芦苇,从沼泽里突然冒出一头野兽,野兽的脊背像束发网那样嵌满了钉子,头像满月一样浑圆,这野兽名叫'月亮头'[鳄鱼],它的胸脯如同海兽,有硕大坚固的利牙武装,它杀死了我的两名武士。我们用长矛或任何武器都没法伤害那头野兽,最后铆足全力用铁棒和大锤揍它,才把它降服。"

无论是对印度大蝙蝠、"暴君的牙齿"犀牛还是"月亮头"鳄鱼的描述,比起拉丁文原材料,《书信》的古英语作者都增添了更多栩栩如生的白描细节,着重突出了这些不属于希腊世界的动物的他者性:它们的奇形怪状、凶悍残暴、对亚历山大军的敌意都暗示一个异域风情总是同潜在危险相连的陌生世界——那儿充满与亚历山大过往的敌人截然不同的新物种,希腊军以往熟悉的战术随时可能失效,战斗的结果在最后时刻到来前总是悬而未决。《书信》的作者如一个老练的说书人,在一个个紧锣密鼓的"接下来"或"接着"之间,精彩地捕捉到了那种令人屏息的在场感,借助第一人称叙事者的眼睛,我们身临其境地与亚历山大共同漫游在那片被不确定性所定义的东方大地上。

真实存在的猛兽之外,《书信》中描绘的东方还是一片充满"神奇动物"(fantastic animals)和"奇人"的群魔乱舞之地。由这位匿名盎格鲁—撒克逊作者虚构或扩充的幻想动物包括:仰面爬行、吐息滚烫的双头蛇和三头蛇,大小形状如狐狸的印度鼠,密集如蚂蚁、将人拖入河底撕碎的水怪等。而"奇人"(《书信》作者低调地使用了与表示"人"同样的古英语单词)既包括亚历山大眼中奇风异俗的当地人,比如毛发浓密、赤身裸体的"食鲸人"(Ictifafonas),也包括在《东方奇谭》《圣克里斯托弗受难记》中出现过的"类人怪"或曰"异形人"(Humanoid),比如住在树林中的"狗头人"

（Cynocephali）。

亚历山大向食鲸人投去猎奇的探索家式的目光，吓坏了这群手无寸铁的男女："当我想要看得更仔细些，好好观察这些人，他们立刻逃进水中，藏进了石洞。"对狗头人则投去真实的箭矢："他们想要伤害我们，我们于是拉弓射箭，很快他们就逃之夭夭，躲回树林中。"无论是否面对真实的敌意，亚历山大及其军队对这些土著"奇人"都展现出明显的侵略性，"他们"在"我们"眼中若非被审视的客体就是有待被征服的对象。

在对待担任向导的当地人时，亚历山大同样表现出武断和残酷，往往不经考察地假定自己和军队陷入险境是向导有意为之，从而将向导冷漠地处死："我下令把150名向导推下了河……水怪很快拖走了他们；""次日天亮时分，我下令捆住所有这些把我们引入危险的向导，打断他们的腿和骨头，好让当晚来找水的巨蛇吞噬他们，我还下令砍断他们的手，好让他们备受折磨……"在《书信》作者笔下，即使那些顺从并配合的印度人也随时可能遭遇灭顶之灾。第一人称叙事者亚历山大虽然自诩英雄、勇士、怪物克星，塑造他的古英语散文家却巧妙地通过亚历山大自己的声音，不动声色地揭示了这位"东方征服者"形象的暗面：暴君、自大狂。

在对《书信》及其拉丁文素材进行细致的语文学对比后，盎格鲁—撒克逊学家道格拉斯·柏特福（Douglass Butturff）和安迪·奥切德（Andy Orchard）都认为，古英语作者有意从基督徒视角出发，将这位希腊化的马其顿异教徒君主塑造成七宗罪之"骄傲"（superbia）的"示例"（exemplum）。譬如，拉丁文《书信》中亚历山大对自己将士的自豪（"看到这么一支装备不输任何国家的军队……我自忖好运，由衷喜悦"）到了古英语中被改写成俗世君主的令人厌烦的自夸:"我那支军队的荣耀与壮观远胜世界上任何强大的国王……当我看见自己的昌盛、荣光、年纪轻轻立下的战功、一生的兴旺,我心中喜不自胜。"当然,两个语种的文本都提到亚历山大的军队因为披挂大量黄金而耀眼如星辰和闪电,但古英语作者通过大量使用成对出现的叠词(doublet,奥切德总共数出了近两百处),形成了比拉丁文素材更华丽和详尽的文风,这种风格更适于藻绘东方大陆的异域风情,也更有力地凸显了亚历山大性格中的暴虐、自私、实用至上。

有时古英语作者会直接通过颠倒拉丁文的组序来塑造这种性格,比如将拉丁文原文"我首先担忧的是军队的安危,而不是我自身"赤裸裸地改写成古英语"首先我操心自己的需求,其次还有兵士们的需求";有时则通过增添拉丁文中没有的细节来彰显他的自我中心,比如将一处亚历山大找到淡水后让士兵和马匹畅饮并休息的平淡场景,戏剧化地改写成"我看见这干净的淡水,不禁心花怒放,我立刻痛饮平息了自己的干渴,然后命士兵们止渴,然后下令为所有的马匹和随军动物止渴"。简朴的拉丁文原文中与士兵同甘共苦的将领变成了古英语中等级意识分明的世俗君主——在这位异教君主身上,自我优先与傲慢之罪永远密不可分,而古英语作者将他塑造成"骄傲"的示例人物的意图也一直贯彻至《书信》的末尾。在结信语中,亚历山大最后这一次向他的老师亚里士多德致意,即便这致意听起来更像典型中世纪武功歌中的自夸辞:"我写信告诉您这些事,亲爱的老师,首先是为了您能因我一生的成功与荣耀感到欢欣振奋,其次是为了人们能千秋万代地铭记我,让我作为其他尘世君主的楷模永垂不朽,让他们更清楚地了解,我的权力和名声远远胜过在这个世界上居住过的每一位君王。"

如果说《书信》中亚历山大对战功和荣誉的执着彰显了他的世俗性,它也同样昭示了他作为凡胎肉身命中注定的有死性。或者说,在《书信》的作者眼中,亚历山大对不朽之名的追寻恰恰基于其生命的必朽。关于亚历山大之死的神谕或许是古英语《书信》中最富有悲剧力量的一节。在印度征程接近尾声之时,亚历山大在当地祭司的陪伴下前往"太阳树和月亮树"(trio sunnan ond monan)前求取神谕——这名印度祭司本身也被描绘成一位"奇人":身高十尺而全身黝黑,穿兽皮佩珠宝,年纪已有三百岁。这位早期中世纪英国人想象中的典型"东方智者"告诉亚历山大,每逢日食或月食,直入云霄的双圣树都会悲伤地哭泣,"害怕神圣之力被夺走",并且只有不近女色之人才能走进神圣的树林。祭司告诉他此处严禁血祭,只需在日出日落(或月升月落)时分向圣树祈祷,心中默默提出问题,"太阳树和月亮树就会给出真实不虚的回答"。

亚历山大第一次提问仍是关于骄傲的:"我是否能让整个世界对我的强力低头?"圣树用当地语言给出回答,印度祭司为他做了翻译:"战无不胜的亚历山大,你会成为全世界的帝王和主人(cyning & hlaford ealles middangeardes),但你将永远无法返乡,此乃刻入你命中之事,也必将实现。"他的第二次提问事关自己将在何处死去,当月光初次洒落树冠时,圣树再度开口回答:"亚历山大,你已穷尽了生命的周期,明年五月,你将死在巴比伦,死于你最料想不到背叛的源头。"听闻此言,亚历山大心中忧戚,却不得不等到第二天日出再去请示神谕。这一次,他求问自己会死于何人之手,死后母亲和姐妹将何去何从。太阳树用希腊语做了回答,却只揭示了一半真相:"如果我回答你这个问题,你就能轻易翻转命运,阻止死亡。我只能告诉你这一事实:一年又八个月后,你将死于巴比伦，不是如你预期的那样死于铁器，却是死于毒药（nalles mid iserne acweald swa ðu wenst ac mid atre）。你的母亲将以卑贱可耻的方式离世，她会暴尸街头，成为飞禽野兽的食物；你的姐妹将会长寿幸福……但是回去吧，不要再向我们提问了，因为我们说出的已经超出了极限。"

于是我们看到，在这古希腊人和古盎格鲁—撒克逊人所知世界的边缘，在这封古英语"书信"即将收尾之处，东方不仅成为亚历山大世俗雄心和漫游癖（wanderlust）的终点，也是凡人能被允许获得的尘世知识的终极来源。具有神谕之力的日月双树所在之处被看作人居世界的尽头，越过此地便是凡人不得叩问或涉足的"未知之地"（terra incognita）。与《书信》写作时间接近的8—10世纪一系列古英语文学文本中（以同样辑录于《贝奥武甫》手稿的《东方奇谭》为代表），"东方"（oriens）常被描述成地大物博的富庶之土，那里的君王富可敌国，但其财富往往同骄傲之罪联系在一起，尼尼微和巴比伦就是其中最著名的两座"示例"之城。

无独有偶，史家笔下亚历山大大帝的骄傲也常与东方相连，其东征之旅亦是一路沿袭波斯旧制、擢用东地谋臣并将降兵编入部队、与巴克特里亚及波斯和亲（并鼓励手下兵士效仿）、采用东方繁奢礼仪排场的"东方化"之路。今人眼中促进东西文化交融、具有人文主义理想的亚历山大大帝，在完全称不上信史的古英语《书信》的作者笔下却是用来警示"傲慢"之危害的反面示例：成也东方，败也东方，亚历山大的东征止步于印度，他本人将死于巴比伦（历史上的确如此）。《书信》虽然写到请示神谕就戛然而止，过渡到上文所引给亚里士多德的最后的结信语，然而作者没有忘记在此间添上一笔亚历山大知悉神谕后的内心感受，一句植根于骄傲的自白："对我而言，生命很快就要终结所带来的痛苦，赶不上无法获得我心中渴望的那么多荣耀所带来的痛苦。"这位匿名中世纪英国作家对一千多年前的"伟人亚历山大"的态度，至此可谓尘埃落定。

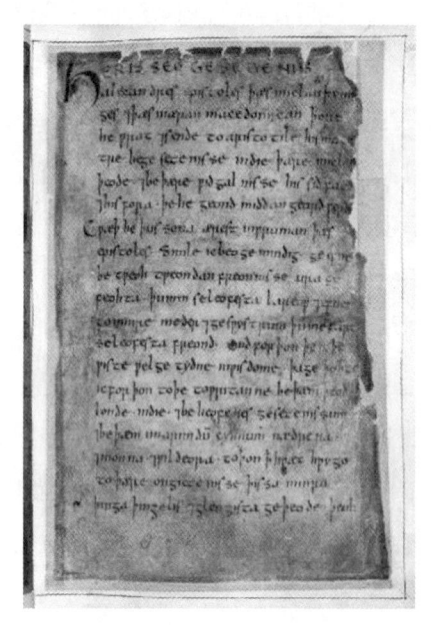

《贝奥武甫》手稿，《亚历山大致亚里士多德书信》首页，BL Cotton Vitellius A xv fol. 107

现代诗写作教学实践与评鉴[1]

(张玉明,厦门工学院博雅教育与艺术传媒学院)

一、前言

学生的"作文口语化"及"想象贫瘠化",是扼杀创造力及写作力的最大因素。除此之外,对于写作兴趣的缺乏,也是造成作文能力下降的主因。现代诗创作当中的"意象经营"及"语言锻炼",便是针对"作文口语化"及"想象贫瘠化"两大弊病最好的补救方式。本论文着重以"行动研究法"与"合作学习法"为理论依据,设计一系列由浅至深的教学步骤,为学生搭建写作的桥梁,使其成为能阅读诗、欣赏诗、创作诗的写作者。

行动研究的课程发展,是以改进课程问题、增进课程知识为目的。本研究目的是为了鼓励学生创作现代诗,笔者期望透过系统性的行动研究,从发现问题、搜集教学资源、计划策略、执行方案到评鉴的历程中,改善实务问题并作知识分享,利用笔者所设计的一

---

[1] 本文《现代诗写作教学实践与评鉴》,乃作者硕士论文之精华分享。详见张玉明:《现代诗写作教学研究》(台北:万卷楼图书股份有限公司),2021年6月初版。

套现代诗写作教学步骤，达到提升学生写作能力、想象力及创造力的教学理想。

合作学习法中的"共同学习法"[1]，被公认为教育改革中最成功的一个项目。[2] 笔者的现代诗写作教学步骤中，即引用"共同学习法"的观念，试图透过活动的方式，指导学生在自我学习及同侪相互激荡之下，一方面理解现代诗的重要元素，一方面吸收现代诗的理论知识，并进入现代诗创作的殿堂，实践由"引起动机"到"互助合作"再到"提升学习成就"的理想。合作学习在学生的认知表现上，不仅有助于基本知识和技能的获得，更有助于学生更高层次认知能力的提升。在情意学习方面，能建立学生的自尊心、积极的学习态度，且增强了学习动机。在技能方面，合作学习强调社会技巧培养，故对人际沟通、领导的角色，能更有效地提供同侪支持与协力。有鉴于此，笔者以"合作学习"为理论基础，落实于"现代诗写作教学步骤"当中，期能达到学生主动参与、教学相长的目的。

---

[1] "共同学习法"是由 D.W.Johnson 及 R.T.Johnson 所发展出来的合作学习法，它特别强调积极互赖（positive interdependence）、面对面助长性互动（face-to-face promotive interaction）、个别责任（individual accountability）、人际与小组技巧（interpersonal and small group skills）及团体历程（group processing）等五大基本要素的落实，适用于各学科及领域。

[2] 究其原因，Slavin（1995）认为有三个主要因素：其一，合作学习可以有效提升学生的学习成效，改善同侪间的人际关系及提高学生的自尊；其二，合作学习有助于促进学生的思考能力、解决问题的能力及统整应用的能力；其三，合作学习有利于促进不同背景（如种族、社会等）学生间的人际学习，培养出合宜的社会技能（social skills）。参考自黄政杰、吴俊宪：《合作学习：发展与实践》（台北：五南图书出版社），2006年9月初版。

二、现代诗写作教学步骤

为解决创作能力低落的教学困境,有效提升学生的"想象力"、"创造力"及写作能力,笔者企图于本文当中,建构一套富系统性、逻辑性、趣味性,能让教学者便于落实在语文教学中,且能收学生创作功力提升之效的教学设计。

(一)诗句的意象化——训练联想及形象能力

1. 画龙点睛文字技巧

本步骤直接在诗句"挖空格",鼓励学生主动熟读前后的诗句,留心提供的线索,自行填入觉得最妥切的答案,旨在能直接刺激学生更加熟读文本,且创造思考。

2. 文学语言铸造游戏

笔者参考《文学语言铸造练习》学习单[1],设计出《现代诗的写作游戏——文学语言铸造练习》。除了要学生仔细观察何为"中性语言"外,更鼓励学生多加思考,可以用什么样的意象来代替中性语言,使之成为出色的"文学语言"[2]。笔者在此分享一则,认为是最好的学生作品:"世界上的天才都是寂寞的,爱因斯坦住在至高的山巅上,夜夜独自将相对论一张一张烧来取暖。"(林若瑜)爱因斯坦是众所公认的天才,这点毋庸置疑。但天才的下场为何?住在

---

[1] 此为笔者于北一女中实习时所得到的讲义资料,上面除了如萧萧《现代诗游戏》般前面有举例子、中间有讲解步骤外,后面附上的是北一女中学生的习作成果。

[2] 邱素云老师所设计的《文学语言铸造练习》中,有对"文学语言"及"中性语言"做一番说明:"将日常使用的直接、单纯、客观的中性科学语言,铸造成优美、生动,以间接曲折方式做主观判断、唤起情感共鸣的文学语言。"由此可知,"中性语言"是日常所用、不假修饰的直接文字;而"文学语言"是透过形象化、间接且修饰过的文字。

至高的山巅,隐喻着他的寂寞,不为人知;每个夜晚都似乎承受不住那种孤独的寒冷,而必须烧些东西来取暖,烧什么呢?烧他所发明的相对论。那种空虚、孤傲、渴求、失望……没有一字一词的描摹,但在这两句中完整呈现,呼之欲出。

3. 相关联想激荡脑力

笔者在这个单元,设计了两个活动来训练学生的联想能力,第一个活动是"联想三定律"[1]:为使学生更清楚何谓相近联想、相似联想、相反联想,笔者先让学生观察仇小屏《诗从何处来》[2]中所设计的"联想三定律——以风为主题"的表格,设计出《现代诗的写作游戏——联想能力的训练》学习单,要学生以"云"为主题进行联想。

接下来进行的,是第二个活动"定向联想"[3]:限定从"露珠"开始,到"生命"结束,中间要串接五个含形容词的名物,由此来锻炼学生的逻辑联想能力。

4. 意象串联群策群力

在这个步骤,将带领学生串联词汇,以组为单位完成一首诗。

---

[1] 分为相近、相似和相反联想。"相近联想":两种事物在时间或空间上比较接近,依据自己主观的感觉经验,自然而然地在大脑中形成联系,引起由此及彼的联想;"相似联想":两种事物在性质或形态上具有相似的特点,依据自己主观的感觉经验,自然而然地在大脑中形成联系,引起由此及彼的联想;"相反联想":两种事物在性质或形态上具有截然相反的特点,依据自己主观的感觉经验,自然而然地在大脑中形成联系,引起由此及彼的联想。

[2] 仇小屏:《诗从何处来:新诗习作教学指引》,台北:万卷楼出版社,2002年9月出版,第1—5页。

[3] 萧萧:《现代诗创作演练》,台北:尔雅出版社,1991年7月初版,第20页。"定向联想"是一种连锁性的联想,由甲而乙,由乙而丙,由丙而丁,甲和乙要有思维上的必然,乙和丙要有感情上足以联系之处,丙和丁在形象、颜色、声音上要可以共通的地方,如此连锁下去,环环相扣,就不会是一首结构不良的诗。

（二）语言的精致化——诗与散文的区别

1. 语言擦撞夺句成诗

笔者参考白灵的方法[1]，设计《现代诗的写作游戏——语言擦撞仿写游戏》学习单，以"每夜/星子们/都来到/我的屋瓦上/汲水"为中心句子，分五个部分各自填入其他词汇，以符合词性及相关性为主。笔者观察，学生的佳作通常能掌握一两个诗性的质素来作发挥，大致上能营造出自己想要的氛围。不过严格来看，所使用的词汇重复性较高，如："寂寞""梦""回忆""月光"等，这些字词广受学生喜爱，选择这些词汇创作的诗句完成度较高，是简易上手的写作训练。

2. 名句仿作掌握韵味

笔者设计《现代诗的写作游戏——语言擦撞仿写游戏》学习单。为了使学生能够很快地抓住诗句的韵味，附上隐地的《十行诗》给学生当作参考。

3. 报纸文辞剪贴成诗

讲究文字密度，并强调第一时间紧紧抓住读者眼光的，当然非报纸的标题莫属了。报章杂志为了冲销售量，善用巧妙下标题的手法，于题材中发挥联想及谐音趣味，构思出一则则令人拍案的标题。"剪贴诗游戏"，便是将这些标题"还原"成更小的元素或单位，让作者可以随兴使用词汇或文字，在字与字、词与词的偶然碰撞间，擦出诗篇的灵感火花。

（三）诗句的形式化——训练分行结构能力

旨在训练新诗写作的分行能力。碍于篇幅，仅保留标题。

---

[1] 白灵：《一首诗的玩法》，台北：九歌出版社，2004年9月初版，第34—54页。

(四)有趣的现代诗游戏

1. 新诗接力写作

此步骤使用《新诗接力写作学习单》,在班上让学生们进行,创作及传递的过程中,同学可借由交换学习单,欣赏到其他同学的续作及创意,互相激荡彼此的想象力。优秀的团体应该是能做到层层递进,意象彼此相扣、前后呼应,甚至最后一句落笔后,首尾结构完整,这就是一首成功的接力诗作。观察学生文句脉络之间的掌握与情意的延伸,是很有趣的过程,以下即举学生的实例来分享。

① **我愿是**佛墙上的一只壁雕(张晏尘)

② **只为**聆听你祈祷的呢喃(江宜芳)

③ **如果你是**随波荡漾的画舫,**我愿是**那捧着、承着你的绿色江水(刘以娴)

④ 那些失去时间概念**的日子**(李佳桦)

⑤ **我们**燃着最荡漾的火花(陈怡钧)

这首诗第二位同学转承得非常巧妙,以"只为聆听你祈祷的呢喃",将第一句的意象更具体而深情地描绘出来。第三句的意象是"画舫",精美的譬喻恰好又和第一句的"壁雕"氛围相承。这个写作游戏,让学生主动参与意象的理解,学生必须自发去读懂前一位同学的创作,并且以自己的诠释,去延续它的氛围,或添加自己的灵感,去启发下一位同学。

2. 隐题诗游戏

"隐题诗"的尝试,台湾最为著名的,当属洛夫的《隐题诗》[1]。

---

[1] 洛夫:《隐题诗》,台北:尔雅出版社,1993年初版。

诗题巧妙隐藏在每行的句首，借由这个游戏，让学生主动发掘现代诗的无限潜力，开阔他们的视野，启发他们的灵感。

3. 旧酒装新瓶——古诗改写游戏

古诗是浓缩的文字，如何在规定的平仄、行数中，将自己心中的意念，精准地传达给读者知道，是靠作者经营意象的功力。等学生背诵过、精读过唐诗后，让学生进行"旧酒装新瓶"游戏，在两组古诗意象群当中，任选一组来进行创作，以达到学习涵咏古典意象，传承文化精髓的目的。

（五）引导学生自行写诗

先前让学生从事许多练习和游戏，无非是为了训练他们能独自完成一首诗：

1. 图画诗游戏

将诗句与图画互相排列在一起，以图画来补足诗意，以文字来说明图画，是当代流行的趋势。如几米的绘本，在绘图旁，加上简单的几行诗句，容易让人在第一时间产生印象。笔者秉持如此想法，设计出《现代诗的写作游戏——图画诗的玩法》学习单，同学们亦佳作迭出。

2. 咏物诗——花语：给同学一首花的诗

现代诗创作，除本学期所教导的写作技巧练习之外，更重要的，是兼顾情意的涵养。对学生来说，同侪关系是相当重要的，让学生以同学为对象，将同学比拟成一种花，书写其性格特色，除了可以练习咏物诗的技巧之外，还可以增进学生之间的感情，对平常较不熟悉的同学，也增加了一个促进认识的机会，是一个相当不错的创作游戏。现代诗文方面，选录几则以花喻人的诗文，制成《给同学一首花的诗》学习单，请同学先行阅读学习单，有关以花喻人的诗文。

腊梅——给佳桦，一个在严冬散布温暖香气的女孩

蜜蜡划开冷冽的寒气

浓郁因此柔软地流动

溢满整座冬城

我抽几缕芬芳

放在鼻准，竟感觉

所有香甜袭得一身

飘飘忽忽迎向温黄的光明

苦，殇，病全消却

枝桠上处处可见你

正诚恳 慈祥洒下关爱

细密 而厚实地飘遍

业已冻得四分五裂的大地

（江怡莹）

　　用"腊梅"来形容同学，前三句尤其好，轻巧点出"腊梅"二字，除了令人感受到季节的凛冽，也让人在寒冷中嗅到梅花的清芬。将同学怡人的温暖，以袭人的香气来形容，"苦，殇，病全消却"更强化了同学待人亲和的动人感受；末段将这股温暖更具象化，全身散发出暖黄色的关爱，且"细密 而厚实地飘遍／业已冻得四分五裂的大地"，在冰冻冷漠的氛围当中，更突显出被书写同学的温柔特质，细腻的描摹丝丝入扣，是一首温婉深情的佳作。

3. 情诗写作

为了避免部分学生对爱情题材不够熟悉,笔者规定情诗的内容,可以包括爱情、友情和亲情,三者择一书写。

这学期的现代诗写作教学,从个人创作,到互动学习,从训练意象、联想能力,到语言的精致化,到分行结构能力,及学生相当喜爱的现代诗游戏,还有最后的自行创作。通过循序渐进的写作历程,达到非常出色的创作效果。

三、现代诗写作教学成效

(一)学生意见反馈表

在"手工诗集展"结束,整个学期的课外补充学习内容告一段落后,为了解学生对于课程的安排方式及课程对他们的影响,笔者给学生填写《学生课后意见反馈表》。此反馈表一开始请学生回答自己较喜欢、较不喜欢的单元,由笔者检讨步骤设计是否流畅;再来的封闭式题目共十二题,采 Likert 五点量表方式[1]作答,由学生根据自己的实际情况,从 1(很不同意)到 5(非常同意)的选项中勾选最符合自己的意见;最后以开放式问题来了解学生从课程中的收获、影响及建议。

---

[1] 总加量表法(summated rating scale)或李克特量表(Likert scale):(一)总加量表法为李克特(Likert)于 1932 年所创用,其编制方法较等距量表法简单,故是应用最为普遍的一种量表。(二)总加量表的基本假定:每一个题目所测量的态度具有同等数值,而受试者可对每一个题目表示不同程度的态度。基于此假定,总加量表需要编拟许多积极与消极的叙述句,而请受试者依其同意程度分为五点量表加以反映或评定。例如分成"非常同意""同意""无意见""不同意""非常不同意"等五个程度,评分的方式是将积极的题目(如第一题)依 5、4、3、2、1 给分,消极的题目(如第三题)依 1、2、3、4、5 给分,依此类推,将所有题目的分数,总加起来,即为个人的态度分数,分数越高,表示态度越积极,反之,则相反。

采李克特量表（Likert scale）计算后之平均数与标准差

题目内容	平均数	标准差
（1）我喜欢在语文课中加入课外学习的创作课程	4.51	0.56
（2）我觉得这一类的课程对我有很大的帮助	4.29	0.61
（3）我能够在这类的课程中自在地书写自己的感受	4.21	0.89
（4）透过这些内容，能加强我对阅读新诗的信心	3.90	1.02
（5）透过这些内容，能加强我的想象能力	4.33	0.74
（6）透过这些内容，能加强我的写作能力	4.21	0.81
（7）透过这些内容，能加强我对美的感受能力	4.38	0.71
（8）我喜欢老师带领大家创作的方式	4.28	0.7
（9）我会将上课所学活用于日后学习当中	4.05	0.9
（10）在课程中我都有认真参与	4.41	0.61
（11）我希望以后还有类似的写作课程（如散文）	4.25	0.74
（12）语文课中加入这一类的课程，会增加我的学习负担	3.51	0.86

1. 课程安排方式

有关"课程安排方式"的题目有第1、8、11题，此三题的平均数分别为：4.51、4.28、4.25，其中学生对"在语文课中加入课外学习的创作课程"满意度最高，而"希望以后还有类似的写作课程"的期望情形高达4.25的平均值，显然学生对于这样的课外学习方式，是抱持极肯定及正向的态度。从事这样的写作教学，是具备实质的教育意义的。

2. 课程对学生的影响

有关"课程对学生的影响"的题目有第2、4、5、6、7、9题，其中第4题针对现代诗的阅读能力方面，第5、6、7题则能广泛加强学生的作文能力，如想象力、写作力、美的感受力，都是大考作文所需要的特质，这四题的平均分数为：3.9、4.33、4.21、4.38，可知透过现代诗写作课程，对于学生无论在现代诗或是作文的程度上，都能有所提升，并愿意进一步运用于日常生活当中。

3. 学生的学习状况

关于"学生的学习状况"的题目有第3、10、12题，其中第12题是反向计分题，以反向计分，分数愈高表示愈同意在课程中增加课外学习的课程，且不会增加学习的负担，而此题的平均数达3.51，显见将现代诗写作练习融入学科中并不会因此增加学生学习语文的困难。这三题的平均数为4.21、4.41、3.51，表示学生在这一类的课程中，能自在书写自己的感受，且认真参与度高。

(二) 学生课后心得及建议

关于这学期的现代诗创作游戏，学生收获最多的可归纳为以下几点：

1. 发掘自己的才能

2. 用字遣词更为细致讲究

3. 联想及构思的能力加强

4. 对现代诗有更进一步的认识

5. 领略到创作的自由与快乐

6. 从日常生活中体会到美

综合学生意见，学生认为在发掘自己的才能、用字遣词更为细致讲究、联想及构思的能力加强、对现代诗有更进一步的认识、领略到创作的自由与快乐、从日常生活中体会到美等面向收获最多，由此更可以印证，现代诗创作教学，是可以有效提升学生普遍的作文能力的。

四、结论

笔者设计十四个现代诗写作教学步骤，以分组竞赛及抢答游戏为引导入门，达到极高的成效。学生的具体成长及反馈如下：

1. 对写作的态度

一个多学期的现代诗写作教学实施后，学生对写作由本来的"应付敷衍"，渐渐懂得什么叫做"对自己的作品负责"，学生对待作文的态度，已转变为"有所期许"，希望自己的作品能不断地进步，有朝一日也能成为被张贴的对象。依照笔者的观察，在"公布栏"贴上的学生作品，最迟于一个礼拜之内，便会被"浏览"完毕，如果不实时更换下一批佳作，便会被学生催促。由此可见，正向的批阅方式及适当地给予学生发表空间，能够有效改善学生面对创作的态度。

2. 课堂学习方面

经由抛出几个问题，让学生去想象作者当时的心境，思考作者写这些字句的动机，如何将这段文字的感情用"精准"的词语诠释出来，"想象力"、"创造力"及用字遣词的"精准度"，这些能力的提升，让学生更能掌握作者的想法及文章脉络，语文程度也因而提升。

3. 学生课后意见反馈表的呈现

期末请学生填答《学生意见反馈表》，在封闭式的问题当中，学生普遍肯定现代诗的阅读能力、想象力、写作力、美的感受力，这些大考作文所需要的特质，都能透过现代诗的写作课程，获得改善，并愿意进一步运用于日常生活当中。

4. 比赛成果

笔者所指导的两个班级（202 班、220 班）学生，在语文创作竞赛上表现亮眼，《板中青年》第 62 届"板青文学奖新诗组"，就有三位学生获奖，占得奖名单一半以上，显示经由现代诗的创作练习，可以让学生的作诗能力于同辈当中出类拔萃；高二下学期的全校作文比赛，派出的学生分别拿下全校第一名（庄媮荃）、两位第二名（林诗庭、袁诗婷）的佳绩，也就证明了以往的训练，对于大考作文，是有实质性的帮助的。

现代诗创作当中的"意象经营"及"语言锻炼"，是针对"作文口语化"及"想象贫瘠化"两大弊病最好的补救方式。经过笔者一个多学期的现代诗创作教学设计与实践后，可以肯定地说，经由这套富系统性、趣味性的现代诗创作教学设计，确实能够有效提升学生的"想象力""创造力"，更可以刺激学生的创作欲望，进而使学生的作文能力得到显著改善。

期许在教学的场域中，有更多的教师能投入现代诗写作教学的行列，让学生们多一扇窗，能沿途记录下曾浏览过的风景、所经历过的人事物。笔者深信，这样的努力绝不会白费，会以各种形式反馈于学生、教学者身上，甚至这个社会之上。让诗的种子萌芽于每一个具备感知爱与美的心灵，让这份感动能够传承而不致中断，让温柔敦厚的诗教，在诗的国度里，生生不息，这是笔者最真挚的期盼。

"看见"刹那流逝的时间
——兼谈散文课发挥作用的机制

(范淑敏,杭州高级中学钱塘学校)

散文课担负着"看见"卷帙浩繁散文文本的使命,要带领学生以批评家的角度系统地梳理纯文学理论知识;同时我们的散文课也需要以创作者的姿态进入散文,引导学生在散文写作与实践中开采幽微的生活经验。复旦创意写作的散文课对我们文学素养、文学审美、文学批评能力和文学写作能力不乏应有的训练,让我们能站在他人经验上深入散文的机杼,从内而外地打开文本;散文课也热忱地欢迎我们去"看见"生活中刹那流逝的时间。以理性的方式照见感性,以作者的姿态阅读,以读者的姿态写作,这或许是我们的散文课在"人力可为的范围"内对灵感发挥作用的一种方式,也是当代散文课堂的一种可能。

一、以阅读者和创作者双重身份进入文本

在进入复旦创意写作学习之前,我散文阅读的经验是十分个人化的,理论经验仅仅在于作品分析,更没有散文写作的经验。我们

的散文阅读是在往学院式批评靠近的。我们常常被问及"什么是好散文",或者"散文好在哪儿"?诚然,好的散文离不开"恍惚而来,不期而至"的灵感,充满哲思的语言,有质量的情感,有密度的且陌生化的形式,在虚实之间的意境,适时截取的情感流动,合理的经历等。好的散文"看见"情感的质量、生活的真相和"无法挽回的诸事"。而往常我们散文阅读的缺憾在于偏重以知人论世、内容解析或艺术手法解析的方式进入散文。它不可谓不理性,但不是以创作者的姿态进入散文的内在机杼,缺乏散文写作技法、文本生成机制、文本构成等角度。我们的生活并不缺少值得书写的经验,可我们无法裁剪这些经验。我们习惯于用批评者的眼光来看散文,却很少以创作者的姿态阅读、进入散文。

众所周知,创意写作的"美国经验"中有着悠久的小说写作、诗歌写作传统,而散文在美国创意写作的经验中是相对弱势的。复旦创意写作"看见"了中国卷帙浩繁的散文文本,不仅开设专业的文学教育类课程,也在散文写作与实践中以创作者的角度去阅读散文,厘清并提炼散文中的书写母题和共通的情感,继而引导我们开掘独特的自我经验、开采幽微的情感世界。

复旦创意写作带领学生以批评者和创作者的双重身份切入文本。学院式的文学批评有之,一定程度上训练了我们文学阅读的规范,引导我们积累系统性、理论性的阅读经验。复旦创意写作拥有着系统化的文学专业课教育,从艺术性、审美性的角度进行文学批评,提升了学生的文学审美能力、文学批评能力、艺术鉴赏力;以广博的通识教育课和跨学科课程普及文学知识、丰富创作资源;以创作者的角度来进行文本细读。我们的任课老师也在进行文学创作,因而课堂在作家的感性之下理性地爬梳我们的阅读经验,开采我们的日常经验，提升文学写作实践能力。

这些课程的设置展现出复旦创意写作在文学写作"人力可为范围"内的努力，正如伍华星在《学徒及其漫长时代》所说的，我们"发现一个近乎奇异的'事实'，那就是通过一些所谓的'可教的部分'，意外唤醒了体内某些'无法教的部分'"。复旦创意写作并不囿于"写作可否教"的论争，而是真诚地带领学生在文学批评、文学审美、文学创作上完善理论经验，提炼阅读经验，书写个体经验。

复旦创意写作开设了"修葺不可挽回之事"的小说课。王安忆曾提出"故事、情节和文字，属于创意写作教学中'人力可为的范围'"，这不仅是王安忆对小说写作的期许，也亦是对散文的期许。

复旦创意写作创办伊始，就开设了"散文写作实践"与"散文经典细读"。依托复旦中文悠久的传统，复旦创意写作散文课既有学院派文学批评的理论经验，也有作家批评的尝试。

在传统纯文学的散文教学中，它基本形成了"向外走"或"走到散文之外"的局面，这体现在两个方面。其一，从特定篇目的"个人化的言说对象"向外走向泛化的"外在的言说对象"；其二，从"感受作者所见所闻"向外走向"谈论我们所思所想"。其中不乏借着"文学批评"的名义实则套用模板"捷径"——绕过"作者独特的情感认知"，不去挖掘作者的个体经验和复杂情感，而用概念化、抽象化、普适化的思想来概括。从"体认作者所感所思"，变成了谈论师生（读者）所归纳的思想、精神。或有一味陷入内容结构、作家背景、艺术鉴赏窠臼的散文阅读，这样的学院式的批评范式总留有缺憾。从"知人论世""行文结构""语言赏析""表现手法""思想情感"角度切入文本，不可谓不理性，但缺乏作家写作经验下的解读，缺乏写作者独特的美感经验。于是，散文文本似乎只是一个套用分析模板的文本，我们更多关注的是其"所指"，而对其个性化的复杂情感、别出心裁的章法、袒露心扉的时刻、细心剪裁的景色不做深挖，仅仅是将其归纳为知识、技巧、模板。我们对作者的写作初衷以知人论世的模式来套用分析，更不必说"以己之心贴近作者之心"了。不可否认，传统散文课堂时常游离在"散文"之外，游离在作者细腻复杂的人生经验和情感之外。

在缺乏系统性的、符合写作者认知经验的教材时，我们如何"由外到内"进入散文内部？如何把关注点从外在的言说对象移回文本内部？如何以创作者的姿态进入散文？如何搭建学生和作者独特经验及复杂情感之间的桥梁？如何"以己之心贴近作者之心"？如何用理性去照亮散文中的感性，同时保留创作者的美感经验？这些都是复旦创意写作散文课所追问的。

复旦创意写作散文课带领我们以写作者的姿态阅读他人的经验，龚静和张怡微以作家和批评家的双重身份带领我们进入他人的经验，以自己的理性照见文本中的感性，并以自己的审美经验提炼文本所呈现的书写母题和共通经验。以创作者的姿态进入文本，更能和作者产生经验、形式、情感等方面的共鸣。

二、以读者、作家、教师的身份爬梳经验

以创作者的姿态进入散文的"散文课"是如何运作的呢？

举张怡微"散文写作实践课"为例。讲到张岱《湖心亭看雪》，张怡微先讲到其展现雪的手法是用了很多次数词"一"，然后从创作

者的角度追问"张岱如何表现内心难以表现的东西",继而启发我们看到这样的写作经验:作者暴雪天出门观雪,将自己放置在天地间化成极小一点,在这一点上寄托所有亡国之痛、人生之恨,仿佛一切随着这一小点消融了。张怡微借此引导我们探究如何发现复杂情感并开凿自我经验的方法。复旦创意写作散文课就是这样凭借作家的经验与感性,情绪与记忆,传达审美体验。

还有一次散文课,我们对沈山木的《平畴交远风》进行文本细读,发现创作伊始同学们都不约而同地写了自己的亲人。我们探究《平畴交远风》中作者与故乡的距离,继而联系同学们对童年经验和个人日常的开凿。看似不约而同的写作初探,书写的是最为熟悉的个人经验;还有一种模式是深入一个母题,比如亲情书写中常常被提及的"父亲",张怡微列举了朱自清的《背影》、北岛的《父亲》、张晓风的《关于父亲这种行业的考核制度》、卡夫卡的作品、奈保尔的作品等文本进行跨文本探究。课堂最后张怡微提出文学作品中对父亲的解构,在广博的文本基础上归纳出"共通的特殊经验",帮助我们掌握经验的伦理意义。

三、以读者、作者、学生的身份开凿经验

或许,可以爬梳我个人在复旦创意写作散文课的学习经验(包括阅读经验、理论经验和创作经验,此处偏向于谈谈如何将"阅读经验"转化为"创作经验"):首先,身为作家的教师依据自己的阅读经验、理论经验和创作经验挑选出符合学生认知的文本,这些文本不囿于名家之作,也有当代散文作者书写的当代经验(以便引起具有相似经验的读者之共鸣);然后,教师以专业的读者和创

作者的身份与学生共同进行文本细读，有对作家背景的探究，也有审美经验的传达；教师以作家的创作经验代替纯文学的理论知识，对文本作者的巧思和设置理性地探求；最后，课堂落脚点在学生的写作实践，经由对他人文本构成形式、文字技巧、文本生成机制、情感书写范式的研讨，学生开始尝试开凿自我经验。也正是这个过程让我们"看见"生活中刹那流逝的时间，完成阅读经验向写作经验的转化。

任课老师们正是以这样的方式带我们走进散文，以创作者的姿态爬梳散文机杼，以作家的写作经验进行文学阅读与批评，并将自己的审美经验传授给我们。在作者、读者、文本的三角关系中，我们同时追求成为具有一定审美能力的读者和训练有素的作者，尝试以自己的心去贴近作者的心。我们运用创作者的同理心，对文本细节进行反复"拷问"，追问文本"好在何处""如何实现"。这种阅读与写作一体化的经验让我们更容易爬梳自我经验，努力寻找他人经验与自我经验之间的平衡点。同时创作也有利于我们更深入地理解文本的呈现形式。

那么个人经验如何开凿？芜杂的生活中，我们要书写什么样的经验？如何才能形成写作的自觉？我们同样在复旦创意写作散文课上看到一些可能性。我们开始追寻文本的好处，这种好处不仅仅是纯文学理论知识的经验，而且是在角度、深度、选材、裁剪方式、表达技巧上的妙处。这个过程是写作者之间的一种共鸣。至于如何书写独特的经验，个人的经验如何提炼为写作经验，或许还要依赖理性。正如王安忆老师说的"理性地运用感性"。

四、以创作者的姿态爬梳散文机杼

张怡微将散文课的教学经验整理成《散文课》一书，这本书有一个成熟散文写作者对散文的自觉，对散文从承载天道到逐渐式微的梳理，对散文物质性的剖析，对写作者情感质量的把握，对经历结构的裁剪，对复杂情感的发现与训练，对现代散文语言形态的探究，对散文意境的诠释，对状物与言情的定义，对诗化故乡的看法。张怡微不仅以创作者的姿态梳理我们的生命经验和复杂情感，更是以一位老师的身份带领我们走进作者的独特经验，走进文本内部，带领我们以读者之心贴近作者之心。

《散文课》为散文阅读和写作提供了一条很好的路径，带我们触及散文所处理的经验，了解散文的使命，以创作者的姿态反观阅读之道，为读者搭建一座触及作者独特经验和复杂情感的桥梁。对于初学写作的人，《散文课》深入散文机杼、情感机制、经验结构，帮助我们厘清了散文可写与不可写的边界；帮助我们在现代散文的自然之美中达成情感教育；引领我们理解自己的有限，生命的短暂，情感的偶然；帮助我们提炼芜杂的自然生活，爬梳我们的日常经验，剪辑我们的审美世界；帮助我们完成自省，成为更好的人；帮助我们萃取情感的质量，走到文本内部，去触及"散文的心"。

五、散文裁剪什么样的经验

我们会问"到底什么是散文"或者说"散文写什么"。诚然，我们关心散文这一自述体文本写什么，其所述对象是什么，但我们更多是从某一个文本出发，关注的是孤立的经验，却很少关注"散文"

这个文体所关心的问题。复旦创意写作散文课很少给"散文"下定义，更多的是在阅读中和写作中不断厘清散文这种文体与诗歌、小说的边界；不断探究古往今来"文"的内涵及其日渐式微的趋势。

张怡微在《复杂情感与散文机杼》一章中谈到散文从日常生活中选景，从常态的情感关系中观看生老病死、喜怒悲欣、递迁与狼藉，我们将这些惊异与感悟诉诸笔端，这些是能够传递生活力量的文字。散文所述对象可以是复杂的情感体验：平日里普普通通的快乐、短暂的友谊、有瑕疵的亲情、不算愉快的童年；所述对象也可以是作者极具个人特征的风景，是经由感官过滤和经验剪裁的人、事、景、物：如朱自清《荷塘月色》中"状难言之景，如在眼前"的月夜荷塘，《春》中纯情到饱和，纯情到不真实的"春天"等。散文可以指认的、真实的言说对象，不一定是"阴森森的，有些怕人"的景，也不一定是杨柳、燕子和桃花。真实的言说对象，可以是复杂情感本身。

何为复杂情感？张怡微列举中学语文课堂中不可缺少的《背影》作为例子。这篇常被视作现代散文中歌颂亲情的美文典范，实际上书写的却是微妙的父子关系和其中复杂的情感。被视作"至亲"的散文，却是以"至疏"为开场的。"我和父亲不相见已经有二年余了"，我们面临的也不是至亲团圆的场景，而是一系列窘境：祖母过世，父亲失业，父子分别。父亲面临去南京找工作，儿子要回到北京读书，两者都是前路迷茫。父亲的形象不是依靠看似"亲"的细节而生动的。他一次跨过栅栏的违纪行为，流露出成年人的窘境和不堪，这是许多初学写作的人试图遮掩的，却正是复杂情感的体现。如果我们不把这种幽微的个人体验泛化成"父爱"，我们可以探究一下为什么朱自清所见的"亲情"是这样一份亲情，为什么会捕捉这样的经验，用这样的章法和语言来表达？

我们的课堂有时也会用知人论世的方法，我们可以从史料中看见朱自清父子俩关系是有距离的，父亲曾拿走他当月全部薪水却连招呼也不打。在这样的现实关系前提下，朱自清对父亲形象的剪裁是带有反抗精神的，也是带有负疚情绪。潜意识里朱自清认为自己是达不到父亲期待的，但是这种负疚又不是妥协，世变让他"看到"父亲的窘迫，现实中父亲不容置疑的权威让他"听见"了"你就在此地，不要走动"的"命令"。两者是互相挂念却又无法接受对方现状的窘迫，父亲总觉得自己还要为已经19岁的儿子做点什么，而儿子看到了父亲那种"捉襟见肘"的时刻。

我在中学也带着文学社的孩子们写散文。有一位A同学让我印象深刻，她写父亲为了给孩子更好的生活而选择去外地工作，两头奔波，她写父亲临行前的谆谆教诲和回家时带的礼物。可是在匿名评论卡上有人留言表示并不打动人。A学生也逐渐意识到初稿中的父亲面目模糊，是一个概念化、标签化、模式化的人。第二稿呈现出父亲对孩子在当下陪伴和未来幸福之间选择的两难，"父亲"面目相对清晰了一些，但"我"则显得只是一个毫无情绪的旁观者，父亲的故事是父亲的故事，"我"是"我"，似乎是脱离外部社会孤立存在的亲情。一个孩子对成年人的选择和困境完全理解，甚至以一种看似老辣的方式来书写，以一种强烈的呼唤来遮盖情感的单一。殊不知我们所呼唤的，往往是我们所缺失的。孩子努力想理解的成年世界，恰恰是他们所难以承受的。书写这种"不理解"，书写这种距离，书写这种"隔"的状态，或许才是我们更可信的，情感世界。

张怡微梳理了散文中一些永恒的书写主题，譬如"失去"：失去亲人，失去故乡，失去语言，失去童心，失去友谊等。书写"失去"实际上书写的是"变化"，变化使得生活产生新的处境和难题，在这些困苦中，散文帮助我们完成自省，成为更好的人。

那么何为好散文，其选取有何标准？

张怡微认为好的散文应该指向情，写作者要在复杂情感的艺术处理中，不断发现"真相"，发现对"无法挽回"诸事的热情与好奇心。张怡微借用了王安忆的观点"散文的质量取决于情感的质量"。正如郑明娳所言散文写情的最高境界：含不尽之意，见于言外。而"五四"以来，"个人"被发现，散文中的情走向更幽微而内在的层次，散文开始走向自我的完成，这种完成不是精英化的，也不是拘泥于某一种性别的。如何更好地自我完成，如何恰如其分地抒情，如何把情感表现得更有本体意义而非戏剧化，如何使得散文成为理性审美的典范，这至少应该是"好的散文"形式和内容上的追求。

六、散文之于个体的意义和价值

作为读者，我们为什么要读散文，为什么读的是"这一篇"而不是其他散文，"这一篇"散文对哪些读者发出邀请，"这一篇"散文中作者的个人情感和独特经验给了读者什么力量？

作为初学写作的人，我们为什么将有些经验定格到散文中，为什么截取这样一段情感流动，为什么以散文的形式来书写而不是处理成小说、诗歌或者戏剧，作者以这样的方式和章法自述有什么样的效果呢？

我们在课堂上不仅应该关注"言说对象"，也应该由外到内，深入饱含作者独特经验的散文机杼。我们不仅要引导学生关注散文的

"所述对象",更要引导学生看见作者的"自述行为"。要知道并非任何一种情感都要自述出来。谈及朱自清的《背影》,我们会把对作者自述行为的关注定位在"朱自清为什么要写《背影》",教学重点自然也就落在作者写此文前的心绪,写此文时候的心境,写完此文的心态上,引导学生追问"作者为什么非写这篇文章不可"。谈到郁达夫的《故都的秋》,我们会关心"故都的秋"给了我们什么?这就将重点放在读者的"接受"层面,聚焦读者的心理过程和心理结果。

不是所有个人经验都能锤炼成为写作经验的。张怡微看到了散文之于个体的意义和价值。相比于其他文体,散文处理当时无法修改的世界,作者无力征服世界时的内心,也和诗歌共同处理"无法用语言表达"的外部世界。我们的生活并不是尽如人意,我们的亲情也不是被讴歌和呼唤的那种理想的亲情,我们也"不是每天都爱自己的母亲"。散文在"无法挽回"的现实和心灵处境中,给我们一个出路和开凿审美世界的可能性。生活材料令我们触摸到尖锐的痛苦,而散文给了我们一个出路。我们在散文中观看世界、他人和自我,开凿人与人关系上的明暗、冷热、亲疏。散文给了我们重新命名情感的可能性。

由于作者的独特经验,语言的新感觉,复杂情感的重新命名,框定经验的结构调整,情感秩序的裁剪,使得"这一篇"散文并不是对所有人都发出了邀请。尤其精英化的散文,用精致的语言搭建了一个陌生化的审美世界,可能是十分私人的、絮语式的,别人很难得到邀请走进去。面对散文,总有一些人得到邀请,而另一些人则无法以己之心贴近作者之心。

虽然散文不追求成为公认之作,作者的一己之感如何邀请到读者，读者又要如何把握作者的独特经验，教师如何建立学生已有经验与"这一篇"散文作者独特经验的链接呢？

七、如何达成散文写作和自我经验的双向作用

张怡微引用余光中在《楚歌四面谈文学》里说的"每个人都有喜怒哀乐的经验……但是并非每个人都知道如何去表现它们，也不是每个人都能决定表现的成败"。为什么有些人能够说出每个人想说但是又说不出的话？关键在于写作者如何认识世界，如何认识语言，如何对待和书写经验。中学散文课堂其实延续了传统纯文学批评的方式，更多地关注"作者是如何自述的"，但是更多地从赏析词句段落、赏析手法、赏析人物、分析思想内涵的模式来切入。

散文家需要不断发现真相，发现对"无法挽回"诸事的热情与好奇心——复杂情感的表达，需要情感教育。而散文的情感机制是"我喜欢的东西总跟现实有眺望的距离，但情感机制还是来源于现实生活，只是，这情感不是仅从个人经验写出来，还有一个新的形式"。那么我们经历的平庸的日常生活，应该如何在散文中裁剪和呈现呢？王荣生认为，散文的言说对象，是个人化的言说对象，唯有作者的眼能看、耳能闻、心能感，而所见、所闻、所思、所感仅落实在"这一篇"。这就要求我们关注散文的内在，关注散文高度个人化的言说对象和言说方式，关注作者的自述行为和个体经验。提炼个体经验，我们势必绕不开复杂情感。

我们如何整理我们的复杂情感？张怡微认为，好的创作应该理性地运用感性，需要作者对思想有感情。这种感性可能是尖锐和痛苦，正如余光中《楚歌四面谈文学》中说到的，感受现实经验时，

他和常人一样沉浸其中，但是在处理这些经验时，他调度的是理性，身外分身，痛定思痛。这种源于第一手经验的尖锐和痛苦，这种迎向困难的决绝，让我们找到可以被言说的对象，找到可说与不可说的边界。以理克情，用高度理性来看待情感世界、时间变化的力量。比如在《我与地坛》中，史铁生对母亲的情感，包含愧怍、忏悔、怀念、痛心。"我"从原来的不理解到如今理解，这其中蕴含了巨大的情感张力。这"情"是复杂的而非单一的，是成长的而非停滞的。从《故都的秋》中，我们看到了作者对故乡的回望，郁达夫"眺望我们的生活经验"。可见我们的书写和我们所经历的人、事、景之间是有时空距离的。我们可以从"不理解"到"理解"，回望置身其中的"我"。从《合欢树》中，看史铁生裁剪和淘洗个人经验，达到"自省"，达到"自我完成"。这种自省，可以是"我"对父亲的谅解，可以是"我"对母亲的理解与忏悔。在"我"与自己、与他人、与世界的和解中，实现自我完成。好的散文能够诉诸共情。读散文，我们以己之心体悟作者之情；写散文，我们在书写个人经验时，也应该追求"共鸣"。"我"的经历何以打动读者，大抵是因为我们心中有一些共通的东西：对物是人非的慨叹，对亲人老去的无奈，对无可弥补之事的追悔……

我们选取哪些景物进入散文，我们如何处理好"景语"与"情语"？经过对客观事物的主观选取、描写和想象，通过投射、隐喻，使得"物象"变成"意象"。这个过程更多是"以我观物，故物皆著我之色彩"。人和景的作用力是相互的，张怡微认为景无情不发，情无景不生。作者通过主观情感及记忆对自然景物着色，同时人格化的风景反过来作用在作者身上，"情以物迁，辞以情发"。例如，我们在分析《我与地坛》时，看到地坛对"我"的疗愈和慰藉。所以我们常说的"情景交融"离不开景物聚焦、偶然的体悟、抒情的语言和长期苦思冥想的志向。景与情联结即情景交融，作者通过对读者发出邀请，激发他人对于"情""意""境"的共鸣。

张怡微的《散文课》以创作者的姿态来梳理散文机杼，搭建起读者与作者经验之间的桥梁。比起概念化的知识和技巧，或许我们从散文的内部出发，看见作者独特的个人经验，看见作者细腻而幽微的情感，尝试在散文中理解自己的有限，实现自我完成，是当下散文课堂更重要的事情。

辑四

生产与消费

什么是好的民族志：
以当代民族志出版的实验范本为例

（顾晓清，华东师范大学出版社）

现代意义上的民族志（ethnography）自 1920 年代人类学家马林诺夫斯基开创以来，逐渐由一种隶属于人类学的方法论和写作文本，变为众多学科乃至跨学界吸纳使用的常用方法，也随之成为一种创作体裁与写作门类。此时进入普遍讨论的民族志，也从对一个简单、小规模、传统社会的观察扩展到对各种复杂群体的描摹，对生成性事件和整体采取"过程性"的观察方式，进而探索人类生活的境况和可能性。[1]

与此相应，世界范围内的民族志写作也随着民族志方法的创新，[2] 如多地点与短期田野等，催生了诸多实验范本，大体包括：（1）强调去人类中心主义，要求理解人和其他主体之间的关系的多物种民族志与合作民族志；（2）放弃了对传统的、对社会的整体与

---

[1] Ingold T. Anthropology contra ethnography[J]. *HAU: Journal of Ethnographic Theory*, 2017.

[2] Seligmann L J, Estes B P. Innovations in Ethnographic Methods[J]. *American Behavioral Scientist*, 2019.

部分的理解，积极关注"异质性生成"的动态民族志；(3)在全球化和宏大叙事之下追寻本土化的行动者民族志；(4)信息、新材料和生物技术等技术的崛起取代民族国家的大规模工业，打破既有壁垒的同时也带来了诸多伦理与生存问题的民族志；(5)关注医药服务与医疗制度、身体与精神疼痛、退行性疾病与慢性病、看护与伦理的医学民族志等。这些实验范本有些已成为新的经典，有的还在进一步拓展更新中，但都是受到广泛关注的文本，近年亦陆续被翻译引进至中文世界。

本文结合当代民族志出版实践，挑选了上述几个面向的民族志写作文本加以分析，意在指出，对"什么是好的民族志"的讨论在技巧手法之外，其写作根基更与写作者面临的社会问题、写作者本身的视野诠释息息相关，以期为本土民族志写作提供些许参考。民族志写作是一种思维方式的体现。"参与观察"作为民族志写作的路径，并不是用以验证理论收集材料进行知识生产，或将他者客观化为信息的提供者，而是真正与他者一起做研究，面对他者提出的挑战，探寻关于这个世界他们能向我们展示和提供什么，晃动我们习以为常、志满意得的确定性和进步感，最终回到"人要如何生活"这样的问题上来。[1]

由地质科学家来命名的"人类世"(Anthropocene)已经显现出人类力量的碾压性变化，人从自然演化的结果变为原因，物我关系的倒置对生养人的自然带来重重危机。学者们呼吁重新审视人与其他生物或自然环境等关系，这一思考线索催生了多物种民族志的兴

---

[1] Ingold T. Who Studies Humanity: The Scope of Anthropology[J]. *Anthropology Today*, 1985.

起。[1] 虽然人类学民族志长期以来一直关注人类以外的对象，但这种先入为主的做法往往是从它们与人类价值体系的关系来处理而非人类的纠葛。在这种情况下，多物种民族志否定了人类的首要地位，将其作为研究的一个稳定出发点，它不通过对占有非人类生态来发展现代主体的沉思，而是反对人类中心的单一文化观点，强调现实（realities）与世界（worlds）的复数形态。[2] 动物、植物、真菌以及微生物原本都是不起眼的，而如今和人类一起出现在生命政治的领域中，在偶然性中互相生成。

休·莱佛士（Hugh Raffles）的《昆虫志》（Insectopedia）是该领域的一本实验民族志。写作者用仿若百科全书式的编撰方式，从A-Z以词条写就昆虫与人的故事，从微观到全球，从路易斯安那州上空一平方英里到他自己内心深处。其中"沉浸在幻想中"的这一章（英文版）更以一个239个单词的句子开头，几乎看不出其是由博士论文改写而来。此书出版后也一举获得怀丁作家奖等众多寻常民族志无法得到的大众写作奖项。与昆虫研究者的记叙所不同的是，它时刻关照多重有机体之间如何通过政治、经济与文化力量互相形塑彼此。昆虫的处境要求人们从根本上重新定义规模和尺度，以摸索出人类世的轨迹。在"切尔诺贝利"这一章中，莱佛士描述了对突变着迷的艺术家柯内莉亚。她在瑞士提契诺州收集受切尔诺贝利核电站灾变辐射落尘影响的盲蝽，进行精确地科学绘图，反驳科学家声称释放的辐射太小而无法诱发突变的说法。这些画作巨细

---

[1] Kirksey E, Helmreich S. The emergence of multispecies ethnography, *Culture Anthropology*, 2010.

[2] Mathews A S. Anthropology and the Anthropocene: Criticisms, Experiments, and Collaborations, *Annual Review of Anthropology*, 2020.

靡遗，辅以标签与畸形之处，分享了生物科学的大部分视觉语法，[1]沉静冷漠仿佛纪实，但又同时如此地与世界相连，充满着情感张力。主客之间、人虫之间，还有亲昵感与距离感之间的差异已不像以往那样稳固不变。

随着多物种民族志对他者的融合和自我的反思要求，合作民族志也应运而生。《末日松茸：资本主义废墟上的生活可能》(The Mushroom at the End of the World: On the Possibility of Life in Capitalist Ruins)作为多物种民族志的代表作之一，也是合作民族志的典范之作。[2]该作品关注选择松茸，一方面因为松茸能够忍受人类制造的环境失调、但又不可被人类规模化种植，这种不受规训、抵制效率的物种显示出生成规划下的偶然。另一方面，更深处的菌丝体承载共生信息，释放的酶分解土壤基质，给予周围其他生物养分。这种根茎伴生、非掠夺式的生态维护让独霸养分、自身无法可持续发展的种植园模式相形见绌。[3]作者罗安清（Anna Tsing）借由松茸提出，在这个满目疮痍的世界，出路并非太空探险移民火星，并非隐瞒掩盖用后即弃，而是"与麻烦共处"，完成对自然界的净化与转化。在这个松茸故事链条上，作者把重心放在了被忽略的行动者——松茸采摘者身上，由他们串起了一系列事件和网络，而中间商、买手、保值票市场、购买者等各个主体则通过不同的政治经济技术规则联系、构造了松茸市场。此外，写作者也打破了谋生优先与生态环境保护之间简单的二元对立，展开了被战争记忆所纠缠的人生、森林

---

[1] Raffles H, *Insectopedia*, Vintage, 2011.

[2] 朱剑峰、董咚：《全球市场合作民族志研究方法与试验》，《广西民族大学学报》（哲学社会科学版），2017年，第39页。

[3] Tsing A. Unruly Edges: Mushrooms as Companion Species, *Environmental Humanities*, 2012.

砍伐、气候变化等复调的故事,这些不可能构成完美结局的小故事形成了这本书的节奏。

值得关注的还包括其写作过程的实验感。作者和另外五位人类学、地理学学者先是以"松茸世界研究小组"的身份在《美国民族学家》(American Ethnologist)上发表论文,中间穿插笔名和真名撰写的独立段落,将每个人自身带有的地方性知识转化为方法的一部分。最终连缀起来的整体,以符合期刊规范性要求的面貌出现。可贵的是,不同执笔人的声音未被消融,反而得到了展现。多重声音就像复调小说一样环环相扣、开放缠绕,而不同的田野地点之间也通过全球化商品链条的逻辑获得了内在联系,挣脱了个案比较的窠臼。6年后,《末日松茸》英文版作为罗安清的个人作品正式出版。她指出,"探险故事会从这一本延续到下一本",除了这本民族志,还有其他文类包括随笔,甚至纪录片《最后一季》,兼容了艺术和科学的实践。此外,她还和一位法学家共同设计了一款末日松茸的桌游(Global Futures),包含45张"创造未来"卡牌和18张"任务卡",形成一个崭新的说故事比赛。如此,这个民族志扩展开来,包容了人类学家、生态学家、菌学专家、松茸相关人员等参与其中。从该书的叙述中,我们很难想象写作者闭门独自思索的样子。相反,从字里行间所传达出来的,是写作者在享受与各类事物的相遇的欣喜。

在纪念《写文化:民族志的诗学与政治学》(Writing Culture: The Poetics and Politics of Ethnography)出版25周年的文集中,人类学家迈克尔·费舍尔(Michael Fischer)指出,民族志"要用宝石般的眼睛挑出日常生活的折射",有时可以"打乱政治家、政治学家、经济学家和大众传媒的回音室主流叙事，或聚合的声音"。《人行道王国》（Sidewalk）便是这样一种跳脱于主流叙事之外的民族志。本书关注在街头讨生活的人，他们在街上摆摊、睡觉、捡垃圾，游走在法律边缘，看似制造了混乱和威胁，但作者米切尔·邓奈尔（Mitchell Duneier）通过长期参与观察，深入街头人的生命世界，解释了人行道生活的社会结构和日常互动的逻辑。常有读者将这部民族志与经典城市研究作品《美国大城市的死与生》相比较，但它无疑突破了特定人群的限制，"现在很流行创造复合人物，或是把相隔数月乃至数年的事件或引语摆到一起，本书将不会使用这些方法。本书没有复合人物，也没有打乱事件顺序"。

这本民族志意不在于描述知识，而是要将读者从自己的生活经验中拉出来，看到另一个世界。人行道上的摊贩和拾荒者，往往被描述为经济不景气和阶层分化的可怜虫；而写作者的叙述和特约摄影师的配图，则揭示了今日都市人生活的复杂性：活力、秩序、矛盾，以及街头为陌生人提供共情的可能，不同个体对于生活困境的回应，这些努力值得尊敬。大多数人有相似的生活底色，很多预设自己与别人不同的人之间也有显著的道德共性。民族志的任务是解开共同、与众不同的特性交缠之结，并从历史和社会条件中解释这些与众不同的事物。尤为可贵的是，作者提出了"民族志谬误"的关键，[1] 既要警惕对文化的细枝末节过于沉溺以致看不见其背后的结构与过程，又要避免在政治经济决定论的笼罩下，先入为主地阐释"事实"。与此同时，写作者的谦逊，以及在那些个人生活与宏观力量交错的时刻保持对不确定性的尊重，也最终成就了这本书。原

---

[1] ［美］米切尔·邓奈尔：《人行道王国》，华东师范大学出版社 2018 年版。

本作者在格林威治村的一个书摊做了两年的社区研究，写出一稿，已和美国知名出版社 FSG 公司签订了出版合同，但在书稿遭到摊贩的批评后，他选择拿回书稿，重返现场，历时三年后才正式出版。在此过程中，作者邀请报道人们一起为学生开课，给书中提到的每一位人士一份书面声明，与他们分享版税。

如果说在记录他者的学科传统中，许多民族志仍然专注于所谓的"家中的异类"——无家可归者、被监禁者、成瘾者、移民者，现在的不少民族志则尝试将金融、生物技术、广告、法律等置于人类学的显微镜下，或延续它们对特权者的警惕和反思，或揭露出习以为常的产业链背后的屈服。

《清算：华尔街的日常生活》（*Liquidated: An Ethnography of Wall Street*）就是从日常实践的视角凝视这一全球资本主义心脏地带的民族志，呈现了华尔街的投资银行家们的工作场所文化和特权网络。与以往亲历投行或第三人称写作的纪实作品不同，作者何柔宛（Karen Ho）从那些每周工作超过 100 小时的证券分析师、渴望被雇佣的名校毕业生、经验丰富却一脸漠然的高层管理人员背后找到"聪明文化"作为全书的起点，将"精致的利己主义者"的思考再往深处推进。在华尔街，"聪明"不仅仅意味着个人智慧，更传达出一种令人印象深刻、象征精英、高端地位和专业性的普遍感觉，而这些被用作彰显甚至证明投行家作为美国企业顾问乃至全球金融市场领导者的价值。作者在扎实的访谈和参与式观察中一步步戳破这些光鲜的、抽象的、无所不能的光环，揭示其背后的结构性生产机制，呈现精英文化的整体包装性如何作为一种典范向整个经济体系输出的。[1] 从这些价值神话里，更可以看到在如今的互联网公司里，与挥霍无度的交易相联系的高度流动性与补偿文化的身影。这对困顿其中的从业人员又何尝不是一剂清醒剂。此外，作者还带领读者重新思考"经济"在日常生活中的意义，"经济"的术语（比如套牢、止损）只是一种方便的、在手边、可以被接纳的表达语言，而不能替代真正的动力学解释，事件可能有一些经济方面的表现，但倘若全部归因于它有时也是一种简单的偷懒。

莎朗·考夫曼（Sharon Kaufman）关于老年医疗的系列民族志[2]则是另一番精彩。一方面，医院是关于生命、人和价值的不同知识的场所，在这里可以引发人与地方之间的遐想；[3] 另一方面，我们的社会已经到了今天这样的地步：人类认为身体是可以（无限）修复的，生命是可以（无限）延长的。选择不接受心脏手术、化疗或器官移植，或者决定不接受插管、植入式心脏设备或肾脏透析，对于病人、家属和医生来说，都显得有些可疑。医生的想法、医疗保险、医疗文化和结构都希望我们对最新的治疗手段和诊断工具说"是"。对可能拯救生命的疗法说"不"，就是在拒绝医学在过去两千年里所走过的进步之路，而且必须向自己和他人解释何以做出这种"不道德"的行为。[4] 在这样的产业链上，实际还隐藏着众多家庭身陷其中的情感、财务与组织护理责任的纠缠。作者聆听成百上千的病人、医生和家庭成员的对话，记录下他们的希望、恐惧和理由，尝

---

[1] 朱宇晶：《虚实之间华尔街》，《读书》2018 年第 12 期。

[2] Kaufman S R, *The Ageless Self: Sources of Meaning in Late Life*, University of Wisconsin Press, 1986.

[3] Kaufman S R, *And a Time to Die: How American Hospitals Shape the End of Life*, University of Chicago Press, 2006.

[4] Kaufman S R, Senescence, decline, and the quest for a good death: Contemporary dilemmas and historical antecedents, *Journal of Aging Studies*, 2000.

试一切的冲动和不得不停止的要求，直面生死线上的两难。

每个时代的"常规医疗"[1]都有各自的意涵，庞大而零散：二十年前，人们不可能需要这些疗法，因为它们并不存在；十年前，很少有人预料到老年人会成为这些疗法的增长市场；如今，人们用风险管理作为健康的保证。作者指出，风险从流行病学的疾病统计率转变为一个人体内的不确定性条件，变为一种生活经验，甚至是未来疾病的症状。根据这一逻辑，一旦评估了风险，就必须采取一些措施来减少它。比如，体检筛查（高胆固醇、糖尿病、心脏病、乳腺癌、前列腺癌、结肠癌等）。关于是否和何时进行筛查，多长时间进行一次，以及使用何种技术的争论已经从医学研讨会蔓延到了社交媒体的热搜。而随着这种健康风险被越来越多地概念化为个人问题，那些疾病的上游原因，从污染、贫困到医疗财政在未来的偿付能力则越来越不被强调，最终变为一篇篇个体内疚的故事。但人之存在的窘境是可被简化的吗？人与痛苦的关系并不靠"进步"化解，"后进步"是我们不安的、普遍的、当代的状况。

在她观察老母亲罹患阿尔兹海默病的民族志[2]中，更呈现出诗意语言的洞察力。现在市面上有数量众多的阿尔兹海默病回忆录，形式包括小说、散文、专栏文章、摄影作品、诗歌、电影和自媒体，大多由家庭成员书写，分享爱和照顾一个人的考验，而这个人在他们眼前发生了变化，并在疾病中越走越远。在这些故事中，有气愤、悲伤、愤怒、欢笑，有时还有巨大的喜悦，这些故事讲述了亲密关

---

[1] Kaufman S R, *Ordinary Medicine: Extraordinary Treatments, Longer Lives, and Where to Draw the Line*, Duke University Press, 2015.

[2] Kaufman S R, "Losing My Self": A Poet's Ironies and a Daughter's Reflections on Dementia, *Perspectives in Biology and Medicine*, 2017.

系的转变，讲述了旁观者和阿尔兹海默病患者的错位。此外，还有些自传性描述是由处于迷失方向、记忆丧失和疾病症状累积阶段的人自己写就。虽然有学者认为，很多文本"被清洗掉了任何疾病的证据"，因为它们需要在家庭或专业编辑的帮助下进行编辑以保持叙述的连贯性，并吸引出版商和广泛的读者。但考夫曼在行文中流露出另一种温情脉脉，除了作为一种医学诊断和知识类别，老年痴呆症也是一种现代生活形式。它与其他处于生命边缘的现代形式类似，都是在不同时期进入社会文化，但都带有相当的社会情感和政治包袱。这些形式引发了我们关于生命质量、痛苦的性质和边缘存在的价值讨论，以及对生命的开始和结束的困惑与争议。这样的写法如今也被纳入了"亲密民族志"的范畴，这是一个由人类学家创造的短语。他们开始写个人家庭叙事，讲述他们父母在20世纪的动荡生活。作为女儿和儿子的人类学家，接受了生活史的技艺训练，学习了历史和政治经济的批判性方法，他们希望利用自己的双重身份来引出父母关于战争、流离失所和衰老的故事，并将这些故事置于记忆写作的实验中。这种工作将"深刻的个人和情感作为人类学的主题"，但它超越了个人，探索适应性、复原力和身份，以及它们对于当代挑战的意义，如今也受到越来越多的关注。

以上这些分析虽然力图呈现"一个好的民族志"的题中之义，但本质上还是要回归民族志的文本特性，即真实与诚恳。日常生活不是一件单一、有界、可以概括的事情，它涉及的是个别遭遇的个别事件，想要由此去确定总体观念与事情在现实中的特殊运作方式是怎样互动，并非易事。在每个阶段、每个地方、每个场合，我们都会遇到各种各样的个人和群体，在难以预测或者不受道德简化的环境下与其打交道，有时，叙事的核心不是集中在多事之秋，而是集中在无始无终的"准事件"上，民族志可以帮助我们捕捉和重述，让我们如蒂姆·英格尔德所说的那样，拿掉知识的傲慢，无法再因万分确信而感到盲目自信，并且能让那些原本不被听到的事物发声。

以小见大——
一种非虚构 / 历史的叙述方式

（贺俊逸，上海大学出版社编辑）

《什么也别说：一桩北爱尔兰谋杀案》（后文简称为《什么也别说》）是美国作家帕特里克·拉登·基夫的一部非虚构力作，2019年出版后获得各项非虚构类大奖。这本书通过一桩离奇的谋杀案，以小见大，揭露了上个世纪六七十年代北爱尔兰冲突历史和北爱尔兰的政治文化。"以小见大"这种写作立意作为一种非虚构的叙述方式，已经有许多成功的案例，例如《万历十五年》《蒙塔尤》等，它们的立足点是一个不起眼的时间、地点、事件，但都可以让读者体会某种更为宏大的时代背景。收录《什么也别说》的"格致·格尔尼卡"丛书就是以这种以小见大的视角来呈现世界近代史中战争与人之间的张力。"以小见大"为何会具有魅力？如何"见"大？与此同时，"见不到"什么？我试图通过对"格致·格尔尼卡"丛书的介绍简单涉足这些问题。

在史学研究领域，从一个比较小的事件、地点或问题的切入口出发，来关照一个宏大的时代或地域研究，现在已经是一种比较常见的研究模式。另一方面，20世纪微观史研究的兴起，也为这一研究模式提供了许多极端的案例，部分研究者甚至聚焦一些在传统史学研究中完全不会进行研究的对象。相关的研究成果，例如《万历十五年》《蒙塔尤》等，前者聚焦一个无事发生的年份，来折射出晚明的政治经济状况；后者则从空间领域，围绕一个法国南部小乡村来看中世纪的平民物质、精神生活。

最近出版的非虚构作品《什么也别说》，以及收录此书的"格致·格尔尼卡"系列丛书就是以这种"以小见大"的叙述方式来展开对世界近代史领域中战争及人的异化等议题的讨论。

"以小见大"作为一种非虚构/历史的叙述方式，为何会被历史学家、非虚构作者、读者所接受，它为何具有一种叙述的魅力？具体来说，在"以小见大"的叙述过程中，作者应该如何对"小"进行叙述，以便"见"大？与此同时，如同管中窥豹一般，这种叙述手段会有哪些局限，即"见不到"什么？我将以《什么也别说》和"格致·格尔尼卡"丛书展开讨论。

一桩谋杀案与北爱尔兰冲突

《什么也别说》甫一出版，便荣登 2019 年各大非虚构类榜单，好评如潮。而在最近，作者基夫凭借其《疼痛帝国：萨克勒家族秘史》一书，获得了 2021 年度英国最重量级的非虚构大奖巴美列·捷福奖（Baillie Gifford Prize），这本书描写美国医药巨头萨克勒家族通过隐瞒其制售的镇痛药奥施康定中的鸦片成分，积累起巨额财富，与此同时，也造成了极为严重的公共卫生危机。或许，在非虚构叙述领域，我们有一些方面可以向基夫学习。

《什么也别说》是采用 ABAB 的双线叙事模式展开的，随着情节的发展，两条故事线渐渐收束，一同进入整本书的高潮部分。

本书的主体部分之一是一桩发生在北爱尔兰的扑朔迷离的绑架谋杀案。1972年年底的一天，10个孩子的单亲妈妈琼·麦康维尔被一伙蒙面人从贝尔法斯特的家中绑走，她的孩子们从此再也没见到她。直到30年后，2003年，在《北爱尔兰和平协议》签订5年后，人们在海滩上发现了一具人类骨骼。当麦康维尔的孩子被告知骸骨的衣服上有一个蓝色的别针时，他们知道这就是他们的母亲。究竟是谁杀害了琼·麦康维尔？在这30年中，试图找寻麦康维尔下落，试图追寻案件真相的人们像是撞到了一堵无声的、坚实的墙壁：谁都不愿提起这件事。这是弥散在北爱尔兰上空的一种根深蒂固的沉默政治文化，用1994年诺奖得主、爱尔兰诗人谢默斯·希尼的话来说，就是"无论你说什么，什么也别说"，这也是本书的书名由来。

而故事的另一部分，也是一位女性。杜洛尔丝·普赖斯出生在北爱尔兰共和派家庭，他们将英国人视为入侵者，从普赖斯的祖辈起，一直致力于将英国人从北爱尔兰赶走。耳濡目染之下，普赖斯和她的妹妹玛丽安·普赖斯一起加入了爱尔兰共和军（IRA），她们穿梭在边界，参与街头枪战，安置汽车炸弹，被捕入狱后绝食抗议，成为了这一现在被看作"恐怖主义"组织的传奇女战士。在被英国人关押期间，普赖斯发生了转变，她开始反思自己年轻时的激进思想，获释后脱离了共和军。

叙述围绕两位女性主角错章展开，两位女性形成了鲜明对比，一位是无辜的平民，一位是激进的女战士。其实故事还隐含了两位形成鲜明对比的爱尔兰共和军男性主角，一位是永远带枪冲在战斗第一线的指挥官休斯，一位是休斯的好友，永远藏身幕后出谋划策的格里·亚当斯。亚当斯在与英国人的对抗中发现从恐怖袭击转向谋求政治解决的可能性，他促成了与英国人的和平协议，将非法的爱尔兰共和军洗白，成立了新芬党，并凭借这一成就当上了党魁，成为了政治舞台上呼风唤雨的人物。而休斯一直活在传统的北爱尔兰独立的共和理想之中，他无法理解亚当斯为何会背叛自己、背叛"革命"事业，他在愤愤不平中接受了美国波士顿学院的口述史采访，想把自己的经历，自己的理想用录音带留存下来。

通过如上的故事情节概述，我们可以看出，虽然书名、副书名、叙述的缘起，聚焦的是一桩谋杀案，并且故事的结尾是对这桩谋杀案真相的揭露，但整体故事沉浸在20世纪北爱尔兰冲突的大背景之下，并且，作者的目的显然不只是为了揭露谋杀案的真相，他希望通过谋杀案这个具有戏剧性的冲突案件（小）来关照北爱尔兰冲突本身（大），甚至不仅于此。

这里简要分析一下作者写作的链条，即他为什么要去写这个故事？作者的名字帕特里克·拉登·基夫其实暗示了他的血统：他是一位美国爱尔兰裔的后人，虽然这一身份对于他来说没有任何影响，他和其他美国人一样，不了解爱尔兰、北爱尔兰发生过什么。直到他在2013年《纽约时报》看到杜洛尔丝·普赖斯的讣告，了解了她戏剧般的人生，以及讣告提及的关于波士顿学院的录音带纠纷（英国警方知道了录音带的存在，希望得到录音带以破案；口述史组织者希望通过学术独立抗拒警方压力）。意图深入了解这一事件的过程中，基夫首先触及了北爱尔兰的沉默文化，一种"集体否认"。而基夫并不将其视为对写作的阻碍，恰恰相反，这提供了一个讲故事的机会："人们是如何在毫不妥协地献身一项事业的过程中变得激进化？个体及社会在历经磨难后有机会反思时，如何理解政治暴力？"

四年的研究和写作中，他通过七次爱尔兰之旅，采访了上百人，在书中五分之一的篇幅是注释的情况下，几乎做到了每一句话都有出处。他不仅给出了案件的真相（小），也不仅关照了作为故事背景的北爱尔兰冲突历史（在基夫看来，这只是故事的背景而已，也就是说，同样也是一种小），他还在回答从一开始就询问自己的上述问题的答案（这种人性的追问，才是他写作意义上的"大"）。

虽然有大篇幅的注释，甚至某些单个章节的注释数超过了两百个，但作者本人还是不认为他写的是历史。他在后记中明确地说："这不是一本历史书，而是纪实文学。"相比于一部《北爱尔兰冲突史》（如果有这本书的话），由于《什么也别说》必须围绕案件展开，它缺乏的是对北爱尔兰冲突另一方，即亲英派（保皇派）的暴力的描述，从历史书的角度来看，这是片面的、不足的。此外，虽然《什么也别说》在叙述的过程中，插叙了部分的历史背景知识，但它毕竟不是一部正规的历史书，它无法提供完整的、按照时间顺序叙述的北爱尔兰历史。这其实也是一种"以小见大"视角下必然造成的管中窥豹式的不足之处。

我在编辑、阅读这本书的时候，时常在疑惑，对于一般中国读者来说，北爱尔兰冲突是一个遥远的、与中国读者有一定距离的时间、空间中发生的事件。虽然对于麦康维尔一家来说，对于生活在贝尔法斯特枪林弹雨中的平民来说，北爱尔兰冲突的影响太过巨大，以至于破坏了他们的全部生活。但对于中国读者，在国内同类书籍几乎为零，没有什么人了解、谈论北爱尔兰冲突历史的情况下，阅读《什么也别说》是否需要某种意义上的历史知识储备？如果没有这种历史知识储备，是否可行？

或者换一种视角，对于购买、阅读《什么也别说》的读者来说，他们如果是冲着一桩谋杀案的真相推理（如果"小"本身是有吸引力的），或是冲着这是一本市面上少有的甚至仅有的北爱尔兰冲突的相关书籍，他们就是希望能够通过这本书，通过这桩谋杀案了解之前不知道的北爱尔兰冲突的历史，获得"历史知识储备"，那么，这样的一种预设与上述作者的写作目的就存在着某种错位感。即读者预设的"大"，也就是了解北爱尔兰冲突历史，与作者基夫的"大"，即极端政治中的人性追问，是有隔阂的。当读完本书，他们发现并不能通过这本书了解北爱尔兰冲突的全貌，发现作者只叙述了北爱尔兰冲突的一个侧面，一个极小的切入点之后是历史中一个片面的、零散的部分，或许，这种叙述方式只能带给他们一种失望。但是，作者志不在此！

格尔尼卡精神与"格致·格尔尼卡"丛书

在选题策划时，这种小切入口展开更宏大目的的叙述手法面临着策划压力。对于一般中国读者来说，不仅这桩谋杀案闻所未闻，甚至北爱尔兰冲突是遥远的、未知的、陌生的，那么为什么要引进、出版这种书呢？为什么不迎合图书市场的喜好，去出版一些《极简××史》《××几千年》的通俗大历史，来满足现代人快餐消费的喜好呢？

但我固执地认为，如果某一种单一视角能够提供一个从宏大俯视的角度无法提供的旨趣的话，这一视角、这一叙述就是有意义的。

于是，我策划了"格致·格尔尼卡"系列丛书，之所以取名格尔尼卡，是来自毕加索的名画《格尔尼卡》。格尔尼卡不过是西班牙的一个小镇，它没有任何战略、地理价值，而在西班牙内战中，佛朗哥倾泻了大量的炸弹轰炸这一小镇，不是出于军事目的，而是为了营造一种恐怖的氛围，迫使左翼政府投降，毕加索得知这一消息后，愤而为这一小镇绘制了《格尔尼卡》，此后成为世界上反战的重要象征。丛书包含西班牙内战、纳粹在地方、希腊内战、日本的南洋姐等此前图书市场不会关注的遥远的小战争、小群体，就是秉承着这一思路而来的。

《藏着：一个西班牙人的 33 年内战人生》讲述的是西班牙内战中（后）的一个极富戏剧化的插曲。西班牙南部米哈斯村的村长曼努埃尔·科特斯，因为其左翼的政治立场，在 1939 年耗时 3 年的西班牙内战结束并且右翼当权后，被列入了枪毙名单。战争结束他潜回村子，在其妻子、女儿的帮助下，藏在了自家的墙壁缝中的小隔间内，一藏便是 30 年整，直到 1969 年。其间，他甚至连自己女儿的婚礼也无法参加，只能通过小小的钥匙孔在墙后偷偷观看女儿穿婚纱的样子。1969 年大赦后，科特斯走出躲藏处，他接受了英国口述史学家罗纳德·弗雷泽的采访，将其经历作为西班牙内战后胜利者的残酷清洗的一部分，作为活着的历史保留了下来。

《纳粹掌权：一个德国小镇的经历》更是一种"以小见大"的典型。与图书市场此前大部分围绕希特勒、高层决策的纳粹研究书籍不同，这本书的研究地点只是一个德国中部默默无名的小镇——诺特海姆镇。它的人口只有一万左右，全德国有近千个类似的小镇。纳粹研究专家、历史学家理查德·埃文斯说："重点恰恰是这里鲜为人知，所以它是普通的，这个小镇的经历对许多其他的城镇来说具有代表意义。"作者威廉·谢里登·阿伦在小镇采访幸存者，利用档案数据勾勒出这样的一幅生动图景，即纳粹在地方层面是如何一步步利用选举、游行、政治集会等手段，进而达到合法掌权的过程。那些纳粹分子就像手段出神入化的传销分子，好像非常精确地知道应该说什么、做什么以及怎么做，并且他们会根据每次政治集会活动的反馈，及时地总结经验、调整策略，修改下一次活动的安排。阿伦也详细描述了，在最终掌权之后，地方纳粹又是如何压制地方异见人士，剥夺社团活力，进而造就万马齐喑的形势。

《希腊内战：一场国际内战》聚焦冷战史中一个被忽视的视角。在国内冷战史的叙述中，希腊内战或许只是短短的一行注释，捎带提及的一个知识点。"二战"临近尾声之际，希腊社会在德军撤退后并未得到多少时间的喘息，原本就截然对立的两个政治派别的零星冲突迅速升级为血腥的内战。而英国、苏联、南斯拉夫、保加利亚、阿尔巴尼亚、美国势力的插足，让内战变成了一场代理人战争，一场国际内战。作为美苏冷战背景下爆发的一场热战，希腊内战影响是极为深远的，它影响了朝鲜战争、越南战争等。

《唐行小姐：被卖到异乡的少女们》聚焦的是一群被近代化日本抛弃的女性，她们名叫南洋姐、唐行小姐。1978年被引进中国的日本电影《望乡》中的阿崎婆的恸哭，曾感动了无数中国人，巴金说："我流了眼泪，我感到难过……阿崎的命运像一股火在烧我的心……看完《望乡》以后，我一直不能忘记它，同别人谈起来，我总是说：多好的影片，多好的人！"明治、大正、昭和初期，狂飙迈向近代国家的日本，其不断增长的国力与依旧贫瘠的土地构成了鲜明的对比。在九州故乡无以为生的少女们，不得不去异乡讨生活。或是自愿、但多是被骗，她们藏身船舱，本想到海外寻条出路，却被迫接客，成了妓女。她们成为了唐行小姐，变成了人贩子眼中均价五百日元的商品，世人骂作偷渡女、海外丑业妇、日本之耻，是被"祖国"献祭给受压迫民族的供品……

在"极简史""数千年史"之外的可能性

柯文研究义和团运动的史学名著《历史三调：作为事件、经历和神话的义和团》，在研究方法论的创新上，为我们提供了一次很好的示范。即义和团运动本身存在着作为历史事件、作为历史中的个体经历、作为事后被加工的神话三个维度。柯文认为："三条路径，在逻辑上或认识论上没有哪一条的地位一定比另外两条高……经历和神话具有不容历史学家忽视的重要性和情感引力——我们也许该称之为一种主观的真实。"

历史研究/非虚构写作，或许也可以借鉴这种视角区分的维度与侧重。上述"以小见大"的叙述方式就是在经历维度上的一种尝试。作为经历者，他们的视角是从他们自身出发，到视力所及的地方为止，他们显然无法看到整个历史的流动，但是经历者的视角的可贵就在于他们是在历史中的，他们为宏大的、令人无法一下子把握住的历史提供了无数被忽略的细节之美，这些细节甚至有时候是与笼统的历史公式、历史叙述相悖的，但切切实实是真实可信的。

这种叙述方式的优势在于，它聚焦的对象是有限的，甚至是偏颇的，因而叙述对象是具体的，围绕他展开的材料是丰富的，视角是集中的。在对象的"小"与历史背景的"大"的文本碰撞中，更能体现出历史作用于人是怎样的一个过程，文本在隐隐约约提示历史背景的叙述中，更能体现当时与当下人的境遇。

"格致·格尔尼卡"丛书后续会出版的图书，还会继续秉持这一"以小见大"的叙述方式。如反战电影《现代启示录》《全金属外壳》编剧迈克尔·赫尔在1967—1969年越战现场发来的《战地快讯》。本书是新新闻写作的范例，赫尔依据自己的喜好堆叠了大量生动的意象、画面场景，相比较于客观地线性叙述战争的经过，他更抓住了战争中士兵的心理活动和情绪，他们面对的紧张环境和自身因此发生的变化、恶意。

但与此同时，"以小见大"的叙述方式也会遭遇自身的局限。即如果对象的"小"已经"小"得超乎一般读者的关注范围，在选题策划以及出版论证时，会遇到极大的压力。

在通俗历史（非学术研究领域）图书市场大量出版"极简史""数千年史"的当下，为读者提供另一种小而精致的视角，叙述一种"以小见大"的故事，这为我们提供了一种全新的可能性。如《蒙塔尤》前言所说："小题材有时也能写出好书，至少我们应希望如此。"

医学人文视角下的失智症书写
——评《再思失智症叙事：移情、身份和照护》[1]

（尹洁，复旦大学哲学学院）

《再思失智症叙事：移情、身份和照护》(Reconsidering Dementia Narratives: Empathy, Identity and Care)着重探讨叙事如何在理解失智症与推进更为人道的照护实践方面发挥作用。作者比滕茨（R. Bitenc）强调在具身化和关系性的理解模式下看待失智症。她将失智症患者的自我书写作为一种与主流失智症叙事对抗的"反叙事"（counter narrative），但又颇为辩证地指出叙事——无论其采取的形式和体裁如何——都不必然会带来更为人性化的照护实践。本书从头到尾贯穿了失智症叙事的交叉学科研究方法，并倚重叙事文本实例来追问患者的自病记录或合作书写能否对抗主流叙事当中所谓"自我丧失"的失智症话语表述。在医学人文的伦理视角和目标驱动下，该书借助于对诸多叙事文本实例的分析展现了叙事和叙事研究的潜能及其限度。

借用当代现象学的视角，比滕茨将失智症患者是否拥有"自

---

[1] Bitenc, Rebecca A. 2020. *Reconsidering dementia narrative: empathy, identity and care*. New York: Routledge.

我"这一本体论问题悬置，通过诉诸于自我的具身化本质，重新阐释在失智症当中自我的失去究竟意味着什么。具身的自我和具身的交流（embodied communication），具备重新奠定失智症患者道德位置（moral standing）的作用，将对于失智症人格的认知模型替换为作为具身化存在的人类。自我的本质面向除去认知之外，还在于身体移动和行动的方式当中，失智症患者尽管有着不同的认知障碍，但在其患病过程当中经由其行动、姿态、表达和行为等仍能持续传递信息。借助于自病记录（autopathographies），比滕茨试图展示这些叙事如何以具身（embodied）和主体间（intersubjective）的方式展现疾病体验，借以（至少部分地）冲击生物医学模式下物理主义的、还原论棱镜下关于身体、人格和自我的模式化观念。同时她也借助于多种样式的叙事媒介尤其是纪录片的例子来展现在失智症当中具身的沟通可能如何显现。

与非虚构的自病书写不同，虚构作品恰恰能覆盖那一部分因为认知能力受限无法书写自我的疾病阶段。第二章，比滕茨着重处理与虚构写作相关的三个层次的问题：一是虚构叙事本身在多大程度上有助于我们对于失智症体验的更好理解，即如何能够作为所谓"理论现象学的实践对应物"；二是在虚构作品中使用的叙事手法，那些被用来模拟失智症相关现象的方法如何与读者的移情机制和体验相互作用；三是以上的分析如何又促进当前的叙事移情理论研究，尤其是，在医学人文尤其是叙事医学当中，移情扮演了什么样的作用？叙事医学将虚构写作作为激发医务人员移情的手段，进而认为其具备影响医患关系和失智症照护医疗实践的潜力。比滕茨认为尽管虚构叙事本身促进了叙事移情（narrative empathy），但并不见得因此会引致更强烈的利他行为。一旦如此，叙事医学需要重新考虑其理论在投入实践之前的基本假设。

与认为叙事预设连贯性的观点相对照，比滕茨将在传统的或连贯的形式当中的叙事移情视作被局限，读者被鼓励作为角色来感受（feel *as* character），而不是与角色一同来感受（feel *with* character），后者引发的情感更近似于同情而不是移情。另一方面，文学实验性质的文本在比滕茨看来则可在读者那里引发平行经验（parallel experience）。为了与连贯的叙事对照，比滕茨选用了不连贯的、甚至是不那么可靠的叙事来展现读者如何体验到与故事中角色类似的困境。比滕茨将石黑一雄的《无可慰藉》看作为并没有刻意为其角色命名病理标签却反倒有可能给予探索人类经验复杂性以更多空间的叙事。在虚构叙事尽其所能来描绘人类经验可能性的同时，叙事不需要被还原为仅仅关于疾病自身，它应该是一个更为敞开的文本，面向人类存在的不确定性。比滕茨的分析借用《无可慰藉》这一范本展现了叙事如何避免强化已有的文化刻板印象，避免让单称的个人经历完全服从文化统治意义上的叙事脚本。

然而，推定的叙事实践，其冒险之处在于可能会抹去他人的主体性。借由频繁地使用自然化策略，推定的叙事实践似乎过于迅速地邀请身份的确认，在叙事伦理学看来可能是相当危险的尝试。《依然爱丽丝》因此被比滕茨认为是伦理上相当成问题的叙事，恰恰基于这个原因，它理所当然地假设爱丽丝这样一个失智症患者精准地对应于主流的疾病诊断：认知能力的缺陷和持续下降。它也过于仓促地将爱丽丝的身份确认为与我们无异的普通人，但遗憾的是，文本在还未能进入爱丽丝患病的晚期阶段就终止了，留下的是未知的空间，在未知黑暗中挣扎的失智症患者，其体验无人知晓。

反过来，简单预设他者的尝试则是另一个极端。非推定的叙事实践，则以承认他者的方式来表征他人如何作为具身的和嵌入的（embodied and embedded）[1]个体与世界照面，这一叙事通过强调其自身的虚构性也同时提醒读者，叙事实践对于失智症的表征无法也无意成为他者真实体验的表征。在此种意义上，比滕茨追问，叙事究竟能在何种意义上使得与他者的伦理关系成为可能？换言之，叙事的手法和技巧究竟在何种意义上贡献于移情？尽管在《依然爱丽丝》当中使用的广泛的叙事手段本意在于推进社会对于失智症患者的"承认"——既指向伦理意义也指向政治意义。然而在他者当中认识到自己，正如在体验移情当中所发生的那样，也被认为是对于他者的"他者性"（alterity）[2]的违背。在现象学家扎哈维（D. Zahavi）看来，任何将其他人归于主流叙事的尝试都在一定程度上消解主体性，这是一种对于他者性的驯化（domestication of otherness）。

透过女性主义和后殖民理论的棱镜，比滕茨也同样看到移情本身表征了一种通常已然由经济和政治特权刻画的路径所显现出来的情感。但也许我们不能从对于他者性的反抗走向另外一个极端，不可否认的是，叙事移情仍有其积极作用，从一种宏观的层面将叙事移情全部打发掉是不明智的，对于失智症人群来说仍然需要它来帮

---

[1] 在当代心灵哲学或神经伦理学当中，"具身的"（embodied）意味着无法脱离身体来谈论一种纯粹笛卡尔意义上的意识（心灵），所有的意识或知觉都是有身体参与的；而"嵌入的"（embedded）则指的是意识发生的语境对于意识的内容和样态具有本质性的形塑作用。可参见 Glannon, Walter. 2013. *Brain, body and mind: neuroethics with a human face*. New York: Oxford. Glannon 在第一章写道："具身化的……（意味着）我们的精神状态是由大脑及其与人体外部和内部特征的相互作用所产生和维持的；""嵌入的……（意味着）我们的精神状态的内容和质量取决于我们在社会和自然环境中的行为方式。"

[2] 相较于更常见的 otherness, alterity 意味着他者是在其具体的社会和文化制度中被看待的、被认为具有道德维度的、具体的他者，而 otherness 则是更为认识论意义上的（epistemic）他者性。参见 Türkkan, Sevinç. 2010. Other/ Alterity, *The Encyclopedia of Literacy and Cultural Theory*, ed. Michael Ryan, Wiley.

助完成公共政策层面的倡导。只不过，在那些与企图引发移情的阅读体验和失智症照护实践之间的关联并不是那么清晰。但凡虚构叙事具备改变人类认知的能力——一如《依然爱丽丝》确实改变了人们对于失智症照护者的道德评价——它当然也同样具备给特定人群造成负面影响的潜能。

不可否认的是，虚构叙事确实具备潜能来就失智症现象学的特定方面给出独到的表征，这一点无疑是非虚构的失智症生命书写所难以做到的。想象叙事所起到的作用不仅仅是探索他者的"活着的体验"（the lived experience），也是强调其必然建构的本质。虚构叙事相对于非虚构来说，具备更大的空间展现第一人称的现象学体验，但也因此会具备冒犯他者性（alterity）的风险。虚构叙事需要注意的问题是，故事所能表征的范围和内容都决定了失智症患者的哪些体验会被人所知晓，对于这些无法用言语自我表达的人来说，虚构所能触及和无所触及的究竟是哪些部分？其各自的伦理意蕴更加值得被重视。

比滕茨在第二部分转向讨论究竟在多大程度上失智症的生命叙事能够被作为失智症文化建构的"反叙事"，针对主流叙事当中"自我的丧失""死亡之前的死亡"等标签，叙事的不同体裁（genres）又究竟如何在"反叙事"的构建中发挥作用。比滕茨将叙事和身份之间的关系视为一个开放问题。叙事是一个用于在社会世界当中构建和协商身份的工具。在她看来，对话分析揭示了，在失智症叙事文本当中的相关叙事尽管无法呈现连贯的自我，仍然能够显现出一种隐喻或情感意义上的连贯性，失智症患者并不因其不能做出连贯的叙事而被当作不具备身份，其身份并不是由其身份叙事形式意义上的连贯性所定义，而是依赖于与这些身份打交道的人的意愿和能力。尽管连贯性一般被作为身份叙事以及"反叙事"的核心逻辑，但比滕茨指出失智症的叙事是个双向的过程，患者向听者或读者发出伦理的邀请，这一邀请的主旨在于承认和意义创造。其次，不仅叙事本身是双向的，身份的确认也是双向的，并且是在主体间完成的。失智症的生命书写，尤其是那些合作性质的生命书写，本身就预设了人类作为社会存在物的互相依赖本质，在此意义上它拒绝将自我视作为独立自存的、能动的、自主的个体，这种关于自我的观念在其看来是一个神话。

然而，在比滕茨看来，由失智症患者的自病书写给出的疾病叙事本身并不能被必然地当作有效的"反叙事"，事实上对于究竟什么才算得上是一种"反叙事"，她并没有给出明确的答案。当失智症叙事借由常见的文化想象来描述那些后期患者的生活或生命的时候，他们无法不面对这样的问题，当其澄清患者仍具有认知能力、清醒意识和语言表达的时候，实际上等于在持续使得失智症后期患者处于被污名化的境地。但同时，比滕茨指出，一种对于低自尊的表达，自身也可以作为一种"反叙事"，至少让读者意识到失智症的文化建构所带来的负面效应，这种警醒他人的意识本身确实可被看作一种对抗，只不过，不能将对抗简单地等同于抵抗与反对（resistance and opposition）。

通过阅读合作的生命书写，比滕茨意识到不同的叙事所对抗的可能是主流话语当中关于失智症的不同线索，也因此"反叙事"需要在不同层级上展开。诸如读者、听众、编辑甚至研究者都带有不同的议程，这些议程形塑了他们各自的叙事。在反思自己的视角之时，比滕茨扪心自问，究竟自己是不是因为惧怕生命的衰弱因此选择了相应的叙事线索，这难道不也是一种逃避正视人类脆弱性的倾向或投射吗？但叙事不能表征晚期患者的生命和生活确实是个问题，如何能在不将对方他者化的同时给予其适合的表征？比滕茨之所以建议采用合作的生命书写，是因为它一开始就预设和承认了人类的脆弱性和互相依赖的本性，这种相互依存既存在于实践的事务当中也在身份的确认上。比滕茨的洞见在于，她指出，也许最为重要的"反叙事"根本不是去断言患者具备能动性和主体性，尤其是在我们早已预见这些几乎是毫无希望的疾病晚期。因为，我们关于自身主体性的表达，和我们关于身份的叙事与确立，都并不仅寓于个体的意图和行动，而是在交流当中被共同创造出来的。换言之，我们的身份取决于那些与我们照面（无论是行动还是言语上）之人的意愿。

书的第三部分将关涉延伸到书写之于失智症照护实践的意义，比滕茨将照护者写作的回忆录作为最适合用于推进失智症照护实践的文本依据。照护者回忆录不仅仅在个人和家庭层面发挥疗愈的功能，也在更为宏观的失智症权利运动中起到作用。不少失智症书写被认为惯性沿用了市场逻辑，它们不断重复宣泄所谓被毁掉的人生，尽管在写作目的当中，回忆录具备通过展现悲痛和释放未解决的关系情结从而达到疗愈的目的，但比滕茨认为这种主观的、个体的叙事不必然瓦解照护者回忆录自身在一种集合的、宏观层面的意义。其作用不仅仅在于批判，还在于提供积极的方案即思考和实施失智症照护的方式。照护者回忆录超越了社会科学研究的范围，也不同于常规的医学案例研究，尤其是，经由审美处理过的文本具备可读性，使得读者不会轻易从此类沉重的话题逃开，一如他们在遭遇医学案例和社会科学报告时所发生的那样。文学回忆录相较于小说而言，能够提供第一人称视角的鲜活经验，在权利运动中是更为有力的工具。

回忆录更具备触动广泛读者的优势，通过让读者身临其境地体认失智症照护的复杂性和伦理模糊性，回忆录本身提供了一个契机，激发更为深层次的关于照护可能选项和所引发问题的探讨。但在使用这些作为医学人文教育手段的时候，比滕茨强调回忆录文本的伦理中立性，即文本仍需要接受进一步的伦理检视，文本也具备暴露患者隐私的伦理风险。但即便是在文本充分地展现了照护过程和实践当中的各种难题和混乱之时，仍然有望提供一个敞开的空间，让人们正视和回应失智症，并尝试与之共处。

比滕茨在书的结尾部分质疑了当前医学人文实践中将叙事作为推进伦理实践的默认前提。她追问，叙事文本在医学人文的实践中能成为"反叙事"吗？相较于非虚构而言，这些虚构文本在比滕茨看来提供了一个伦理实验的场域，为读者提供关于照护的生命伦理洞见。与叙事医学的筹划不同，比滕茨意图影响的是更广泛范围的读者，她关心的不是叙事如何被产生，而是如何被接受。究竟失智症小说如何促使读者思考生命伦理问题？医学人文默认自带伦理命令的面向，在这种预设下，现实的卫生保健实践被认为是有问题亟待解决的。但问题是，究竟这些叙事发展出的伦理视阈是什么，是强化刻板印象还是能够有助于更为人道的照护？在比滕茨看来，这个问题没有确定的回答，虚构的失智症叙事可以作为伦理追问的模式，既可能拓展也可能减少可能性。同样，叙事修辞也既可能有助于也可能损害医学人文所谓伦理命令的根本筹划。努斯鲍姆认为小说提供了如何处理这一类问题的方式，但在比滕茨看来，这似乎没有道出究竟这些叙事的例子在读者当中产生了什么样的"伦理作品"。

尽管比滕茨不完全同意当代叙事医学的筹划，她希望推进的仍然是一个本质上来自于医学人文的议程，即，无论研究采取的是文学还是人类学形式,叙事究竟如何最后传达给卫生保健领域的相关演员(the relevant actors)[1]。她希望将医学人文当中原有的批判性小说阅读扩展到医务人员之外的人群。生命伦理,尤其是那些关系到死亡的部分是人类共有的话题,如果文学使得我们没有那么容易从这样艰难的问题面前逃开,它可能是最好的让我们经由活着的体验(the lived experience)来体认疾病复杂性的方式,进而反思那些被我们视作为终极悲剧的表征如何塑造了我们的欲望结构和特定的治疗与照护措施。综上所述,比滕茨以丰富的例证呈现了在叙事医学主流路线之外的一种用于医学人文目的的理解叙事实践的路径,并希望以此拓展叙事对于非医学专业读者的实践意义,但局限于文学主题的关涉,她自始至终采取了一种自下而上(bottom-up)的路线,即关注个体的阅读体验在一种集合的意义上对于医疗实践的影响,这一策略的局限在于,它和主流的叙事医学共享同一个难题:无法清楚解释叙事本身究竟如何贡献于移情,以及,基于这个问题之上的另外一个问题:究竟个体层面的情感触动如何影响包括卫生保健实践在内的社会实践。当然,与之相比,医学人文的其他分支(也许除医学哲学外)也大多仍在类似的模糊地带摸索,但医学伦理不仅作为医学人文的分支,同样也作为应用伦理的分支,在一种更为擅长将概念分析与实证研究相结合的意义上具备相当的潜能,且能自上而下地朝向共同的目标。

---

[1] 很有意思的是,比滕次的话语很明显不同于公共政策的主流话语,后者在同样的语境中会用"利益相关者"(stakeholders)而不是演员(actors),基于比滕茨在书中反复提到的集体层面的、公共政策层面的筹划目标,如何在两者之间转译就不是一个纯粹的学术问题。

数字时代散文的新写作：
女性、恋物与消费主义

（张祯，复旦大学新闻学院）

数字时代，一方面，现代人面临着情感的枯竭；另一方面，情感在消费主义的框架下似乎在构建一个新的产业，成为刺激经济的巨大生长点。这种矛盾和撕裂最终让情感指向空洞。现代人容易成为一个毫无生气的躯壳，只是为了满足一个又一个欲望，填补一个又一个消费制造的沟壑。受众在新的消费美学的影响下，也试图相信购买可以解决一切情感问题。在这种背景下，数字媒介所搭建的自恋式的平台，在发明一种新的散文文体，其中，有些散文的情感不再具有反抗力量，而是沦为纯粹的装饰物，乃至成为消费主义开疆辟土的击鼓手。

情感的消失和异化

曾几何时，情感作为文学艺术诞生的源泉及发展动力，正一点一点趋于枯萎。张怡微在《散文课》中强调散文写作的前提是认识情感的层次、理解复杂的情感，其实就一针见血地阐明了散文存在的本质问题，就是情感维度。"如果在写作之外没有建立起辨别复杂情感的能力，我们就不会拥有高质量的情感……如果我们没有识别高质量的情感的能力和经历，那么想要写出高质量的散文是很困难的事。"[1] 散文的写作主体一定是"有情"的主体。

倘若沿着这样的思路，我们毫不意外地发现，当代散文的危机和困境，有一部分原因即源自这个"有情的主体"的衰败和消散。"情不知所起，一往而深"，明代戏曲家汤显祖在《牡丹亭》中探讨了"情"的纯粹和神秘难辨，以及可以催生的巨大能量和生命力。

"有情的主体"逐渐式微的对立面，是当代社会在努力培养一种"理性的主体"，强调用科学的方式，将情感控制在所谓正常的范围之内，加以理性调控。赫伯特·马尔库塞早在其著作《单向度的人》[2] 中就指出，高度发达的现代工业社会，其创造出来的精密的控制系统，压抑了人类真实的情感，人类持有的是一种被建构起来的虚假的情感。与此同时，商业社会所催生的人的需求，实际上也是一种建立在消费主义基础上的虚假的需求。

环顾我们所处的社会现实，商业广告和信息推送充满了我们生活的各个角落，新媒体时代数字信息无孔不入，媒体通过各种方式塑造着我们的思想和喜怒哀乐，商业帝国不断制造关于"品味"和"美好生活"的理想模板，这些理想模板促使我们相信生活的各个维度都有一定的标准对此进行衡量，情感范畴也不例外。当情感世界也亦步亦趋被一种标准所形塑时，一方面，它造成了情感的羸弱，让情感丧失了源自内部的自主力量，而是被外界力量所牵绊和驱使。

---

[1] 张怡微：《散文课》，华东师范大学出版社 2020 年版，第 119 页。
[2] [美] 赫伯特·马尔库塞：《单向度的人：发达工业社会意识形态研究》，刘继译，上海译文出版社 2008 年版。

另一方面，教条式的情感需求催生了巨大的情感经济，其中以品类繁多的情感课程、情感宝典以及令人眼花缭乱的恋爱真人秀综艺为代表。繁荣的情感经济，让"情感"被客体化了，从一个"活物"沦为"死物"。社会学家伊娃·易洛思在《爱，为什么痛？》[1]中指出，当代社会激情的冷却，正是源于爱情的过度理性化及选择套路的普及化。而没有澎湃的"激情"，没有"情"，何来文学艺术？

S.M.格林菲尔在发表于《社会学季刊》上的一篇文章里认为，当今的现代资本主义社会还保留着爱情，其目的只是："激励个人——再没有其他方式可以激励他们的了——去履行'丈夫—父亲'和'妻子—母亲'的责任，组成核心家庭，那不仅是再生产和社会化的需要，也是保持目前存在的分配和消费产品及服务的需要。总之，是为了社会体系的正常运行，将其作为目前的要务保持下去。"

这无疑揭示了我们当下生存的一个悖论，一方面，是文学艺术的发展、散文的写作，呼唤一个"有情的主体"；另一方面，是我们当下所处的这个时代，其实并不是最好的情感时代：它一点都不浪漫，甚至摒弃浪漫；它过分强调一种非黑即白的理性划分，而不试图给含混的复杂的情感留有余地。一方面，情感其实被过分简化了，因而呈现出一种非常干瘪的面貌，人们不敢爱，难以爱，"爱无能"。另一方面，人们似乎又非常向往情感，但期待情感世界可以有充足的标准答案从而提供安全感，以至于情感已经成为现代社会中的一个巨大的经济产业，我们从情感焦虑走向了情感经济。这种矛盾和撕裂最终让情感本身变得空洞，成为一个毫无生气的躯壳。

在日本掀起观影高潮的电影《花束般的恋爱》，除了展现校园

---

[1] [法]伊娃·易洛思：《爱，为什么痛？》，叶嵘译，华东师范大学出版社2015年版。

纯爱经历在社会化洗涤过程中所经受的现实暴击，也揭示了资本主义环境下爱情难逃异化的残酷的底层逻辑。正如其片名《花束般的恋爱》所暗示的那样，这样的爱情不是大树般的爱情——即有肥沃的土壤和枝繁叶茂的树冠，就连花朵般的爱情都不是，因为小小的一株花朵，都是有根的，而"花束"——无疑是商业化社会的产物，是被连根拔起，经由现代社会的供应链一路输送，被陈列在花店里，被包装在簌簌作响的玻璃纸里，被插在花瓶里，被展示，被售卖，被消费。而影片中麦和绢的恋情，其确认的证物来自匡威笑脸鞋、最新的漫画书、流行电影、《塞尔达传说》……一切资本主义环境下文化工业制造的产物。而联结情感深处那最重要的内核：精神的力量、深刻的理解、最切身的共情……全被稀释在文化工业所生产的附庸风雅的情调之中。它让我们清楚地看到，走到这一步，爱情也被异化了，"心心相印"的涵义被定义为消费同样的鞋子、漫画、电影和游戏，成为同一种耳机的发烧友——现代社会"拜物教"的俘虏，其本质在于他们不再热衷于一起创造，而是通过一起消费，来确认彼此以及爱情的存在。这不是爱情，只能被称为"恋爱"。当代社会，恋爱已沦为一系列复制黏贴的操作和按资本主义逻辑安排展演的套路戏法，而由消费主义联结和维系起来的爱情，也终究无法抵抗资本主义的顽固秩序。

数字时代的自恋与恋物

哲学家韩炳哲在其著作《爱欲之死》中指出："纯粹意义上的爱，曾经被置于一个悠久的历史传统之中的爱，如今受到了威胁，甚至已经死亡。"[1] 在他看来，造成这番局面的罪魁祸首，正来自于现代社会"他者的消失"。韩炳哲认为："爱欲的对象实际上是他者，是个体在'自我'的王国里无法征服的疆土。当今社会越来越陷入同质化的地狱，无法产生爱欲的经验，因为爱欲的前提是作为他者的非对称性和外部性。"[2] 对他者产生爱意的基础，在于首先可以辨别出"他者"，但这在韩炳哲看来，也似乎不再可能。究其原因，源于我们生活在一个越来越自恋的社会，之前被投入"爱的对象"的力比多现在被投注到了自我的主体世界中，个人主义的盛行导致每一个个体都成为了"自恋"的个体，不再看到"他者"的世界。他剖析了"自恋"与"自爱"的不同，"自爱的主体以自我为出发点，与他者明确划清界限；自恋的主体界限是模糊的，整个世界只是'自我'的一个倒影"[3]，也就是说，"自恋"的主体是无法真正看到他人的，也就无法真正了解他人的需求，他者被永远地客体化、碎片化了，因此无法和主体产生真正意义上的情感流动，而是沦为一种装点性的工具。

简·腾格和坎贝尔在《自恋时代》[4] 中首次提出了，自恋流行病的出现，以及自恋文化在全球范围的形成。韩炳哲认为这种自恋文化的盛行，一方面与新的数字社交媒体的兴起密不可分，"自恋在社交媒体上泛滥，这种对自己的痴迷使他人消失了，世界成为我们作为个体的纯粹倒影"[5]，其中，"自恋主义"和"展示主义"是当今社会的两大潮流，人们将自己修饰过的身体和感情展现在社交平台

---

[1] [德] 韩炳哲：《爱欲之死》，宋娀译，中信出版集团2019年版，第1页。
[2] [德] 韩炳哲：《爱欲之死》，宋娀译，中信出版集团2019年版，第12页。
[3] [德] 韩炳哲：《爱欲之死》，宋娀译，中信出版集团2019年版，第13页。
[4] [美] 简·M.腾格，基斯·坎贝尔：《自恋时代》，付金涛译，北京联合出版公司2017年版。
[5] "访谈 韩炳哲：智能手机是一种支配工具，就像一串念珠"，https://mp.weixin.qq.com/s/a6w7TkYiRdwmQH5M8tD7RQ。

上，同时也透过屏幕来窥探他人修饰过的身体和感情。屏幕制造了一个平滑的、没有痛苦的世界，它联结的不是人与人之间相互流动的情感，而是被客体化了的物的幻象。因为，在数字化的当代社会，"感知本身呈现出一种'狂看'的形式，即'毫无节制的呆视'。它指的是无时间限制地消费视频和电影"[1]，在这里，人与人之间的交流不再是双向互动的，而是"主—客"两分的"看与被看"，于是，触觉消失了，嗅觉消失了，人和人之间用以表达柔情的感官统统失灵，唯有视觉亘古永恒。它们直接导致的结果，是公民顺从地屈服于体制的诱惑，这从某种意义上也意味着情感的枯竭。我们更习惯于活在一个像屏幕一样平滑的、没有痛苦的世界里。伊娃·易洛思在《消费浪漫》中指出，当今的爱情越来越"女性化"了，小说常常使用"友好的""亲密的""安静的""舒服的""讨人喜欢的""温柔的"等形容词来描述浪漫的爱情，这意味着我们已经习惯于将负面的、消极的情绪从爱情的体验中剔除出去，"舒适的感觉和无须承担不良后果的刺激取代了痛苦和激情"[2]。

另一方面，资本主义经济促使生活的各个方面都追求效率，效率是第一要务，于是，"爱被简化成了性，完全屈服于强制的绩效与产出。性是绩效。性感是可以持续增加的资本"，这导致了情感的商品化，"具有展示价值的身体等同于一件商品。他者则是性唤起的对象。不具备'异质性'的他者，不能为人所爱，只能供人消费"[3]。情感乃至性也成为了一种消费，一种观看，一种自恋主体对他者的

---

[1] ［德］韩炳哲：《他者的消失》，吴琼译，中信出版集团2019年版，第2页。

[2] Eva Illouz, *Der Konsum der Romantik. Liebe und die kulturellen Widersprüche des Kapitalismus*, Frankfurt a. M. 2003.

[3] ［德］韩炳哲：《爱欲之死》，宋娀译，中信出版集团2019年版，第27页。

无限制的"凝视"。

在黑格尔信奉者科耶夫的"历史终结论"中，他认为我们已经抵达了历史的终结处，也就是说，本质上来讲，"理想"在后现代已经穷途末路，人类作为一种"否定性"历史任务已经完成，所以我们不再需要有战争、革命与哲学，只需要"爱、艺术、游戏"[1]。在这样的情况下，没有什么比自己的享乐更加重要了，因为再也没有任何东西值得牺牲和献身。所有的一切都意味着一个享乐社会的到来，那么审美也就丧失了反抗的力量，而是沦为纯粹的装饰物。

享乐社会，意味着市场无休止地提供源源不断的消费品供人消费，消费制造新的欲望，关于此，社会学家鲍曼这样论述：

> 理想状态下，消费者应该不固守任何东西，没有永久的承诺，没有完全可以被满足的需求，也没有所谓的终极欲望。任何承诺、任何忠诚的誓言，都应该有一个附加的有效期。契约的有效期、既定的时效是最关键的，比契约本身更重要，它不应该超过满足欲望的消费所花费的时间或欲望消退的时间。[2]

于是，置身于此社会中的个体，已然丧失了自身的主体价值，而是成为整个消费系统的附庸，为了维持庞大的消费机器得以循环运转的螺丝钉。人沦为了手段，因为"想要提高消费者的消费能力就不能让他们休息。他们需要不断地接受新的诱惑，持续处于永不

---

[1] [法]亚历山大·科耶夫：《黑格尔导读》，姜志辉译，译林出版社2005年版。
[2] [英]齐格蒙特·鲍曼：《工作、消费主义和新穷人》，郭楠译，上海社会科学院出版社2021年版，第30—31页。

枯竭的兴奋之中,持续处于怀疑和不满之中"[1]。

为了给这"永不枯竭的兴奋"添柴加火,情感被进一步简化成为欲望,也就是说,情感成为了一种被制造出来的用来源源不断生成欲望的假象。唯有如此,才能持续不断地产生欲望,促进消费。在此种逻辑的塑造下,人们也逐渐相信,情感不再是一种复杂的东西,而是可以通过消费、通过购买来解决的。通过"恋物",通过对"物"的消费,人们创造了永恒的幸福的"乌托邦"。

数字媒介时代的新散文

在这样的一个大背景下,笔者观察到由数字媒介所搭建的新的平台上,出现了一种新的写作现象,它看起来像是发明了一种新的散文文体,其气质偏向女性,实际上是借由散文的外衣来进行产品推销,鼓动消费。但它又与赤裸裸的"软文"有所不同,它通常具有较为优秀的文笔,在文章的行文脉络中贯穿了看似深厚的情感。"情感"是这类散文中不可或缺的元素,是在文章和读者之间产生联结的黏合剂,但同时也是其商业密码,是将读者情感转化为"恋物"行为的隐秘的转换器。

有一个例子来自于叫做 Bamboo 的博主,作为一名勤奋的公众号写作者,她一直致力于数字社交媒体上的写作。在公众号页面顶端,她这样介绍自己:"我叫 Bamboo,我在这里写时尚和艺术,审美和好物,也写社会和人间。"她的写法是将世态人情和审美消费结合在一起。

---

[1] [英]齐格蒙特·鲍曼:《工作、消费主义和新穷人》,郭楠译,上海社会科学院出版社 2021 年版,第 32 页。

在一篇名为《去太空赴约时,我穿什么?》的散文中,她如此编织行文结构:英仙座流星雨——《16次日出》纪录片——阿波罗登月。"当我和同伴站在月球表面上,心中充满了一种拓荒的热忱,回头遥望那个美丽又温暖的地球时,它显得很脆弱,似乎只要用手指轻轻碰一下就会支离破碎一样。"[1] 从地球在宇宙中的孤独,到人们对宇宙探索的狂热到未来主义的风格,再引出最终的主题"穿搭风格"。在整篇文章流转的逻辑中,有一个贯穿其中的情感关键词:孤独。她谈论人的孤独和地球在宇宙中的孤独,这种脆弱和纤细的情感本身是普世化的。然而,"孤独"作为一种人类非常独特和微妙的情感,在行文的不断置换中,在语言的层层转译中,被巧妙地转化成为一种美学风格,进而变成了对穿搭的一种选择。仿佛有关人类"孤独"的问题,都可以通过消费来解决,你孤独,是因为你没有足够的金钱来承担自己的消费。本身作为人类情感的"孤独",被收编进了工业化生产的美学制造中。于是,在消费主义的语境下,这种孤独感被迅速消解掉了,而人生中真正重要的问题实际上没有得到直面和重视。

值得一提的是,这种类型的散文写作实际上并不是凭空出现的,它也有其历史脉络可循,比如,章小蕙的写作是从报纸的副刊专栏延续下来的,而像以Bamboo为代表的时尚博主,其写作文脉可从新世纪初安妮宝贝的很多散文中窥见一斑。安妮宝贝当时创造出了一系列穿棉布长裙、光脚穿球鞋的女孩子的形象,实际上也是带着一种很强的恋物气质,在彼时也被批评为一种小资姿态的写作。

---

[1] 《去太空赴约时,我穿什么?》,https://mp.weixin.qq.com/s/aguOoz_DaMnH3n5JoRlM3w.

那么这种写作在当下时代之所以会还魂，其原因大致有二：一是随着经济的高速发展，商业化社会日趋成熟，消费主义的文化得到进一步蔓延。二从媒介的物质性来讲，数字媒介的交互性、小程序的内嵌形式，让购买行为变得触手可及，小红书、微博、淘宝等数字媒介的加持，进一步强化了消费在当代社会的迫切性：欲望不能等待，欲望必须立刻满足，消费主义的逻辑是你必须在欲望的最高峰迅速拿下它。

如果我们在此处援引康德，他一定反对将审美与物质欲望的满足画上等号，因为在康德那里，审美仅仅与人的心灵存在、超越性的精神努力相联系，而无关涉单纯感官性的世俗享乐生活。但是纯批判的视角其实无济于事，我们必须理解现象出现的合理性以及背后的原因。这种情形的出现，其实恰恰说明了当代人情感枯竭的现状。然而良好的情感是需要培养和教育的，是需要通过阅读来慢慢滋养的。写作者培养受众，受众也在培养写作者，双方通过互相培养，才能构成大的时代的精神氛围。这亦是给现有的写作者提出挑战，这道命题关乎如何通过好的散文，乃至好的文学来进行情感教育，通过散文来触摸和感受复杂的人类情感，而不是在一种过度简化的框架中去理解我们所处的广阔的世界和丰富的人情。这既是对未来的美好展望，也是一道亟待解决的严肃课题。

电影"论理"的"夜光时刻"

(王培雷,上海外国语大学贤达经济人文学院)

当我们选择以文字方式评论一部电影,我们到底在表达什么?评论者与创作者、评论与市场之间的裂隙,分分秒秒地提醒着以评论为业又亟待通过创作进一步拯救写作灵魂的论者:影评有用,亦是无用,它带来评头论足的快感,同时也带来挥之不去的创作恐惧。这是悬于当代中国影评者头上的达摩克利斯之剑。

在剑下存身的创作者手中,其实又紧握着一支无形的锋锐利箭,即这被称为"影评"的文字武器,发射的时机、环境、执箭人,分列由生产到发射的各个环节,电影评论或置身辉煌影像的暗处,或投入风口浪尖。与中国电影美学赓续的多舛命途一样,中国电影评论的发展,亦常伴大小风浪,蛰伏,甚至折翼。每次来到"等待黎明"阶段的"夜光时刻",影评的价值往往更被彰显,生命力亦如电影般顽强。

箭在哪根弦上?

在经历过 20 世纪 80 年代短暂的中国电影评论与创作蜜月期的

前辈看来，在那个时期崛起的新一代中国电影人，秉持更新中国电影美学的决心，同时亦在西方理论与创作资源纷涌而入的背景下，主动选择沉心倾听来自理论界的意见，来调整自己的创作之路。其时的电影理论，并未如今天那样盘旋于各类哲学名词之间，将电影文本作为"论据"本身，来点缀"论述"的动作，而是实在地从创作者亲身涉及的各个方面，提出中肯意见，比如摄影、表演、编剧等各环节的得失等。

1980年代中国电影理论的友好诚恳姿态，通过当时的评论家身体力行地写作与评述而留下珍贵遗产，邵牧君、周传基、倪震、罗艺军等昔时的中年人，从各自丰富的专业背景出发，对主要由"第五代"电影导演构成的"后浪一代"，有非常直接的帮助。他们的理论构架，某种程度上并非现代意义上的"理论"，而是近似于对经典电影理论时代"本体价值判断"的重新确认，比较完整地回溯了世界电影理论发展史上至为重要的前置进程，即是自电影诞生到上世纪60年代之前，论者们普遍关注的电影视觉、听觉、造型等本体美学探讨。

这种关注并非自中国新时期开始，早在上世纪20年代，有"东方卓别林"美誉的电影剧作家徐卓呆在他的《影戏学》中就已经相对系统性地总结了当时他所能够涉及的（无声）电影经验。在徐卓呆的表述中，今人认为的"电影"其实是一种与"舞台剧"相对应的"影片剧"，在这个基础上，徐卓呆展开具体论述，从"影片剧"与"舞台剧的关系"，到"影片剧舞台监督的性能"和"摄影法及影片技术与技师"等，广泛涉及电影拍摄的各个环节。

值得注意的是，尽管出版于1924年的《影戏学》被认为是"中国第一部电影理论著作"，但根据南开大学田亦洲老师的考证，此书实为徐卓呆根据日本电影理论创始人归山教正的代表作《活动写真剧的创作与摄影方法》"译著"而来的成果，该著作将电影作为一种独立艺术与"舞台剧"区分讨论，而徐卓呆在他个人文章又并不严格区分戏剧与电影，后世对《影戏学》一书的"译著"性质分辨不清，导致了对早期中国电影"影戏观"的这一段错误解读。

当然，撇开这段最近因为"重写电影史"而解开的迷雾之旅，中国电影几乎从开始延续到1980年代初的"影戏观"（某种程度今天仍然在延续），的确是让电影背负了非常沉重的戏剧包袱前行的。因此，在民国时代大量著作探讨电影成为独立艺术的本体性之后，到了1970年代末，仍然会出现《丢掉戏剧的拐杖》这样具体清理电影与戏剧关系以及涉及"电影与戏剧离婚"的讨论。这是在新时期伊始，中国电影理论界百废待兴之际最集中关注的焦点问题。在黑暗中醒来的中国电影评论，在接受即将爆炸的欧洲电影理论知识之前，几乎是充满原始冲动地追求电影现代化，直接与早期电影人的"本体论"努力接轨。

这也不难看出，在中国电影评论那段短暂的"黄金时代"，首要解决的并不是评论本身的价值问题，而是，评论仍然要面对一个"影戏未分"的事实的问题。这多少令今天见多识广的电影评论者有点沮丧，现代意义上的电影评论，是从这样一个难以想象的低处开始的。当年的评论者，自然是掌握主流媒体话语权的电影研究机构从业者、电影学院老师甚至电影创作者本身（比如张暖忻），他们的声音代表了电影评论界某种程度的"主流民意"，这直接为"第四代"导演后来不同程度地拍出他们心中的探索电影以及革命性的"第五代"导演横空出世发出了先声。

1938年，"孤岛"上海上映了一部名叫《雷雨》的电影，是对曹禺同名戏剧的第一次电影改编，导演是战争时期上海"歌舞片大王"方沛霖。这部影片中，饰演鲁贵的演员是非常资深的影戏前辈洪警铃，这位从文明戏时代过来的演员，在这部有声片中的对白，带有浓重的江南口音，同时抑扬顿挫，和今天的标准普通话绝不相同。洪警铃的声音，几乎可以被视为整个早期中国电影"影戏不分"状况的一个缩影。这种"不分"，不仅是在编剧思维与拍摄手法层面，更指向电影表演本身。40年后，当影评仍旧在与电影独立价值的障碍物搏斗，影评的独立性自然更无从谈起。在1979年，电影评论或者说电影"论理"文章，正从深夜中醒来，有光，黎明尚远。

箭何时而发？

与西方世界基于比较完整的"本体/现代电影理论"脉络所建立起来的电影评价体系不同，中国的影评写作，在不同时代，往往被变动不居的形势与思潮所左右。民国时代对电影本体的粗略认识，受限于电影从无声到有声、从黑白到彩色的具体技术进阶，论者本身处于中国近现代史的变局中，因应电影技术的进步，他们的写作同时又因当时的传媒生态而与晚清—民国时期的文学发展脉络形成纠缠。许多影评文章更像是戏曲评论或介乎文白之间的散文变体。尽管今世的论者可以大大方方地说："我们从高中考大学开始写的那个八百一千字的小作文，一直到大学里写的采风游记、课堂纪实，兼差写的软文、报纸副刊的千字文、影评书评球评，都不是小说，也不是诗歌，更像是广义上我们可以去写的散文。"他们承认了影评在文学写作中虽然微小而事实上长久存在着的一席之地，但在漫长的将近一百年的时间里，关于电影的评论，在中国并没有被认为是一类独立的问题，遑论探讨其与散文之间的关系。所以，西方意义上的"影评人"概念移植到中国，也是变了味道的。如徐卓呆、周剑云、郑君里等人早期的电影著作或文字，更多关注的是电影本体的创作方法，更像是论文而非影评。见诸报端及各大出版杂志上的影评，又往往多带"软文"色彩。

张爱玲在1943年为影评专栏"On the Screen"撰写其时在上海上映的《万紫千红》（方沛霖，1943）及《燕迎春》（屠光启，1943）两部影片的英文影评，她对两部电影所持的批判态度鲜明，虽然并未触碰电影制作与呈现的具体层面，但已经是最接近于现代影评的笔法了，比如对《万紫千红》"全片仿照好莱坞的 Gold Digger 和它的续集 The Big Broadcast（皆为好莱坞的歌舞片系列）"的定位，勾连世界影坛动态，同时保持了鲜明态度，比较接近五十多年后由上海的"电影101工作室"成员发表影评的犀利文风。张作为在1940年代风行上海文坛的作家，她这篇影评并不涉及具体的技术解析，她吐露对电影本身的感性认识并试图呈现并不能完全了解的世界电影背景，表现出强烈的影评主体性。

"第五代"导演在1980年代崛起之时，为他们摇旗呐喊的影评作者们抱持着相似的情感结构。翻开上海文艺出版社出版于1987年的《探索电影集》，在书中收入的七部电影完成台本中，四部是当时初出茅庐的"第五代"导演执导，分别是《一个和八个》（张军钊导演）、《黄土地》（陈凯歌导演）、《猎场札撒》（田壮壮导演）和《黑炮事件》（黄建新导演）。在每一部电影台本后附有当时的导演或评论家的一篇评论文章，为上述四部电影撰写评论的分别是"第四代"导演黄健中、电影理论家倪震、当时的青年新锐电影学者陈犀禾以及仲呈祥，而为全书作序的两位重量级人物钟惦棐与罗艺军，皆是见证了新中国电影理论沉浮的大家，且都以直言著称。

无论是电影人、理论家对"第五代"具体影片从形式到时代环境的评述，还是秉持评论独立性或者主体性立场的大家对青年创作者不遗余力的支持，从中都可以见出1980年代电影评论与电影创作良性互动的热烈氛围。这样的氛围既是为其时代表了中国电影新未来的影人鼓呼，亦可被视为身为电影评论者/电影创作者的作者们对历经磨难之后深具探索精神与开放包容意识的中国电影评论环境的珍视，在这本将近650页的《探索电影集》中，主体篇幅的作者是作为影片创作者的导演，在影评写作者的文章中表露的期望与诚恳姿态，是今日的影评所普遍缺乏的。可以说，这是特定时代的产物，亦是在三十多年前见出光亮的时刻，电影评论人集体发声的文化自觉。在这些评论家中，不乏初始专业为美术系、中文系等背景的个体，这与新世纪前后以影迷论坛为发端的个体构成有异曲同工之妙，当然，后者的跨度与介入方式更多元。在泛文化领域发出对电影的关切之声，是1980年代电影评论共同拥有的重要特征。

来源广泛的电影评论者（并非今日华语语境下的"影评人"）借助纷涌而来的世界电影理论资源，构成了既富学术含量，亦关注于电影本身的良性影评生态。当然，在那个阶段，影评并未成为如小说、散文、随笔那样被约定俗成的文学形式，而电影本身某种程度被纳入"文学"的范畴（比如"电影文学"），这本身引发了更广泛的讨论。电影学者、翻译家周传基反对电影作为"综合艺术"，而更多的理论家与实践者则将"电影文学剧本"的重要性摆在创作的首位，这其中反映出一个时代对于"电影本体究竟为何"的迷惘。时至今日，中国电影创作受市场颠簸（甚至疫情影响），这样的讨论早已经湮没于汗牛充栋的评论文章中。今日即使正式发表的影评，亦少有人讨论这个问题了，取而代之的是大卫·波德维尔式的形式分析与几乎同电影无关的泛文化研究。

在度过不止一次的"夜光时刻"之后，电影评论自身的声音亦开始缓慢消解，由纸质媒介转换为网络写作，再转向广告化、扁平化的电影快餐推介。影评的功能，似乎距离文学标准越来越远，但实际上是影评拓展了自身的边界，主动适应了这个瞬息万变的世界。

"执箭者"的重觅之旅

"第四代"导演谢飞、丁荫楠、倪震、郑洞天、张暖忻等电影人，在1980年代初不同程度地参与了中国电影的劫后重建，他们电影中貌似保守的集体文化性格，与时而迸发的探索性文本如《姐姐》（吴贻弓，1984）、《电影人》（丁荫楠，1988）等所展现出的锋芒似乎形成了某种曲折的对应，仿佛随着1980年代中期"第五代"的登场，身为前辈的他们即退身影史幕后。事实上，"第四代"导演的生涯一直持续到今日，谢飞导演甚至通过微博与豆瓣等网络平台成为影评界的网红。

在"第四代"创作集体中，不乏以电影教育为主业的教授，亦有一生奋斗在电影拍摄一线的创作人，因为时代变化，未能如他们的后辈那样，将最光耀的创作风格发挥到极致，这成为这一代人的集体焦虑与遗憾。包括南京艺术学院在内的学术机构近年启动关于"第四代"创作人的口述历史项目，即是从理论或评论意义上对于某种程度被忽视的群体（既是关乎这一群体的整体意义，也是关乎群体中成员的个人艺术生涯）的重新认识与钩沉。作为在新中国电影教育体系中养成艺术人格的一代，"第四代"创作人的经历几乎贯穿解放后至今的各个时期，见证了中国电影艺术传承脉络的每个阶段，他们是曾经亲身奋斗于电影创作第一线的实干者，其中不少亦是参与了中国电影评论/理论体系建设的评论家。他们的经历与他们经历的被重新发掘，即是一次研究对象/论述焦点的转向标志。

重新认识"第四代"以及发轫于1990年代的中国电影学术界"重写电影史"学术实践，不仅在电影学术研究与写作领域，更在今天的泛影评写作领域有重要意义。中国电影史的每一次重新发现，不仅为研究中国电影的论述者提供自我翻案的切口，亦从方法论上直接赓续中国电影评论与全球接轨的脉络，甚至亦同"中国电影学派"的整体建构过程直接勾连。某种程度上说，影评的自我发现，既是作为写作文本的"影评"自身价值发现的过程，亦是整体意义上的电影文化场域的有机组成部分。全球范围内每一次对于既往的"经典电影"文本与"经典标准"的重新认识与厘定，事实上都是为电影评论写作提供新的可能性，在作为论述对象的电影文本/电影人与自成文体的影评文本之间，呈现越来越强烈的互动倾向。显而易见，具备高度文化自觉的电影评论与透过电影商业运行机制而被收纳的"软文"之间的分野，也由暧昧不清转向泾渭分明，前者旨在以专业见解提供关于影片的独立意见，甚至文章自成变体，往往具备自发的理想主义精神；后者虽然时常披着技术主义外衣，实则是另一种宣发手段。其中某些文本，兼具电影专业性与商业煽动力，两者是新时代电影评论的双重驱动力，也因此回应了本文开篇"达摩克利斯之剑"的迷思。

从《爱神的箭》到"夜光之箭"

1948年,"歌舞片大王"方沛霖不幸因飞机失事而去世,年仅40岁。在他于战后奔波沪港两地执导的电影中,有两部电影《花外流莺》和《歌女之歌》同时在上海上映,并直接对撼当时上映的西片《无敌大探长》(即《美国队长》)。《歌女之歌》中,主演周璇贡唱出了脍炙人口的名曲《爱神的箭》,这首歌的知名度今日早已远超电影本身,而导演方沛霖的名字,更被遗忘在影史深处。笔者在大约10年前就可以看到的几部方沛霖作品撰写论文,并参与中国电影资料馆的研讨会,其时资料馆的资深前辈朱天纬老师就曾喟叹方沛霖过早的去世及对其研究的无从着力。直至近年,随着早期中国电影史料的电子化程度提高,陆续有单篇论文甚至硕士论文对方沛霖展开细致讨论,但关于其生平的若干问题,比如是否曾经入读上海美专、身后家人情形等仍未能得到清晰梳理。方沛霖执导的影片,可以通过公开渠道看到的不过寥寥数部,亦为以他为对象的研究带来极大困难。

由影评写作的角度来看,若是置身1930年代末到1940年代的上海,方沛霖绝对是电影评论的显学,出于种种原因导致的信息流离,令后世记住了《爱神的箭》而几乎忘却了如此重要的电影导演,这正是电影评论在面对电影历史时宿命般的莫可奈何。

与方沛霖导演个案研究的尴尬遭际形成对照的,恰是另一个直接以评论集体本身为对象的例子:1996年,上海诞生了一个民间影迷组织,名叫"电影101工作室",2016年,该工作室的核心成员、后来成为沪上影展策划人的"妖灵妖"徐鸢写作出版了20周年纪念书籍《等待电影的日子》,以事无巨细的详尽记录,还原了20年来"电影101工作室"输出影评、举办影迷活动、参与上海国际电影节等点滴。在某种程度上，这本书得益于徐鸢强大的记忆力（或详尽的日记），令这段绝无可能记载于电影史书上的民间电影文化史得以鲜活重现。回看书中"电影101工作室"成员围绕1990年代电影的讨论与评论文章，可以直观感知到介于1980年代的热烈评论气氛与2000年代的网络影评时代之间，上海普罗观众通过"影评"载体书写的个体集体无意识记认，通过这种记认，读者甚至可以直接感知流动在1990年代上海影迷身上的喧哗与骚动。正如书中所言，"合格的影评人应该要有真知灼见。不一定是一大套的东西，而是从天性的美感中发掘出的，且一定要诚实、诚恳"。从"电影101工作室"成员视角出发，以民间影迷身份看到的"影评"，并无专业名词加魅的色彩，而是倾向回归观影主体，由作品及接受者自身的美学知觉力共同构建评论的所指意义。

这两个例子都既与上海有关，又分别对应着"影评"自身作为主体或客体甚至两者兼具的地位，恰恰可以证明"影评"超越时代的多元文化指向。与小说、诗歌等文学体裁的书写/接受路径有所不同，影评，尤其是当代意义上的影评，既是一种文字作品，同时也是电影这种"过气的摩登"文化产品的记忆载体。透过影评，写作者经由自身文字基因书写对电影作品的接受与反馈，亦同时记录下电影技术/文化/商业史的发展轨迹，这几条脉络甚至可以同时交错，并行不悖。因此，将影评归于广泛意义的"散文"固然顺理成章，而影评的外延，似乎也突破了"散文"的边界，具有多重文化记认的功能。

曾获普利策文艺评论奖的美国影评人罗杰·伊伯特或许可以比较直观地说明电影评论这支"剑下之箭"的真实面目。在他的前辈同行成功将电影评论写作升格为一种能够获取广泛尊重且具备严肃面目的新闻写作之后，伊伯特身体力行地将电影评论的社会文化属性继续推向高处。他不以艰涩文字书写、积极推进1960年代以后新兴媒体与影评的结合，这令伊伯特在近半世纪的职业生涯中声名显赫，而他在大众心目中的地位提升，并未降低电影评论在美国既有的成就，相反，电影评论因他的存在而更彰显出"眼观六路，耳听八方"的独特魅力。伊伯特常借某部电影回顾今昔电影文化生态、创作人的变化等议题，与文化研究在1960年代以后将电影纳入到自身学术"论理"体系不同，伊伯特始终将电影的品质与价值评价放在第一位，在这个前提下，才会讨论电影本体及其社会学意义等话题。这一类影评人似乎从未如中国电影评论者一样时常经历身不由己的"夜光时刻"，但影评是一支随时变形甚至无形射向当代世界的"箭"，似乎是中西方影评人的共识。

因此，貌似处于卑微地位的电影评论尤其是中国电影评论，事实上正可以借助中国电影文化的普及以及更广泛意义上普罗文化写作环境的改善，而逐步实现文学价值的飞跃。当然，在实现这种跃升之前，影评写作者要面对的挑战更为艰巨：写作之前的电影行业知识储备、同任何文学从业者一样要面对的经济压力、加剧变动的新媒体格局对既有写作平台的影响、来自电影商业体系内部对宣发的原生需求等。

解决这些问题并非易事，但在百年风云里，电影评论非但没有消亡，反而成长为既能指向他者，亦可反身自问的灵活的写作形式。安德烈·巴赞在《电影是什么？》中探讨的问题，于今亦毫不过时，并非电影技术从那时起至今没有进步，而是在技术进步背后，人类欣赏活动影像的基本视觉与心理机制，以及电影所赖以诞生的视觉原理，未超出正常的生理/心理体验范围，而巴赞把握住了这一点，事实上，古往今来所有优秀的影评人，都是因为明白了这个道理。

终结"夜光时刻"

不厌其烦地再一次回到本文的起点，当我们选择以文字方式评论一部电影，我们到底在表达什么？答案不在风里，也不在我们心里明晰的角落，而在于一字一句中。这些字句被写作者倾入了视觉观感、文学触觉、人生体验以及所有的希望同失望。表达本身即已经是答案，电影评论在电影诞生后的不同时间地点，呈现出变体与异化形态，最终却依然推动了电影的发展，这其中除了电影作为所谓"第七艺术"自身基于现代社会经济秩序的影响力，电影评论本身连通施受双方与作品自身的能力亦是至关重要的因素。电影的"论理"文本，内中包含了作为"理论话语"的学术场域及独立的文字"生命力"。

影评这支无形而又其实千形万状的箭，终究是要射出去的，而所谓"黎明在望"的图景，或许仅是写作者自欺欺人的说辞。影评写作向来不曾有过真正意义上的"夜"，即使在现实中的"夜光时刻"亦是如此。这是影评天然的属性决定的，作为能且只能在电影诞生以后出现的文体，电影评论在一百年前算是"前无古人"的写作形式，可能也是唯一一种自诞生起就与最新大众传媒发展高度绑定的文体。影评在1970年代（或许今天亦然）的美国是作为一种正规严肃的新闻写作形式存在的，影评写作算不算严格意义上的非虚构，或许是一个值得研究的话题。除了偶尔出现的所谓"虚拟影评"

（自然也有过"虚拟书评"），几乎所有的电影评论，无论是否以电影文本为中心，总是围绕真实存在的论述对象展开的，然而对于电影的价值评判标准因人而异，因此在具体行文中涉及的判断，又似乎脱离了新闻写作的中立法则。

凡此种种，也正说明了，电影评论写作本身既具备先在的文学基因，又广泛勾连社会普罗精神生活的诸般面向，一如影评论述的对象——电影。也正是这种兼具工具理性与意识形态腹语术的双重属性，令影评不言自明地凸显出自身的价值。中国电影评论界的前辈先贤，或专注于探讨电影形式与功能，或试图拨开电影与社会主流意识形态之间的重重迷雾，似乎甚少审视影评自身的意义，遑论于纷乱的变革时代建立影评的主体地位。

因此，在经历了不同形式的"夜光时刻"或曰"夜光阶段"之后，尤其在"后疫情时代"背景下重新以全球化名义汇聚的世界电影谱系，亟待更具主体意识的影评写作者与影评作品。"夜光时刻"的终结，本就应该是影评写作者的共同命题与目的。

香港散文视角举隅
——从大学文学奖论香港各大学对香港散文发展的影响力

（余龙杰，香港浸会大学文学院语文中心）

若要研究现今香港散文作者，必须先从香港散文奖着手。因为现今许多香港散文作者，都是通过获得香港散文奖，慢慢跻身文坛。大学文学奖是其中之一，笔者曾任大学文学奖颁奖典礼的统筹，因利成便，本文将从大学文学奖这一角度探讨香港各大学对香港散文发展的影响力。

大学文学奖开始于2000年，是香港浸会大学文学院语文中心、香港文学推广平台主办的征文比赛，由孔梁巧玲大学文学奖永久基金及广正心严文学奖基金赞助。大学文学奖的评奖对象为香港的大专生。大学文学奖"参赛者必须是本港大学／大专院校在校生、全职／兼职研究生或离校未满三年的大专毕业生；短暂来港肄业之交换生，则必须于大学文学奖举办之学年内在本港之大学／大专院校就读"。大学文学奖每两年一届，分大专组及中学组。中学组分少年作家奖及杰出少年作家奖。大专组分小说、散文、新诗三组。在大专组，每届每组大约收稿100—200份。赛会邀请香港知名作家、学者、教师、编辑担任评委。每组所有作品将均分为3等份,3位评委在初审阶段均须审阅其中两等份,挑选作品进入"总评会",以确保每篇作品能经过至少两位或以上的评委审阅。进入"总评会"的作品都会得到奖项,3位评委在这些作品中,会选出冠、亚、季军各一,并选出3篇"优异奖",其余进入"总评会"的作品皆将颁发"嘉许奖"。

笔者参考"大学文学奖"网站的资料,得出以下有关大学文学奖散文组的数据统计,或许能从此一窥香港散文视角之"豹"——各所大学对香港散文发展的影响力。

大学文学奖至今已举办了十一届,若按每届每组将颁发"冠、亚、季各一,以及优异奖三篇"为准则,不计算"嘉许奖",即每届将颁发6个散文组奖项,十一届大学文学奖共已颁发了66个散文组奖项。

笔者首先统计了各届大学文学奖散文组冠军所属的大专院校,尝试推敲大专院校对香港散文文学发展的影响力,然后得出以下数据:第一届大学文学奖散文组冠军于得奖时代表了香港科技大学;第二届大学文学奖散文组冠军于得奖时代表了香港中文大学;第三届大学文学奖散文组冠军于得奖时代表了香港中文大学;第四届大学文学奖散文组冠军于得奖时代表了香港浸会大学;第五届大学文学奖散文组冠军于得奖时代表了香港大学;第六届大学文学奖散文组冠军于得奖时代表了香港大学;第七届大学文学奖散文组冠军于得奖时代表了香港浸会大学;第八届大学文学奖散文组冠军于得奖时代表了香港教育学院(香港教育学院即今香港教育大学);第九届大学文学奖散文组冠军于得奖时代表了香港大学;第十届大学文学奖散文组冠军于得奖时代表了香港中文大学;第十一届大学文学奖散文组冠军于得奖时代表了香港浸会大学。总而言之，我们可以观察得到以下数据：3位冠军于得奖时代表香港大学；3位冠军于得奖时代表香港中文大学；3位冠军于得奖时代表香港浸会大学；1位冠军于得奖时代表香港科技大学；1位冠军于得奖时代表香港教育学院。假设冠军写出了优秀的香港散文篇章，为香港散文发展作出了贡献。那么，从此似乎可见，香港大学、香港中文大学、香港浸会大学对香港散文发展有一定的影响力，因为这3所大学皆诞生了3位大学文学奖散文组冠军。香港科技大学和香港教育学院也为香港散文发展贡献良多，因为这两所大学各诞生了1位大学文学奖散文组冠军。但此等数据并不能如实反映事实真相，因为有些得奖者可能先后在不同的大专院校就读，假设他们可能先在香港中文大学就读，后在香港科技大学就读，而得奖时正就读香港科技大学，便代表了香港科技大学，但也不能忽视香港中文大学对这位散文作者的影响，像这样的例子，非常多，这从侧面反映出香港大学生在香港各所大学之间的流动性。虽然此等数据并不能如实反映事实真相，但应该能反映一种关于事实的感官印象：香港大学、香港中文大学、香港浸会大学似乎对香港散文发展有一定的影响力。

另外，笔者也统计了以下数据——第一届至第十一届大学文学奖合共66个散文组奖项得奖者所就读的大学，然后发现：大学文学奖的主办方香港浸会大学的大学生共得到大学文学奖散文组奖项37次，占总数66个散文组奖项的56%；身份代表香港中文大学的大学生共得到大学文学奖散文组奖项13次，占总数66个散文组奖项的19.7%；身份代表香港教育学院的大学生共得到大学文学奖散文组奖项6次，占总数66个散文组奖项的9%；身份代表香港大学的大学生共得到大学文学奖散文组奖项5次，占总数66个散文组奖项的7.6%；身份代表香港科技大学、香港理工大学、香港城市大学、岭南大学、香港树仁大学的大学生各得到大学文学奖散文组奖项1次，各占总数66个散文组奖项的1.5%。假设各位得奖者写出了优秀的香港散文篇章，为香港散文发展作出了贡献。那么，从此似乎可以再一次印证，香港大学、香港中文大学、香港浸会大学对香港散文发展有一定的影响力，因为这3所大学培育了许多大学文学奖散文组得奖者，这3所大学的大学生合共夺得大学文学奖散文组奖项55次（实际上是：身份代表这3所大学的大学生合共夺得大学文学奖散文组奖项55次），占总数66个散文组奖项的83.3%，而大学文学奖的主办方香港浸会大学的得奖者在其中所占比率较多。香港浸会大学虽然是大学文学奖的主办方，但大学文学奖赛会邀请的评委都是香港知名作家、学者、教师、编辑，如王璞、陶然、梅子等，与香港浸会大学大都没有直接关系，赛制亦如前所述，确保每篇文章都经过至少两位评委的审阅，尽力把比赛做到公平、公正。不过，因为香港浸会大学是主办方，笔者推测，香港浸会大学的大学生投稿量应会较其他大学的大学生多，造成了目前这种现象，例如在第十一届大学文学奖，大专各组总投稿量乃450份，而香港浸会大学的大学生投稿量达186份，占总投稿量的41.3%；香港中文大学的大学生投稿量达62份，仅占总投稿量的13.7%；香港教育学院的大学生投稿量达58份，占总投稿量的12.9%；香港大学的大学生投稿量达31份，占总投稿量的6.9%；香港科技大学的大学生投稿量达4份，占总投稿量的0.9%；香港理工大学的大学生投稿量达6份，占总投稿量的1.3%；香港城市大学的大学生投稿量达11份，占总投稿量的2.4%；岭南大学的大学生投稿量达23份，占总投稿量的5.1%；香港树仁大学的大学生投稿量达11份，占总投稿量的

2.4%。另外，得奖者分布的数据反映了香港教育学院也对香港散文发展有一定的影响力，因为香港教育学院的大学生共得到了大学文学奖散文组奖项6次，占总数66个散文组奖项的9%，数据比香港大学的还要多。与此同时，香港教育学院的得奖者中，有1位得奖者得到了散文组冠军。香港科技大学、香港理工大学、香港城市大学、岭南大学、香港树仁大学也对香港散文发展有着重要的影响力，因为这5所大学皆培育了1位得奖者。但必须重复提及的是：因为有些得奖者可能先后在不同的大专院校就读，假设他们先在香港中文大学就读，后在香港科技大学就读，而得奖时正就读香港科技大学，便代表了香港科技大学，但也不能忽视香港中文大学对这位散文作者的影响，像这样的例子，非常多。

香港还有其他文学奖项，例如：香港中文大学主办的全球华文青年文学奖、香港城市大学主办的城市文学奖、香港恒生大学主办的恒大中文文学奖、康乐及文化事务署香港公共图书馆主办的中文文学创作奖，以及历史悠久的——由香港大学生筹组的青年文学奖协会主办的青年文学奖等。如果有学者能从这些文学比赛中统计出数据，呈现出香港各所大学对香港文学发展的影响力，相信将是有趣的图景。

另外，文学奖的得奖作品中，不乏能够呈现香港散文视角的作品，日后在合适的时机，如果有学者能作出分析，带出研究成果，相信将是更有意义的研究。

此外，如果有学者能够有合适的机会，分析出香港各所大学的文学创作教育课程对香港文学发展的具体影响力，并能带出有意义的反思，那将是很有影响力的研究。日后笔者亦可撰文分析香港浸会大学的创意写作课程（即文学创作教育课程），希望能够略尽绵力，方便有志于研究这些项目的学者。

图书在版编目（CIP）数据

散文的变身 / 张怡微，陶磊主编. —— 上海：上海文艺出版社，2024
ISBN 978-7-5321-8990-8

Ⅰ.①散… Ⅱ.①张…②陶… Ⅲ.①中国文学－当代文学－文学评论－文集 Ⅳ.①I206.7-53

中国国家版本馆CIP数据核字(2024)第054306号

发 行 人：毕　胜
责任编辑：胡曦露
封面设计：日　尧

书　　名：散文的变身
主　　编：张怡微　陶　磊
出　　版：上海世纪出版集团　上海文艺出版社
地　　址：上海市闵行区号景路159弄A座2楼　201101
发　　行：上海文艺出版社发行中心
　　　　　上海市闵行区号景路159弄A座2楼206室　201101　www.ewen.co
印　　刷：上海中华印刷有限公司
开　　本：889×1194　1/32
印　　张：10.125
插　　页：2
字　　数：235,000
印　　次：2024年7月第1版　2024年7月第1次印刷
Ｉ Ｓ Ｂ Ｎ：978-7-5321-8990-8/I.7081
定　　价：65.00元
告　读　者：如发现本书有质量问题请与印刷厂质量科联系　T: 021-69213456